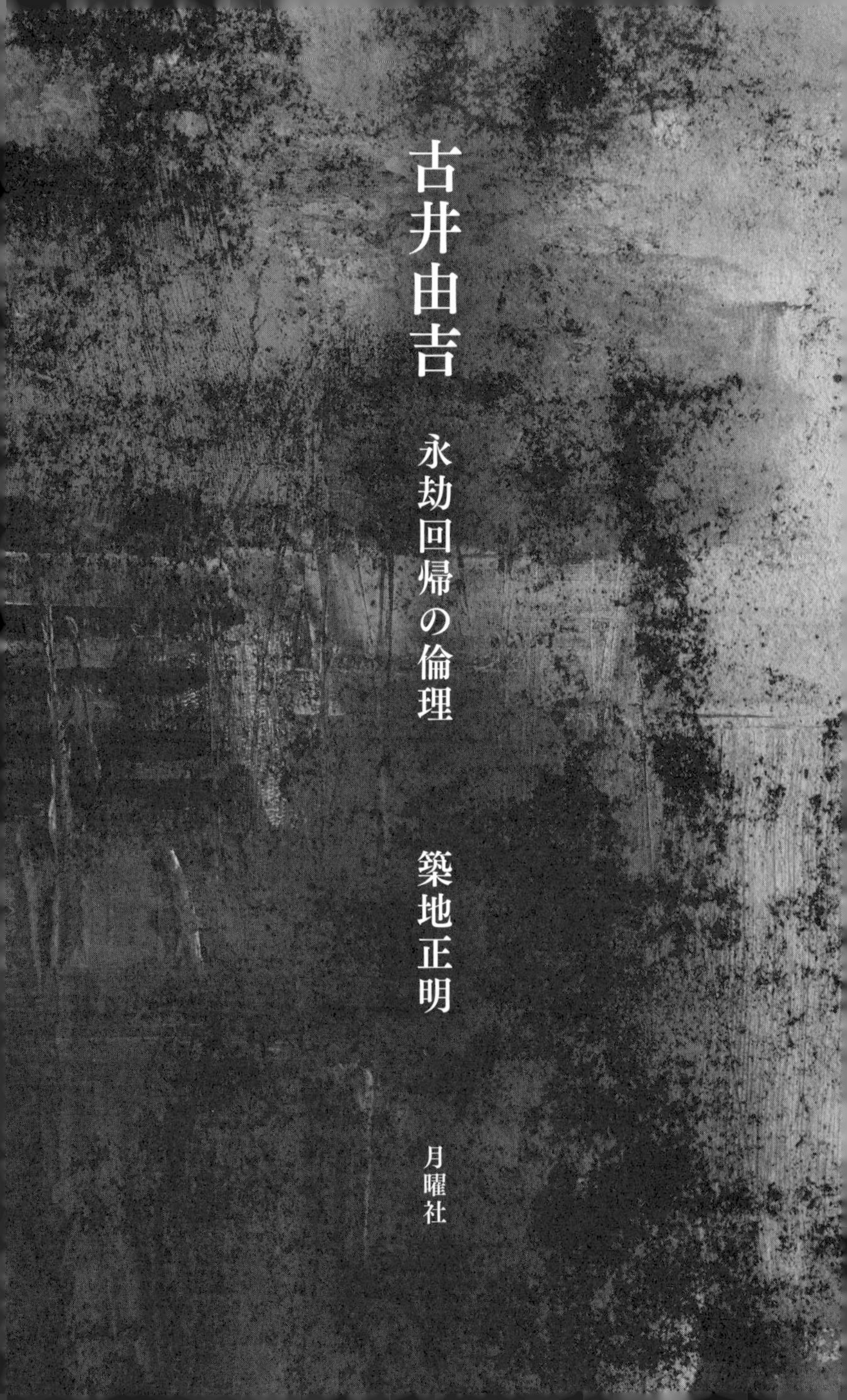

古井由吉
永劫回帰の倫理

築地正明

月曜社

目次

凡例

一、本文中、引用は「　」を用い、省略する場合は、（中略）などと明記してある。本文中に同じ作品からの引用が連続する場合は（同前）と記して、煩雑を避けた。

一、古井由吉の本からの引用の参照元は、本文中では（　）内にタイトルを記すだけにとどめ（ただし必要な場合は、発表年も併記した）、本書巻末の「出典」に詳細な書誌を記してある。

一、書誌における年の表記は、読者の便宜のため、基本的に西暦で統一することとした。また古井由吉の文章は、雑誌その他への掲載（初出）時と、単行本化された時、さらには文庫化の時点などで、それぞれ細かい異同がある場合がある。本書では、基本的に近年文庫化されたものは、できるだけそれら最新のものを用いるようにした。

一、ただし、二〇一二年に河出書房新社より刊行された、『古井由吉自撰作品』（全八巻）収録作品は、そちらも参照している。なお作品集には、一九八二年から八三年にかけて同じ河出書房新社より刊行された、『古井由吉作品』（全七巻）も存在する。特に初期の作品で、後者にのみ収録されているものは、そちらを利用した。

一、また、以上のような状況、理由により、同一の作品が、単行本、文庫本、作品集、その他、複数の書籍に収められていることがしばしばある。そのため、ページ数の記載は行なはないこととした（脚注などで特定の箇所に触れる際など、一部の例外をのぞく）。

一、古井由吉の著作以外から引用する場合、（　）で本文中に書誌を記し、巻末の「出典」に、改めて詳細な書誌をまとめた。

古井由吉　永劫回帰の倫理

聖、民俗と記憶

一

　幼いころに、親や近所の年寄りたちが話しているのを耳にしたり、伝え聞いたりして、何とはなしに心にとどめていたものであろうか。古井由吉の小説を読んでいて、おそらく誰もが気づかずにはいないことのひとつに、現代の生活風景の中にふいに現れてくる、古い民俗風習にまつわる印象深い描写がある。迷信や俗信のたぐいも、おのずとそこに含まれるわけだが、それらはいずれも、いわゆる《民俗学》によって、特定の意味づけがなされたものとしてはっきり現れては来ず、時代時代の移りかわりの中で、曖昧さやゆらぎを含んだまま表現され、その時々の今を生きられている。民俗学や宗教に関する具体的な知見が、小説の中に導入されることもあるが、そのような場合であっても、やはり例外ではない。実体験とは異なるところから得られたそうした知識も、先ほど述べた伝聞と同じように、いったん作者の記憶と身体感覚の中へ溶かしこまれ、その中で濾過されたものだけが、作品に現れてくるようなのである。

　古井由吉の小説の中の過去のある情景が、作者が実際に見たり聞いたりした、現実の記憶から来たものなのか、あるいはそうでないのかを言うことが、ほとんど不可能なケースがままあるのも、おそらくそのためだろう。しかもそう感じているのは、かならずしも読者ばかりではない。作者自身にとっても、また作中人物においても、現実と想像、実体験と伝聞の境が消えかかり、想像や伝聞のほうが、記憶や身体感覚とむすばれて強烈な存在感を際立たせ、現実に見聞きしたはずのものを凌駕することすらある。しかも、こうした現実と想像、「私」と他者の間に生じるある種の融合や共振は、古井由吉の作品を最初期から最晩年まで貫く、本質的なモチーフとさえなっており、先ほどの民俗や風習、迷信俗信などに関する記憶も、作中にしばしば現れる、真偽の決定不可能な過去の光景と、深く密接に関係している。こうした点について、晩年の作者自身が次のように書いている。

「見た事と見なかったはずの事との境が私にあってはとかく揺らぐ。あるいは、その境が揺らぐ時、何かを思い出しかけているような気分になる。そんな癖《へき》を抱えこんだ人間がよりもよって小説、つまり過去を記述することを職とするというのも、何かとむずかしいことだ。それでは文章が、どう推敲を重ねたところで、定まらないではないか。しかしまたそんな癖の故に、この道へつい迷い込んで、やがて引き返せなくなったとも思われる」(「もう半分だけ」二〇一四年、『半自叙伝』)。

古井由吉がここで、「小説」のことを「過去を記述すること」と規定しているのは見逃せない点だが、まずは、彼がこれまで一体どのような場所でものを書いてきたかが、率直に語られている点に、注目する必要がある。すなわち「見た事と見なかったはずの事との境」のゆらぎのただ中から、さらにもうひとつ大きな「過去」のようなものが、覗こうとしているかのようなのだ。

すると「何かを思い出しかけている」、その「何か」とは、単に作者個人の過去のことでは、もはやないことになるのかもしれない。それは、一個の人生を超えた、他生の、あるいは大勢の昔の人の願望や理想や恐れや畏怖を含んだ巨大な過去、過去としての民俗であって、古井由吉の小説とは、一般に考えられているところの「虚構」というより、こうした意味での「過去」を記すことからなる、と言えるのではないかとさえ思われる。

二

そうした点から見て、初期に属する長篇『聖《ひじり》』(一九七六年)は、民俗的、あるいは土俗的なテーマとその輪郭が、鮮明に表れた最初の作品のひとつであると言える。山歩きをしていた学生の「私」が、通りすがりの村の娘に見込まれて、村の墓守役をいっとき引き受けることになる、という話の流れは、あきらかに古くからの説話の型を、単純な踏襲ではないものの、十分に踏まえている。それが同作を、物語として面白く、構成の面から見ても、ある程度明快なものにしている。だが、こうした明快な物語の枠組みが認められるのは、初期から一九八〇年代初頭にかけて書かれた小説までで、その後は、ぱったりと見られなくなる。このことは、書誌を辿ってみれば明白で、第一作品集『円陣を組む女たち』が刊行された一九七〇年から一九八〇年までの間に、多数の短篇のほか、実に六本もの長篇小説が書かれている。それに対して、一九八一年から一九九一年までの間に書かれたものの中で、従来の意味で長篇小説と呼べるのは、おそらく『槿《あさがお》』

（一九八三年）一作しかない。同時期に並行して書かれたという『山躁賦《さんそうふ》』（一九八二年）は、それまでの小説の形式を進んで逸脱して行くような、短篇の連作形式に近い「エッセイ」的な作品となっているし、一九八九年刊行の『仮往生伝試文』も、なるほど長篇ではあるが、『山躁賦』同様、またタイトルが示すとおり、「試文」的な連作という、短篇の連なりでもあるような独特の形式で書かれており、従来の物語的な小説の枠組みは、そこでも見事に取り払われてしまっている。

　ところで、古井由吉が、初期の頃から「エッセイ」という言葉に、いわゆる日本語で言うところの随筆や随想とは違った、ある独特の意味を込めて使っていたことはよく知られている。すなわちそれは、フランス語の動詞 essayer、「試みる」という本来の意味から来る、「試文」、「試論」、「試行」、「試み」等だが、従来の小説や物語の枠におさまらない「エッセイ」的な要素は、傾向としては最初期の短篇から、すでに見られたものではある。しかし、七〇年代を通した長篇、短篇さまざまな物語的試みが示すように、そのころはまだ、トータルな意味でのエッセイ的な表現は、古井由吉に顕著なものとしては認められなかったように思われる。大きな転換期がおとずれるのは、八〇年代の初頭である。

　のちに作家自身が、この転換期の作品について何度か振り返っていて、たとえば二〇一二年に書かれた随筆「吉と凶と」には、次のようにある。「「山躁賦」は四カ月に一度旅をして二篇ずつ短い文を書くという約束だった。（中略）文章の形は自由にまかせられていたので、紀行文とも小説とも、繰り言とも影との掛け合いともつかぬものになったが、勝手ながら、この道に入って十年にして初めて水を得た魚のようになり、心身も文も私としては弾んだ。こうして一生でも送りたいと思ったほどだった」（「吉と凶と」『半自叙伝』）。

この作家の資質にかなった表現のあり方が、『山躁賦』に至ってはじめて何の制約もなく、鮮やかに発揮されたのであろう、その時の充実感が、この一文からも十分に感じとれる。実際、同作こそ既記の通り、物語としての小説の形式を解体し、ジャンルも時間も時代も自在に横断する、ひとつのまったく新しい文章のフォルムを創りだした、古井由吉の最初の作品だと考えられる。

しかし、「それにひきかえ、並行して進めていた「槿」のほうは日を重ねるにつれ苦しくなり、小説とは何とむずかしいものだろうといまさら思い知らされ」（同前）云々とあって、同時期に書かれていた長篇『槿』の執筆のほうには、苦渋の痕が滲んでいる。そして『槿』は、作者自身ののちの言葉をかりれば、従来の物語形式に則った小説への、「最後のご奉公」となった（「「私」と「言語」の間で」一九九二年、『小説家の帰還』）。

以上を考えあわせると、『槿』の執筆を終えたころの古井由吉は、すでにある程度はっきりと、この作品が自分のこれまでの仕事のひとつの総括となり、区切りとなることを意識していたようにも思われる。つまり、七〇年代のとくに長篇を通じて慎重に試され、構築されてきた、小説らしい小説形式は、『槿』において頂点に達した、とひとまず見ることができる。一方、同時期に並行して書かれた『山躁賦』は、小説の《解体》へとはやくも傾いている、のでは実はなくて、むしろ《解体》と《構築》が同時になり、その中で過去と現在、想像と現実、小説とエッセイが渾然一体となって展開していく。たとえば同作中に見える、関西の社寺旧跡、およびそれらを取りかこむ霊山を訪ね歩いている「私」は、現実の作者なのか、それとも虚構の人物なのか。それを決定することは、もはやできない、というよりあまり意味のない問いとなる。現実か虚構かの二者択一は雲散し、作中の「私」が見たり想像したりしているものは、端的に現実でありかつ虚構、想像でありかつ現実でもあるという、識別不可能なゾーンへと放り込まれることになるからだ。いずれにせよ、『山躁賦』に至って、それまでは多かれ少なかれ認められたはずの、小説の物語的枠組みは取り払われ、現実と虚構の関係、言いかえればエッセイと小説の関係は、はっきりと区別されるものから、よりいっそう微妙で、とらえ難く、繊細なものになっている。

だが、そこに認められる、従来の小説の解体という事実は、それまでの諸々の主題やモチーフまでもが姿を消すことを、もちろん意味しない。七〇年代を通して展開された、さまざまなモチーフは、物語という制約を解かれたことで、むしろ純粋な《反復》の対象となり、いっそう自由かつ奔放に、作品の中に現れるようになる。実際『聖』のモチーフとなっていた、過去の民俗や風習、葬送儀礼などは、『山躁賦』や『仮往生伝試文』の中に、ある意味で脱物語化されたかたちで、もしくは前物語的、さらには超物語的なかたちで反復され、縦横に現れている。

概して『山躁賦』以降、小説における物語的枠組みや説話的な構造は、前提され、保証されることをやめるわけだが、それと同時に物語や説話は、その存在自体が、その出自や縁起、発生そのものを含めて、あらためて「エッセイ」の対象となり、問われるべきものとなる。くわえて、こうした新たな小説の試みにおいては、もはや物語やドラマが前提も保証もされないのだから、それらが作中、はたして生まれるか否かも、最後まで定かではない。それでいて『山躁賦』を読んでいると、物語も詩も歌も舞も、作中の「私」が歩いてまわる山谷のうちに、すでに濃厚なまでに潜んでいるように感じられてくる。だからこそ、そこでは物語や歌の現存や発生そのものが、古い土地を実際に歩くこと、そして書くという行為を通して、散文の側から問われねばならないものとなるのだ。古井由吉を、思索的なもの、批評的なもの、「エッセイ」的なものへと著しく接近させていくことになったのは、ここでは「紀行文」という古くからある形式を出発点とした、そうした新たな事態であり、それこそが『山躁賦』の重要な特徴のひとつであったと思われる。

そこで、旧来の物語や小説形式の代わりに、あらためて重い意味をもつことになるのが、古い物語や説話、そして歌の発生の機縁となったはずの、現代ではあまりにも見えにくくなってしまっている、山や谷や野の「地形」である。

「聖《ひじり》たちの棲んでいた、ときにはひしめいていたという、谷々をこの目で、すぐには摑めぬとしたら、あたりの余物を消去するぐらいにして、つかのまでも甦らせなくてはならない」(「千人のあいだ」『山躁賦』)。かくして作中の「私」は、往古に「聖たち」のひしめいていたといわれる、谷々の光景を、この現在において幻視しようとする。地形だけではない。気象の微細な変化、物の匂い、あるいは山々にみなぎる時鳥の鳴きだす予兆といったものもまた、『山躁賦』では重要な意味をもつようになる。そして何よりも、「古典」から窺い知られる、そうした土地で今も、もしくはかつて営まれていた民俗風習や、戦《いくさ》や厄災や死にまつわる宗教儀礼が、物語的な枠組みを取り払われて、前景化してくることになるのだ。

『山躁賦』の新しさは、だから小説の解体を極限まで推し進めたことにあるというより、むしろあらかじめ身を置いた、そのような荒涼とした現在地から、物語の、説話の、歌の発生を見つめ返し、それを遠い過去にではなく、この現実の《今》との直接的な接触のうちで、そのつど「甦らせ」、表現してみせようとしたところにあるだろう。

だが、もちろん作者は、そのような新たな表現の境地に、ひとっ跳びで至ったわけではない。『山躁賦』に至るまでに、数々の小説的、物語的な試みがあったわけだが、それらのうち、初期の代表作のひとつと目される長篇『聖』について、詳しく考えてみる必要がある。なぜならそれは、ほかでもない『聖』が、当時の作品の中でも、最も直接的なかたちで、その後の古井由吉の文学の核となるモチーフのひとつ、すなわち死者の葬いに関わるテーマを扱っているからである。

三

『聖』で描かれていたものとは何であったか。まず、表面的な点から述べるなら、それは戦後日本の急速な経済成長と近代化の過程で、古くからある村落の基礎が揺らぎ、いままさに失われようとしている土地の習俗の末期的な局面であり、それが、葬送をめぐる村の特異な「風習」のうちに、集約されて現れていた。しかもその風習は、厳密に言えば、もはや失われようとしているのですらない。この物語の主人公、東京から来た学生の「私」が、山歩きの帰りに偶然出会った、「佐枝」と名のる村娘の祖母の記憶の中に、かろうじて残されているに過ぎない。また、その佐枝にしても、東京に出ていたのを、一時的に故郷の村に戻っているだけの身であることが本人の口から語られており、根ざしはいずれ浅くなっている様子が見てとれる。それゆえ、葬送をめぐるこの村の特異な風習と、それにまつわる凄絶とも言える一連の過去の出来事が、どこまで確固たる事実であったかは、もはやわからなくなろうとしている。この作品は、周到にそうした点を示しながら展開していくため、まずは物語の筋を簡潔に辿っておかなければならない。

主人公の「私」が出会った佐枝の話によれば、祖母はいまや亡くなる間際にあって、しばらく前からそばで世話をしている孫娘の自分に、昔のことをあれこれ話して聞かせるようになったという。それは実際、きわめて妖しげで、筋の通りにくい話なのだが、昔からこの村には、時をおいて流浪の乞食のような者が流れて来るというのである。するとその乞食は、村はずれの地蔵を祀ったお堂脇の掘立小屋にいつのまにか住みついて、頼まれもせぬのに、そのすぐ「川向う」にある村の共同墓地の、墓守として振舞うようになるという。そしてその見返りのつもりか、ときどき村のほうへやって来ては、村人たちからほそぼそとした施しをうけてまわるようになる。そういうわけで、普段は「サエモン」と呼ばれて蔑視され、村人にからかわれ、罵られ、時には虐げられたりもしながら、村はずれの小屋にひとり暮らしている。「サエモン」というのは、障《さえ》の神、もしくは塞《さえ》の神の俗信から来るのだろうが、村に瀕死の重病人が出た時だけは、「ヒジリさま」と呼ばれて村人から尊ばれ、敬われるのだという。それはひとえに、この「サエモンヒジリ」が、死者を背負って小屋から川向うの共同墓地へと運び、遺体を土中に葬るまでを、村人に代わって唯ひとりで行うからである。つまりこの村では、つい近ごろまで、火葬ではなく土葬の風習があったことになる。またサエモンヒジリは、村にホトケが出た際には、経のひとつも読むというのだから、一応は坊主のようにも見える。だが、村にはそれとは別に、れっきとした寺も墓もあり、したがって坊さんもあるというから、「墓が二箇所あったこと」になり、なおさら奇妙でもある（『聖』三）。とにかく、この素性の知れないサエモンヒジリは、村の寺とは何の関係もなく、正規の僧でもなんでもない。それゆえ、葬いも済んで四十九日も明けると、やがてまた村人からは疎んじられるようになるという。そうこうしながら、また何人ものホトケを渡し、十何年も居つづけたかと思うとつぜん姿を消す。いや、その間に何かしら、しばしば女絡みの問題を起こしたりもするようで、じつは村の男たちによって追い出されるのだともいう。するとしばらく時をおいて、また新しいサエモンが村に流れてくる……。

一見、ほとんどあり得べからざることのようにも見えるが、「ただ偶然に流れ着くのでもなさそうに思える節があった」とあり、また村の「男たちの中には、この地方を渡り歩く乞食連の間になにか秘密の連絡があって、あきが知らされ、元締が腰を落着ける時期に来た乞食を送るのだ、と信じる者もいて」（『聖』三）とあるから、何か別に仔細があるのかもしれない。だが、それが明らかにされることはついになく、したがって結局のところ、昔からあるというこの「サエモンヒジリ」の奇妙な風習には、さしたる根拠も見当たらないことになる。ということはまた、死の床にあるひとりの老婆によって語られた、「サエモンヒジリ」をめぐる真偽不明の記憶の諸断片が、村はずれの小屋での若い男女の出会いと対話を中心とする、この物語の《現実》をまるごと作りだしていることにもなる。おそらくここに、古井由吉が《民俗》を扱う上での、独創的、と言ってまずければ、特異なアプローチがある。

つまり佐枝の祖母が、彼女に語って聞かせたという、ある意味ではかなり幻想じみている「サエモンヒジリ」による死者の埋葬の風習は、孫娘の佐枝が、主人公の学生の「私」に、祖母からの聞伝えの形で話して聞かせただけのものであって、それ以外に、その話を裏付けるような客観的要素や傍証は、作中にはほとんど見当たらないのである。佐枝の実家である祖母の家に住むという兄も兄嫁も、祖母の語った話を裏付けるようなことを、具体的に口にすることは一切ない。兄に至っては、物語の中に直接登場することすらない。

それでも、佐枝の祖母の話によれば、戦後二、三年までは「サエモンヒジリ」の姿が、村で見かけられたという。年号で言えばそれは、昭和二十二、三年、一九四七、八年頃のことになるはずだが、「しかしサエモンが村から消えて、七、八年も経つと、そんな風習が村にあったことさえ、人は忘れたようになった」ともあって、かなり曖昧模糊としてもいる（『聖』三）。要するに、この死に瀕した一老女の狂気を孕んだ昔語りこそが、『聖』の物語の核心部におかれているということであり、この老女の語る過去の民俗が、主人公の男女を出会わせ、物語を展開させる唯一にして最大の要因となっているのである。『聖』においては、《民俗》というかつて生きられた社会の現実そのもの、かつてあったとされる過去そのものが、最後まである種の曖昧さと謎、そしてゆらぎを含んでいると言える。

このことを特徴づける会話がある。過去の複数の、といっても総勢三人の「サエモンヒジリ」の昔話を聞かされた主人公の「私」が、「いったい、どこからどこまでが、君の見たことなの、君自身の話なの」と訝るのに対して、佐枝はこう答えている。「いやだわ、あんまりお祖母ちゃんの話相手ばかりしてたものだから、すっかり移ってしまって。ぜんぶ、お祖母ちゃんのなの。お祖母ちゃんだって、ぜんぶがぜんぶ自分で見たことみたいに話していたわ」（『聖』三）。

　このように、異なる二つかそれ以上の人称が、《語り》を通して重なり合い、人称と人称の境界が消え、融合してしまおうとする現象（いわゆる自由間接話法）は、古井由吉の小説にしばしば見られる。ただ、ここで注意しておかなければならないのは、このようにして佐枝が、間接的に主人公の「私」に語り聞かせた祖母の昔話が、単なる妄想のようなものでしかなく、そこで語られた村の古くからの風習自体が、根拠のない、恣意的なものに過ぎないと結論づけることは、かならずしもできないということだ。このことについてはのちほどまた、別の点からも述べるが、ひとまず次のように指摘しておくことができる。すなわち、客観性や事実性といった、近代科学や合理主義に基づく明確な立場に依拠しないかぎり、現実のわれわれもまた、主人公の「私」や佐枝、そして佐枝の祖母となんら変わることなく、曖昧さや妖しさ、また偽記憶や想像を必然的に孕んだ、真偽の決定不可能な記憶や伝承、語りのただ中に、何時でもおかれているはずである、と。そして、それら古い民俗や語りを時に信じたり、時に疑ってみたりしながら、かならずしも正解を得ることなく、そのようなものとしての《現実》を、人は刻々と生きているのだ、と。

　作者は、《記憶》および《民俗》をめぐる、この端的な、しかしなおざりにされがちな現実をこまやかに描いてはいても、批判的にあげつらってなどはおらず、ましてこの物語のほとんどすべての根拠となっている、佐枝の祖母の話の恣意性を強調してもいない。すくなくとも『聖』の主人公の「私」も佐枝も、佐枝の祖母の話を、べつだん疑うことなく、最後まで信じているように見える。いや、信じるも何も、とにかく受け入れて、その話に基づいて振舞うことになるのであって、「サエモンヒジリ」の昔話の真偽の決定は、そこではいささかも問題とはなっていない。このことはやはり重要であって、この点において私は、古井由吉が『聖』および後続の二作において、民俗や風習、また伝統といったものの根本的な「恣意性」を暴きだしたと考え、「聖」の存在の無根拠性を強調する、佐々木中の見解を受け入れることはできない（「解説　古井由吉、災厄の後の永遠」『古井由吉自撰作品四』所収、河出書房新社、二〇一二年）。彼は同論文の中で、老女の話を「妄想」と捉え、「聖は恣意的なものだった」（同前、三四〇頁）と結論づけているのだが、果たして本当にそうであろうか。この問題は、古井由吉の文学の本質的理解に直接関わるため、詳しくこちらの見解を示しておく必要がある。

まず、そもそもの発端は、山歩きの帰りの学生の「私」が、山道で片足を痛めてしまい、村を通りかかった際に、無断で一夜の宿をお堂脇の掘立小屋に借りたことにあった（ちなみに古井文学において、身体上の何らかの障害は、聖性の徴《しるし》でもある）。たまたまその様子を、佐枝の祖母が二階の窓から目にしていて、サエモンヒジリが自分の死期を察知してやって来たのだと、つまり自身の埋葬を引き受けるために、村に流れてきたのだと信じこんでしまう。だから、佐枝は祖母に言われるがままに、学生の「私」のところへやって来て、祖母の奇怪な願いを率直に話してみせたのだった。そして二人が出会ったこの最初の時点で、祖母のために、しばらくヒジリさまのふりをして、ここに居てくれと頼む佐枝に、そんなことをしても祖母を欺くことにしかならず、「あなたたちを、結局は侮辱することになる」と言って、いったんは断ろうとした学生の「私」に、彼女はこう言い放つ。「あんたの言うこと、心がやさしいようでやさしくないわね。ただ居ることが、人助けになることがあるのよ。何を考えていても、どんな気持でいても、同じこと」(『聖』二)。

この佐枝の発言は、『聖』の基調となる考え方のひとつを表しているようにも思える。すなわち、個々の心理や道徳観などに対する、行為や振舞い、あるいは「ただ居ること」の優位性とでも言うべき考えである。この作品に限らず、行為や振舞いによって心理は事後的に定まる、あるいはそもそも心理など最初から重んじられていないようなところが、古井由吉の小説には認められる。だから、結局は依頼を引き受けることになった主人公の「私」が、実のところは佐枝と寝たいがために、自分はここにこうしてとどまって居るだけだと白状することになるとしても、やはり同じことなのだ(『聖』四)。彼の小説においては、真偽の、あるいは現実と妄想の間の決定不可能な出来事のただ中に捕らえられ、宙吊りにされて、身動きの取れなくなった人物たちの身体とその振舞いこそが重要なのであって、当の出来事の真偽の判定など、いわば二の次の話なのだ。いや、むしろ現実か妄想かの決定など、はなからどうでもいい。

それにまた別の視点から見るなら、葬送に関するすべての民俗風習は、共同体の存続に関わる《必然》から生じたはずであり、元来は《恣意》の入り込む余地などないとも言える。つまり死と対峙した共同体、およびその一員としての振舞いとその反復によって、古い慣わしや仕来りや掟が発生してきたのだとすれば、その発生自体は、恣意ではあり得ないだろう。[1]「ヒジリ」の存在は、死者の葬いというその役割において、発生の必然を含んでいることになる。[2]なるほど

『聖』という現代の物語の中では、そうした意味での必然はもはやどこにもなく、そこにはただ、死に臨む老女の願いを叶えるためだけの、二人の若い男女によるつたない《擬装》の振舞いがあるだけだ。ならば、そうした点に古井由吉は、「聖」の根源的な恣意性を認めて、それを批判的に描こうとしたのであろうか。そうではあるまい。むしろ、古い習俗から切り離されたはずの現代の男女による、明確な根拠もモデルも欠いた、かたちばかりの振舞いのうちに、はるかなる「聖」という存在の《永劫回帰》を思う、作者の眼が注がれていたのではなかったか。古井由吉が『聖』のモチーフに関して、はっきりと次のように述べていたことを、いま一度ここで想起しておく必要がある。「死者を捨てるがごとくに葬ったという風習の影がいまだにわれわれ現代人の内にも残存していて、生きる心の底層をなしているのではないか、それが現代社会の中でもう一度露呈してくるのではないか」(「聖の祟り」一九八三年、『半自叙伝』)。また「私としては、生と死との境界にあって死を背負い顔は生者のほうに向けて立つ者としての、聖職者の原型というか発生形態に関心を抱きつづけた。そんな発生が実際につい近代まで見られたとかいう」(同前)。この「抱きつづけた」という点に、やはり注目しなければならない。そしてまた、「実際につい近代まで」、聖の姿は現実に見られたのだが、それについてはのちほど詳しく述べる。

ともかく民俗や風習、伝承をあつかう際の作家古井由吉の手振りは、慎重かつ繊細であって、民俗学や宗教学、あるいは社会心理学などの知識をそのまま適用するような、不用意さや安易さなどはまったくない。しかしまた、そこには人間の生や聖の恣意性を暴きたてるような、戦闘的な姿勢もロジカルな急進性もない。もしそうであれば、「聖」というモチーフは、その後の古井由吉の文学からは完全に消えて行くことになるはずである。ところが、彼の文学の軌跡をたどるなら、「聖」のモチーフは消え去るどころか、この作家の「生きる心の底層」で木霊しつづけ、生涯の関心となっていったように見える。ただしそれは、彼のその後の文学が、抹香臭い、いわゆる仏教説話めいたものになっていくことを、いささかも意味しない。それに、この「聖」なる存在は、そもそも一般に考えられているような、仏教の正規の僧や徳高き僧侶のことを指すわけではないのだ。のちほどあらためて見るように、それはむしろ、遺体の埋葬や墓掘りや墓守といった、最も切実でしかも人々から忌み嫌われたことにたずさわってきた、非合法の、半僧半俗の宗教者のことを指す。かくして、「生と死の境界にあって死を背負い顔は生者のほうに向けて立つ者としての、聖職者の原型というか発生形態」への作者の関心は、初期の長篇『聖』で初めて主題化されたわけだが、それはかたちを変えながら、最晩年まで続いていくように思われる。晩年に近い二〇〇九年に刊行された、『人生の色気』の最後のところで、古井由吉が次のように語っているのは、その点で何よりも興味深いことである。

「昔『聖』という小説の主人公を墓守男にしました。山歩きをしていた学生が墓守小屋に流れつき、見様見真似で集落の墓守男役をやっているうちに、本物になりかかるという話です。どこか自分自身のことが反映しているのかもしれません。あの続きを書くのはもうたくさんですけれど」。

この不思議な述懐は、本当に多くの意味を含んでいる。というのもまず、この発言は一見して奇妙なのだ。古井由吉は、実際には『聖』の続きを書いている。同じ主人公の男女二人を、今度は第三人称で登場させた続篇『栖』、そして最終的に『親』が書かれ、三部作となって完結しているのである。なるほど『栖』は、もはや「墓守」の話とは関係ない。『栖』はむしろ、徳田秋聲の短篇「新世帯」を念頭においた、現代の東京流入者としての若い男女の生活の始まりの物語だ。『聖』と『栖』の関係を、初期の中篇「杳子」と「妻隠」の関係のように、それぞれ独立した作品でありながらも、一方が他方の続篇のようにも読めるという、ゆるやかな繫がりと仮定するなら、『聖』の「あの続きを書くのはもうたくさん」という、晩年の作者の発言に、特別おかしなところはない、と受けとることはできる。

しかしこうは言えないだろうか。すなわち、後年の古井由吉の作品すべてが、『聖』の本当の意味での「続き」となっているからこその、あの奇妙な発言ではなかったか、と。同じ『人生の色気』の、先ほどの引用の直前の箇所で古井由吉が、森鷗外について次のように述べているのを読むと、確かにそう感じずにはいられない。「晩年の森鷗外は、まるで墓守です。人の死を次から次へたどり、塔婆がいっぱい立っているような小説です。人の死を記す時には、筆がこまやかになるんです。何月何日と細かく刻んで、死へ近づく日々を、簡潔な筆ながら、しっかり書きこんでいる。小説は、鷗外の史伝のように、編年体で書くと一番やすらかなのかもしれません。過去帳を書いているような気がして」。

含蓄のある評だが、さてどうだろうか。まず、この批評の大部分が、後年の古井由吉自身にも当てはまるはずである。彼もまた、鷗外に劣らず「まるで墓守」であって、戦争や厄災によって死んでいった人々の塔婆が、それこそあちこちにいっぱい立っているような小説を、くりかえし

くりかえし、執拗なまでに書いているではないか。『聖』の主人公の「墓守男」について、「どこか自分自身のことが反映しているのかもしれません」と語った晩年の作者の感慨は、率直に受けとめるべきだと思われる。ただ、鷗外の小説、史伝と決定的に異なる点が、少なくともひとつあることも確かだ。古井由吉の小説は、すなわち鷗外の「編年体」からは最も遠いところにある。彼の小説の中では、時間は錯綜し、捻れて、遠い過去がこの現在とくりかえしひとつに重なり合おうとする。仮に小説を「編年体で書くと一番やすらか」だったとしても、古井由吉にはそれができなかった。できなかったのは、能力や時代云々の話ではもちろんない。そうではなく、小説の中に記されるべき「人の死」が、他者のものであるだけでなく、同時に彼自身の死でもあったからだ。

古井由吉は、後年の作品の随所で、まさに鷗外のごとく「死へ近づく日々を、簡潔な筆ながら、しっかり書きこんでいる」。しかしそれが、「編年体」にも「過去帳」のようにもついにならなかったのは、その「死へ近づく日々」が、《他者》のものであり、かつ《私》のものでもあって、書くという行為が拓く《現在》のうちで、自身のさまざまな《過去》が反復しながら共存する、死への無限接近であり続けたからではないか。このような小説を書いた者は、彼以前にも以後にも、おそらくひとりもあるまい。晩年の古井由吉の小説を読む際に、読者がしばしば強いられる、静かさのただなかの息の詰まるような切迫感、軽みのなかにひそむ無数の死者の重みのようなものは、この死への無限接近を孕んだ《永遠の現在》そのものの表現から来るのではないか。「墓守男」の聖は、つねにその現在にいる。

四

古井由吉の連作短篇集『魂の日』（一九九三年）の中の「醜の四股」という作品の中に、日本の墓制の歴史について詳しく論じた、五来重（一九〇八―一九九三年）の著書『先祖供養と墓』へのやや詳しい言及が見られることは、注目しておいていいことだと私には思われる。五来は、柳田國男（一八七五―一九六二年）の民俗学を受け継ぎながら、仏教と民俗の関係に焦点を当てた「仏教民俗学」、ないし「宗教民俗学」を唱えた碩学だが、古井由吉が、自身の作品の中で、同時代の、それも学者の名と著書を挙げることは、特定の本の書評や評論をのぞけばかなり少ない。これは、研究者ではない作家のことであるから、当然と言えば当然なのだが、やはり少ないだけに注意を惹かれもする。彼はその中で次のように書いている。「仮りずまいに移ってまもなく、ある日、近所の書店で五来重氏の近著「先祖供養と墓」を見つけて、ヨハネの黙示録をドイツ語で読み返そうかと思っていた頃だったが、迷わずに買って帰った。日本の葬制、とりわけ埋め墓と詣り墓と、二つの墓を持つ両墓制については、私は三十代の末から、五来氏と同じく宗教学および民俗学の碩学であられた故原田敏明氏の町田のお宅に幾度かうかがって話をうかがったり、埋め墓やその近くの六地蔵の写真などを見せて頂いたりして、深く心に掛っていた」（「醜の四股」『魂の日』）。

五来重ともう一人、原田敏明の名が挙げられているが、言うまでもなく、埋め墓も六地蔵も、

『聖』の中に出てくる重要な要素であり、その刊行が昭和五十一年、作者三十九の年のことであるから、それは古井由吉が町田まで原田氏を訪ね、話を聞きに通っていたという時期とちょうど重なっている。つまり、死者の埋葬、葬送儀礼をめぐる、かなり特殊な民俗を下敷きとした、『聖』の物語が書かれるにあたって、古井由吉は同時代の民俗学者、宗教学者の著書や肉声に熱心に触れていたということになる。この事実は、この物語の根拠や背景となっているものを、単なる「妄想」として片付けることのできない重要な理由のひとつとして、やはり注意しておくべきだろう。[3]

そこで、ここでは『聖』の下敷きとなっている民俗学的、宗教学的な知見と、古井由吉の創作との関係の独特のあり方について見ておきたい。民俗学の文学への導入によって、彼が何をしようとしていたかということの、一端だけでもうかがい知れるのではないかと思われるからだ。すでに述べたように、古井由吉は『聖』の物語を書く上で、同時代の民俗学から得られた知見、古い時代からあったとされる、葬送に関する日本独特の習俗を下敷きとしていた。ではそれは、具体的にどのようなものであり、どのように創作である『聖』と関係しているのだろうか。民俗学者でも宗教学者でもない、作家古井由吉について考えるためには、作品に関係する範囲内で、それを簡潔に見ておく必要がある。

まず基本的な確認として、日本においてかつて広く行われていた葬送儀礼、埋葬風俗についての研究の先鞭をつけたのは、日本民俗学の創始者、柳田國男である。その柳田が、大正三年から四年にかけて「郷土研究」に発表した「毛坊主考」（単行本としては未刊。『柳田國男全集11』所収、ちくま文庫、一九九〇年）の中で、「わが邦の埋葬風俗に関してはこれまで誰も攷究《こうきゅう》を試みた人がない」（同前、四二九頁）と書いているから、それまで研究対象としては、ほとんど手付かずの状態であったと思われる。また表題とされた「毛坊主」と、ここで問題となっている「聖」を、柳田はこの論文の中ではっきり同一視していることも、あらかじめ述べておかねばならない（同前、五一一、五四三頁）。しかしながら、古来、複数の漢字を宛てて「ヒジリ」と称された者の、その対象も境遇も、実のところは時代とともに非常に大きく変遷しており、これと一言で言うことができない。まずはそのことを、柳田は実証的に示しているのだが、ただ確かなこととしては、この「ヒジリ」の重要な役割として、死者の埋葬や供養などが挙げられるということである。つまり「ヒジリ」は、日本の古い「埋葬風俗」に深く関わる者であった。

では、「ヒジリ」とは具体的にどのような存在だったのだろうか。まず、戒を受けた正式の僧と区別して、在家の、つまり出家していない仏法の徒を「俗聖《ぞくひじり》」と呼んだ例は古く、『源氏物語』の橋姫の巻にも「そくひしり」という語が見えるから、相当に歴史があることがわかる。彼らは「俗聖」のうちのある者は、「聖」の字に反して、女犯、肉食妻帯もかなり普通のことだったようで、「毛坊主」、すなわち頭に毛もあれば妻子もある、半僧半俗の仏徒、あるいは下級の宗教者を、とくに中世には「ヒジリ」と広く呼んでいたようなのだ。だから「聖」のことを、徳の高い僧侶とするのはほんの一部の例に過ぎない。まして『今昔物語集』には、人を殺したヒジリの話や、盗賊をして暮らしていた者がのちにヒジリとなった話まであるから、この名で呼ばれた者がみな、立派な僧や宗教者だったわけではない。それどころか、「乞食と列べて最も下賤なる階級の名にせられている」時代さえあったという（「俗聖沿革史」同前、五六〇頁）。

また、「聖」にも細かくはいろいろな種類や呼名がある。なかでも「三昧聖」や「御坊《おんぼう》聖」と呼ばれた一群について、柳田國男はたとえばこう書いている。「これら多数のヒジリは、ことごとく三昧所すなわち墓所の番人で公式の名は惣三昧《そうざんまい》御坊聖、火葬の火焼《ひた》きとともに土葬の穴掘りをも兼ね営み、まったくそれがためにすこし世間から別扱いにせられていたらしいのである」（同前、五七一頁）。つまり「信仰の上から凡人のいやがる死人の始末をしたこと」（同前、五七三頁）によって、有り難がられもするが、忌まれもする。そういうわけで、「自ら進んで、死人処分の任に当り、しばしば三昧所をもって道場としておった」（同前、五七五頁）者もあるようだが、彼らはもともとは「旅から旅と漂泊生活を送った無名の仏徒」（同前、五五六頁）であったという。つまりその多くが、のちに一所定住するようになるのだが、元来「ヒジリ」は「わが日本の国々を漂泊して、寺のない宗教生活を続けていたもの」（同前、五六三頁）たちのことであったのだ。

このように中世から、さらには古代までも遡るような、「ヒジリ」とそれにまつわる古い葬送習俗である。それが、すでに高度経済成長期のただ中にあった、一九六〇年代の日本の地方の小都市からほど近い村落を舞台とした、小説『聖』で描かれているということを、現在の読者は、あるいは奇異に感じるかもしれない。この物語は、遠い昔の土俗信仰を下敷きにして書かれた、純然たるフィクションにちがいない、とくにその中で語られる、遺体を村はずれにある川向うの一角の空地まで運んで、「捨てるがごとく」に葬るなどという風習が、火葬の設備や制度の行きとどいた現代の、つい近ごろまで残っていたなどとは信じがたい、とそう思うかもしれない。

現在から見れば、それももっともな疑念だが、『聖』に出てくる埋葬の風習は、上述したような民俗学の知見から着想を得て、古井由吉が単なる想像によって、舞台を現代の農村に借りて描いたものではかならずしもない。彼は『聖』を連載していた当時、まさにその中で描かれていたような、ゆるく耕された畑のような村落の共同墓地の中に、うっかり足を踏み入れてしまったことがあるという。作中に出てくる「埋め墓」の話は、作者の実体験でもあったのだ。それは「昭和五十年の十月のこと」とあり、場所は鬼怒川の川上のほう、「川治、五十里をバスでながながとさかのぼり、日光街道から西へ逸れて支流の温泉郷まで来て」、近くの百姓屋敷風の店で酒を飲んでやすんだ、その翌日、連れと二人「酒の気を払うために、山道をしばらく谷の奥まで登ってみた」、その帰り道のことである。「谷の温泉郷までもうひと折れしてまっすぐ下る手前、その曲がり目の谷側の、枯れかけた草原に暮石の並ぶのが見えた。人の墓地を目にとめてつかつかと踏みこむ神経を私はもちあわせていない。ただ、墓地の正面かなり手前に小広い空地があってとぼしい草を生やし、そこから谷が見晴らせそうなので、一服するつもりで入って行った。ところが真ん中あたりまで来て足もとがなにやら、具合が悪くなった。畑の中へ踏み入ったような感触がする」(「聖の祟り」『半自叙伝』)。

その下に、遺体が埋葬されていたことがはっきりしたのは、それから間もなくして、それも思いがけない方角からであった。作者がある大学の学園祭に呼ばれ、自身の創作のことやら近頃の関心について質問され、日本の埋葬の風習への興味を話した際、つい先日の、この谷あいでの体験を語って話を切りあげたという。すると帰りぎわ、廊下に出て追いかけてきた女子学生が、

「あの、さきほどのお話、あれは私の郷里に近いほうなんです、ご想像のとおりあの下には実際に、死者《ほとけ》さまが……という」(同前)。

古井由吉は、呆気に取られたと書いているが、まさにそうだったろう。しかも旅先で墓地の中に偶然入ってしまったのが、「「聖」の連載を十一回目まで、ちょうど済ませたところだった」(同前)というから、奇妙な巡り合わせでもある。つまり実体験を元に想像をふくらませて作品を書いたのでなくて、作品の連載がもう残すところあと一回まで来た時に、作中で描いたのと同じような場面に、作者自身が現実に遭遇することになったのだ。

このように、『聖』で描かれていたような、死者の埋葬にまつわる習俗は、遠い昔に消え去ってしまっていたものなどではなく、ごく最近まで、「両墓制」というかたちで、実際に日本各地の農村に残っていた。このことは、たとえば原田敏明の『宗教と民俗』(一九七〇年)を見るなら歴然としている。[4] では、当の「ヒジリ」のほうはどうか。半分は物乞いをしながら、死者の埋葬供養やら村落の墓守をして、各地を漂泊するように旅から旅に暮らしたという「ヒジリ」のほうは、さすがにはるか遠い昔話ではないのか。これもしかし、かならずしも単なる昔話ではなかった。古井由吉がその著作に触れていた、仏教民俗学者の五来重が、自身の実見談を次のように書いているのは、じつに興味深い。

「ちかごろでは空也聖の鉢叩《はちたたき》や、笈《おい》を背負った淡島願人、あるいは六十六部回国聖のすがたを見かけることがなくなった。しかし第二次世界大戦のはじまるまでは、田舎町の埃っぽい街道の昼下りなどに、家々をおとずれるかれらのすがたがよく見られたものである。それどころか大戦がすんで間もなくのこと、私はいま住んでいる京都の郊外で、くたびれはてた淡島願人が笈を地べたにおいて、路傍の石に腰をおろしているのに出会ったことがある。また昭和四十五年にも北九州の田川市内で、布切をたくさん下げた笈を負った淡島願人にであった。よほど気まぐれな放浪者であったのか、あるいはなにか事情があって、彼をそのような姿で放浪させたのか、それは知る由もなかった。しかしそれはうたがいもなく、古代の聖が神を背中の笈に奉じて、旅から旅へ遊行する庶民宗教者すなわち聖のすがたにほかならなかったのである」(「遍路と巡礼と遊行聖」『仏教と民俗　仏教民俗学入門』角川選書、一九七六年)。

第二次世界大戦のはじまる前の昭和十二年、一九三七年生まれの古井由吉にとって、五来重の書いた、以上のような「聖」のいる光景は、幼い頃に実際に目にしたことがあるか否かを問わず、おそらくまだ、現実的な想像のうちのことであったと思われる。実際、『聖』の物語の時代設定は、東京オリンピックの前年と作中にあるから、一九六三年の話ということになるはずであり、作中で、老婆が孫娘に語って聞かせた昔のヒジリたちの話と、五来重が書いている、「聖」たちがまだ「よく見られた」という時代とは合致する。もちろん、五来重が記述している「聖」と、『聖』で描かれていた、創作としての「サエモンヒジリ」とが同じだというわけではない。しかしながら『聖』は、少なくとも近代化によって失われかけた民俗風習が、現実のものとして、あるいは現実に想像できる範囲内において、まだ日本の田舎では感じられていたその最後の時期を、舞台として見事に選んでいるとは言えないだろうか。そしてそれは、柳田國男が亡くなるその翌年であった。

「聖」なるものの存在を歴史的に辿り、明らかにした最初の人が、その柳田國男であったわけだが、注意すべきことに柳田自身は、近代にはもはや遊行の「毛坊主」、つまり放浪の「聖」は存在しないと考えていた。だから彼は、大正期に書かれた「毛坊主考」の中で、わざわざ次のように注記している。「毛坊主の徒の放浪生涯というは昔の話にして、今はほとんど土着定住せざる者なきは自分も最初よりこれを認む。ゆえに各部落の名を挙げその郷土について記述せり。今も放浪するがごとく人をして解せしめたりとせば不文の責あり」(『柳田國男全集11』、五〇九頁)。

そうなるとやはり、古井由吉の小説『聖』の着想をめぐる、より直接的な関係は、柳田よりも五来重のほうにあるように思われてくる。実際、五来重こそ、その仏教民俗学において、柳田國男の「毛坊主考」および「俗聖沿革史」を継承しつつ、「聖」についての最も包括的な研究を残した者にほかならない。五来は、「妻も子もある聖」について次のように書いている。「このような肉食妻帯の私度僧は、奈良時代から、「沙弥《しゃみ》」「優婆塞《うばそく》」「聖《ひじり》」「禅師」とよばれて、僧綱から取り締られた。かれらが僧綱のいうように、たんなる破戒僧でなく、むしろ日本仏教の正統を保持したものであり、日本固有の庶民信仰を仏教に生かした宗教者であることを、私が『高野聖』で主張するまで、この聖の地位と功績は評価されなかった」(「僧侶の肉食妻帯」一九七五年初出、『日本の庶民仏教』角川選書、一九八五年)。これを事実として認めるなら、「聖」に関わる主題の多くが、五来重の仏教民俗学から出来していることがわかる。

ちなみに、文芸批評家の安藤礼二は、古井由吉についての論考の中で、「聖」の意義に着目した興味深い考察を行なっている(「境界を生き抜いた人　古井由吉試論」『文學界』文藝春秋、二〇二〇年五月号）。その中で彼は、柳田國男と折口信夫からの影響を指摘しているのだが、たしかに古井由吉の、柳田國男への注目すべき言及は、すぐに思いあたる限りでも三つほどある。一つは、安藤氏も論文の中で言及している講演「私の小説の中の女性」、二つ目は、編『日本の名随筆73　火』（一九八八年）、そして三つ目は、編『馬の文化叢書　第九巻　文学　馬と近代文学』（一九九四年）の「解題」である。その中で古井由吉は、「柳田国男という人を最後の文人の一人と見ている」とまで書いているから、その尊敬のほどもうかがい知られる。だが、「聖」に関して言えば、すでに述べたように、柳田はもはや近代に放浪の聖は存在しないと考えていたし、「毛坊主考」、「俗聖沿革史」以降、それらの題材を発展させて論述することは、ついになかったように思われる。したがって「聖」というテーマは、やはり柳田自身の民俗学においては、傍流と言わざるを得ない。一方、五来重は、「聖」という主題を柳田から受け継ぎつつも、『高野聖』（初版一九六五年、増補版一九七五年）をはじめとする著作で、それをさらに詳細かつ実証的に考究し、ついに「聖」を、日本人の庶民の宗教を長きにわたって根底から支えてきた存在のひとつと見るまでに至った。「聖」の存在を、歴史的に日本の民俗・宗教史の根底のひとつに位置づけ、民俗、文学、芸能、歌謡、そして信仰を貫く源泉のひとつとして、はじめて包括的に提示してみせたのは、よって五来重であると思われる。だから、「聖」と葬送儀礼の問題に関する限り、柳田國男との関係以上に、作者と五来重とのより直接的な接点を見出すべきではないか[5]。五来重の「聖」関連の重要な論考が発表された時期と、古井由吉が『聖』を執筆していた時期とがある程度重なっていることにも注目され、彼らの文学と民俗学の同時代性を積極的に認めるべきではないかと思わ思われる。

ただし、両者の間にそれ以上の関係をことさら強調すべきではない。これまで書いてきて、奇妙に思われるかもしれないが、私はむしろ、古井由吉が民俗学者でも宗教学者でもなく、あくまで、戦後の現代作家であったことを何より重く見るべきだと考えている。言うまでもなく古井由吉は、ドイツ文学者として出発し、若い頃からドイツの近代文学、哲学、自然科学に学んだ。そしてその彼もまた、自国の宗教や民俗には普段は疎くして暮らしている、多くの現代都市生活者のひとりであった。重要なのはしかし、この平凡すぎる事実そのものではない。そうではなく、古井由吉がそのことに対する自覚を、ほとんどひとつの倫理のように、生涯はっきりと保ちつづけたということのほうである。

すなわち作家古井由吉は、宗教学者や民俗学者のように、「聖」の宗教、民俗の視点から、現代の日本の仏教、宗教の姿について語る立場にはもちろんない。また、日本の古い宗教観においては仮にそうであったとしても、「霊魂」の実在を前提として語ることもできない。すれば自他に対して嘘になる。だから「試み」、「試文」としてのアプローチだけが、作家の自分に許された唯一の方法だと考えていたのではないかと思われるのだ。生前刊行された、古井由吉最後の連作短篇集『この道』（二〇一九年）におさめられた、全八篇の内の最後の一篇「行方知れず」の中に、「霊魂」の存在をめぐる問いを、にわかに否定してしまうような一節が見られるのも、おそらくそのことと関係している。彼はその中で、はっきりこう書いている。「霊魂の不滅を信じる者ではない。生きている者として、死後のことを考えるのは詮ないことだと考えている。霊魂の不滅を信じる人間が世界の過半数を占めるとしても、かりにも合理の洗礼を受けた近代の大都市に暮らす以上は、すくなくとも一般の論議の場には霊魂の不滅というようなことを持ち出さぬのが作法だとも心得ている」(「行方知れず」『この道』)。

このように、物事をあくまで慎重に、相対化して捉えようとする近代合理主義の立場が、古井由吉の作品の、ほとんど最後の最後まで踏まえられていることを見逃してはならない。彼の小説の中で、「霊魂」といった観念が、無批判なまま受けいれられたり、前提されたりすることはけっしてない。だが、近代の「個人」ではなく、古い《共同体》という観点から「霊魂」の問題を考えてみようとするなら、どうだろうか。そこには「合理の洗礼」によっては動かしようもない、ある切実な要請があったと考えられることも、やはり確かではないか。先の引用文は次のように続いている。「しかし、霊魂という観念の起源はおそらく太古にさかのぼる。人類が原初の社会を営み出した頃にはすでに、一身を超えた共同体の存続を願って、あるいはその存続の前提として精霊、先祖の霊という観念が求められたと思われる。精霊は不滅でなくてはならない。観念があれば言葉もある」(同前)。

このあたりに、古井由吉の小説が、最後の最後まで、本来の意味での「エッセイ」すなわち「試文」でなければならなかった理由を見てとることができるように思う。つまり「霊魂」も「精霊」も「先祖の霊」も、近代社会が慎重に「一般の論議の場」からしりぞけてきた、始末のわるい諸観念であろう。死者の葬送供養を事とした「聖」の存在と、それにまつわるきわどい民俗風習が、近代に至って実質的に失われてしまったのも、結局は同様の理由によるはずだ。しかし古井由吉は、この近代の合理的立場を一面的に批判することも、軽視することもついになかった。それどころか、自分もその立場を踏む者のひとりであると、きっぱりと断っている。だが彼は、書くことを通して、この「合理の洗礼」のいわば《向こう側》を完全に否定しさることの困難にも、それこそ現実の障碍物に遭遇するようにして、くりかえし向き合うことになったのだ。だから古井由吉が、「魂」や「神秘主義」や「聖なるもの」といった非合理な主題を好んでいた、と単純に考えるとすれば、それはあきらかな誤りである。

「霊魂」があるか否か、一体誰が知りえよう。誰に「魂」の、「死後」の存続をはっきりと証明することができよう。作家も詩人も例外ではない。そうであるからこそ作家は、そのことを現代を生きる者のひとつの倫理として絶えず自覚しつつ、自身が知らないはずのことを、奇妙な「既視感」、また「既知感」に導かれて、《そのつどの試み《エッセイ》》を通して書きつけようとしたのだ。でなければ、「小説」はただの虚言に、由なき虚構になってしまうだろう。古井由吉が、小説を書くということに付き纏う、根源的な「恣意感」を終始突きつけられながらも、それから片時も目を逸らさず、向き合いつづけたのは、そのためではなかったか。そこに、「合理の洗礼」を受けた現代の作家古井由吉における、「エッセイズム」という切りつめられた倫理と実践の理由があったように思われる。

また、こう言ってよければ、《民俗》というものは、それが現実に、民によって生きられたものであるかぎり、かならず揺らぎや曖昧さ、そして未知の、決定不可能な側面を含んでいる。学問としての民俗学や宗教学、社会学などは、どうしても、それらを判断、分類し、論理的な整合性をもたせ、決定しようという方向性をもたざるを得ない。一方、古井由吉が小説において最後まで担保しようとしていたのは、まさにその反対の、決定不可能なものの持分だったのではないか。この場合、何ごとかが《決定不可能》であるとは、それに対する主体的な態度や判断を留保することとは異なっている。それは、問題となっている事象や出来事についての、主体による判断の保留といったことではないのだ。もし単にそうでしかなければ、決定の可能性はあくまでも残されている。そうではなく、ある事象ないし出来事が、それ自体において差異や揺らぎを、言いかえれば謎や秘められた部分を孕んでいるということ、またそのようなものとして、現在へと回帰して来るということなのだ。

したがって、歴史的な事象の《決定不可能性》は、その根拠の不在や恣意をかならずしも意味するわけではない。むしろ根拠や根源とされるものの、本質的な底の知れなさを示唆してさえいるのである。そして、そのような決定不可能なものとしての民俗、また記憶や伝承を、そのまま無批判に受けいれるのではなく、それらに対して《開かれてあること》こそが、古井文学にとっては、何より重要なことだったのではないかと思われるのだ。

そしてまた、古井由吉にとって「恣意」とは、おそらく究極的には近代の合理的システムそのもの、因果や運命や業といった古い諸観念の関与し得ない、純粋に数理的な系の中の任意の点、もしくは確率のようなものと不可分であった。そして「合理の洗礼」とは、彼にとっては何よりもまず、幼少期にその中を逃げまどった、戦時下の大空襲であった。ならば「聖」の存在は、誰よりも古井由吉自身の目に、葬送にかかわる過去の滅びた民俗などではなく、《永遠の現在》の中で、焼き払われた土のうえに横たわる死者たちと生者たちが、生涯の祈りのごとく求めていた、何ものかとして映っていたのではないか。

注

1 古井由吉は、佐々木中に次のように語っている。「「掟」を言い換えると、「謂れ《いわ》」ということがある。僕が若くて生意気盛りの頃、なんでこれはこうなんだと食って掛かると、年を取った連中が「それは『謂れ』のあることだ」と言うんです。しかし、どうしてそういう「謂れ」があるんですかと問うと、誰も答えられないんです。「謂れ」や「掟」というのは、発生した初期は何らかの強い必然に迫られて、これなくしては滅亡だという切羽詰まったところから生まれますよね。これはそれなりのリアリティがある。その「掟」のおかげで世の中は安定した。しかし時代が経つとその必然性が忘れられる。にもかかわらず「掟」自体は残る。そのうちにだんだん社会が大きくなって、その足元もあやしくなる。それが近代だと思うんです。文学の側から見れば、「謂れ」の中から詩や演劇が生まれ、そこからさらにまた「謂れ」があってある必然性があって散文、そして小説が出てきた。(中略)そこで僕は「謂れ」を踏む、詩文の根っこを戻せるかどうかが大事なんだと思います」(対談「40年の試行と思考」『文藝』二〇一二年夏号初出、『古井由吉　文学の奇蹟』河出書房新社、二〇二〇年に再録)。これを読むと、古井由吉は恣意を描こうとしているというより、恣意を描きつつも、さらにその先にある、「何らかの強い必然」に触れることを願っているように思われる。

2 『聖』執筆の時期と重なる、昭和五十年、一九七五年になされた講演「日本人の宗教心について」では、死者の葬送、葬式に対する古井由吉の考え、またそれと結びついた日本人の死生観に関する思想が、丁寧に語られている。この講演は、『聖』の自己注釈としても機能し得るものと思われる。『古井由吉全エッセイII　言葉の呪術』作品社、一九八〇年。

3 『聖』執筆中の、まだ三十代の若き古井由吉が、自分より四十以上も年長の学者、原田敏明をわざわざ町田の自宅まで、それも複数回にわたって訪ねたというからには、事前に彼が、原田の著作に触れていたと考えるのが、やはり妥当だろう。『聖』における村の風習、民俗描写を読むかぎり、原田の『宗教と民俗』東海大学出版会、一九七〇年、『宗教と社会』同前、一九七二年、等を読んでいたことは、その基本的考えの類似から見ても、おそらく間違いないと思われる。

4 「死者の遺体を埋葬する場所と、それを礼拝供養する場所と、この両者が一致しないで、二カ所別々になっていることがある」(「両墓制の問題」『宗教と民俗』、二二五頁)。ごく簡単に言って、これがいわゆる「両墓制の風習」と呼ばれるものである。

5 もちろん、原田敏明もそうである。古井由吉が『聖』執筆にさきだって読んでいたはずの、『宗教と民俗』の中の論文「両墓制の問題」と、「両墓制の問題　再論」で原田は、はっきりと柳田國男と折口信夫の見解に異議を唱えている。ここで詳述はできないが、折口が、現代に残存する「両墓制」が「古代の民俗印象を、ある点まで伝えている」(二五四頁)と考えるのに対して、原田は、具体的事例の検証とともに、その反証を挙げ、現代と古代のそれとの間に、ある種の断絶があることを示唆している。ちなみに、この「両墓制」と呼ばれる、日本独特の風習についての最初の重要な見解を示したのも、柳田國男(「葬制の沿革について」昭和四年)であった。原田は、柳田のこの論考の意義を十分に認めたうえで、それに実証的な批判を加えることで、継承していると言える。また、古井由吉の『聖』における、村社会の現状に関する描写をつぶさに読むなら、あきらかに原田の『宗教と民俗』、および『宗教と社会』の中にある論文「村の変遷と宗教」その他で示された見解が踏襲されていることがわかるだろう。

折り重なる厄災の記憶

一

『哀原』（一九七七年）の中に収められた、「赤牛」という短篇は、古井由吉が自身の空襲体験のことを正面から取りあげてつぶさに書いた、最初の作品と言えるかもしれない。ただ、よく知られているように、彼の作品は、小説もエッセイもさらには翻訳もふくめて、反復につぐ反復で、類似した内容の話やモチーフが執拗にくりかえされるため、あるモチーフがどの作品で最初に現れたのかは、にわかにはわからない。その反復の力、くりかえしの粘り強さには、眩暈すら起こさせるものがある。結局、何かが反復されるということは、その事実そのものによって、その何かはもはや同じではあり得ないのだという感慨に至らされる。むしろ《反復》によってもたらされる効果として、同じ、とか類似したとかいう印象が、われわれのうちに作られると言うべきなのだろう。またか、という感慨は、まさに反復の与えるひとつの効果である。ただしそのつぶやきが、うんざりしたトーンでなされるのか、あるいは一種の戦慄とともに口から漏れるのかでは、効果はまったく異なってくる。古井由吉の作品はむろん後者であって、そこでは反復がかならず不思議な戦慄を、奇妙な差異をもたらすことになる。

その一方で、あるモチーフが複数の作品の中でくりかえされていると、人はその初出を特定してみたくもなる。つまりは始まり、ないし起源を知りたいという欲求、あるいは性《さが》を、人は多かれ少なかれ持ち合わせているようである。私が「赤牛」という短篇を読みかえしてみたのも、やはり作家古井由吉にとって、根源的な体験だと考えられる戦争体験、とりわけ空襲について正面から語られたものの始まりを、あらためて確認してみようとしてであった。ただ、「赤牛」が戦災下、とくに空襲の時のことを最も大きく取り上げた、最初の作品のひとつであることはおそらく間違いないとしても、彼の第一作品集の表題にもなっている、短篇「円陣を組む女たち」(作品集は一九七〇年、初出は一九六九年)には、はやくも作者自身が体験した空襲下のある出来事が、重要なモチーフとして登場している。またそのほかにも、戦時下に作者が見聞きした光景や体験が印象深く描かれたり、取り入れられたりしている例は、すでに初期の、複数の作品の中に断片的な形では散見される。たとえば短篇集『水』(一九七三年)に収められた、美しく、陰鬱な作品「弟」などはそのひとつだ。したがって「赤牛」が、戦災の記憶を描いた《初めて》の作品というわけではない。

だから作者の一連の空襲体験の持つ意味合いを、数多い作品の中から見定めようとなると、結局は最初期までさかのぼることになる。短篇「赤牛」が注目されるとすれば、それは、同作ほど戦災下の体験を正面から、しかも詳細に取り上げた作品は、それ以前にはおそらくないからだ。しかしその点もさることながら、私が同作に興味を惹かれる理由は、すこし別のところにある。それはこの「赤牛」が、古井文学の基層にあると考えられる《恐怖》の問題を取り上げ、省察した、最初の重要な作品のひとつだと思われるからである。

同作の中に、「しかし恐怖のことは、身体しか知らない」という言葉が見える。それは作家古井由吉における、根本命題のひとつに数えられると私は思う。というのもまず、通常「恐怖」は心理的なもの、ないし精神的なものの範疇に入れられるはずだが、彼はそれを、自身の空襲体験に照らして、見事にくつがえしてしまう。つまり「恐怖は肉体のものだ。精神は恐怖を受け止められない。どうかすると肉体から置き残されて、のどかに物を眺め考える」(「赤牛」『哀原』)。

ただし肉体と精神の二元論がここで問題なのではない。そうではなく、むしろ「恐怖」こそが両者を分化させ、その不可解な分離において肉体の底に静まるということが、問題となっている。同作は、身体しか知らない「恐怖」、およびその「恐怖とひとつに融け合った恥、ほとんど肉体的な恥辱感」(同前)と向き合い、その正体を見定めようとした、おそらく最初の作品のひとつなのである。そしてその中で辿られる「恐怖」は、古井由吉の作品にくりかえし現れる空襲下の記憶の、いわば淵源にあると考えられる。

またその一方で「赤牛」には、のちの古井由吉の作品の重要な特徴のひとつとなる錯綜する時間、つまり時系列を解体し、複数の時間をいわば水平に併存させるような、複雑な表現はまだほとんど見られない。作中で語られる一連の出来事とそれらの前後関係の記述は、記憶のかぎり明確である。それに語っている主体、つまり語り手としての「私」の位置も、かなりはっきりとしており、古井由吉の後年の作品群の最大の特徴のひとつをなす、語っている「私」の消失も、誰とも知れない語り手の出現も認められない。

つまり「赤牛」ではまだ、記録的、客観的描写という性質がまさっている。くわえて同作の構成を見ても、戦争という過去と、その過去を想起している現在とは、重なり合いそうになりながらも、ある明確な境界線で以って隔てられているように見える。一方、そうした明確な境界線こそ、古井由吉の後年の作品からは見られなくなるものなのである。では最初期の作品から「赤牛」のころまでと、後年の作品群とでは、具体的に何がどう異なるのか。何が根本的に変化していったのだろうか。ここではそうした点について、初期の作品からとくに作者の空襲体験に関する主要な記述を、簡潔に辿ってみることで考えてみたい。

二

そこでまずは、最初期の作品の中の空襲にかかわる《描写》に当たってみる必要がある。文章に注目して、長めの引用を多く行うことを最初にお断わりしておく。取り上げるのはまず、短篇「円陣を組む女たち」である。

「菫色に焼けた空が、鈍いうなりに内側からふくらみながら、頭の上にのしかかってくる。あたりは静かになった。一面にこもる白煙の中から、濃い煙が地面を這ってきて、立ちすくむ人間たちの腰の高さを浸して流れていく。それからまた爆音が引くと、家の燃えさかる音が息を吹きかえしたように賑わい出し、女の叫びが二声、三声、空に昇り、遠く近くで火柱がたいそうのどかな感じで立った。私たちは、八歳の私と母と姉とは十字路に立って、危険がまだ身近に迫っていないので、かえって逃げる方向を定めかねていた。私たちのほかにも十人ばかりの人影が白い煙の中に佇んでいたが、どれも女子供たちだった。私は母と姉とに両側から手をぎゅうっと摑まれていた。そしてときおりその手をふりほどこうと体をよじって、すこし離れたところでやはり母親に手をきつく握られている男の子と目を見かわした」(「円陣を組む女たち」)。

これが、おそらくは最も初期に書かれた空襲下の光景のひとつである。視点は、当時の幼い作者のものだと思われ、八歳とあるが、厳密にはまだそれに満たない、十一月生まれの作者が八歳になる年の、昭和二十年の五月から七月にかけてのことと推定される。仔細な情景描写を読むと、当時のことが克明に記憶されているように見えるが、これはあきらかに、過去を回想して記したような文章ではない。その描写は、あたかもつい今しがた起こったことを記すかのような緊迫感につつまれている。たとえばそれは、「手をぎゅうっと摑まれていた」などの言葉から感じられるように、八歳に満たない子供の触覚や視覚などの諸感覚が、のちに得られた大人の言葉で摑みなおされ、正確に再生されているかのようである。

「それから、私はいきなり両側からすさまじい力に体を掬い上げられて走り出した。近くで何かがメラメラと燃え上がった。その赤いゆらめきの中で、黒々とした大きな影が私をはさみこんで疾駆した。両側から恐ろしい喘ぎがよろける私を追い立てた。苦しさのあまり足をとめると、私の体はそのまま地面に引きずられた。そして見たこともないような蒼白い顔がふたつ振り向いて、私を引きずり寄せてまた走り出した」(同前)。

敵機による空襲が行われているさなかの切迫した避難の模様である。逃げ足のおそい幼い子供を、ほとんど連行するように、凄まじい力で両側からはさみこんで疾駆しているのは、母と姉であろう。いや、この母と姉と思われる存在は、より正確には「黒々とした大きな影」であり、両側から聞こえる「恐ろしい喘ぎ」であり、「私」を引きずる「見たこともないような蒼白い顔」である。これは、くりかえすが過去形でありながらも、今まさに火の手の上がる中を走っている《現在》の「私」の体感が書き留められているように映る。過去がまだ完全には過去とはなりきっていない。

「立ち止まると、そこは公園だった。気味の悪い枝を伸ばした大木がまわりを囲み、真黒な樹冠の塊りのむこうで、ほのかに赤い煙が湧きかえっていた。ときどき煙の動きが何となく変わると、樹冠が目の前に迫り、滑らかな炎がその上に伸び上がって空の闇を叩いた。すると、地面に低く立ちこめる白煙の中から、見なれた池がまるく浮び上がって、赤いゆらめきを何事もないように映した。公園で出会うのも女子供たちばかりだった。私たちが池のほうに進むにつれて、何組もの女たちが大きな荷物を体の一部のように背負って煙の中からあたふたと現われ、私たちの姿を大きな目で見つめ、何か気味の悪いものを避けるように目を逸らしてまた別の方向へ消えていった。煙の奥は女たちの真剣な行きかいに満たされていた。母は私たちを立ち止まらせて、まわりの動きを長い間じっと見まもっていた。地面にうずくまって草を握りしめている老婆がおり、その傍らで私の母ほどの年配の女が子供のように泣いていた。低くかがみこんで、顔を見つめあいながら、一心に握飯を頬張っている母娘がいた。と、まわりの人の動きがぱったり止んだ。空のうなりが重く垂れ下がってきた。見上げると、静かに流れる黒煙の上に、赤く澄みかえった空がひろがっている」（同前）。

精緻をきわめた克明な描写である。こんなにも多くのものが、まだわずか国民学校二年生の子供の目に見えていたのか、感受されていたのか、とまず驚かされる。あとからの脚色などは微塵も感じられない。母親と姉と幼い子供の「私」の三人、息の詰まるような避難のさなかでのことである。避難中、目にする人という人が、「女子供たちばかり」とあるのも、すでに戦争末期で、男性の大半が兵や軍需施設に取られていたという現実を思い起こさせ、ある生々しいリアリティを感じさせる。そして描写は、次の一節において頂点を極めることになる。

「その時、母の胸が私の上に大きくのしかかってきて、私の体を地面に抑えつけた。空がガラス板のように細かく顫え出し、それから罅《ひび》割れてザザザと崩れるように落ちてきた。母の手ににじりじりと力が入り、私の顔を大きな膝の間へ押しつけていった。私は息苦しさのあまりその手を払いのけて顔を上げた。暖く顫える暗闇が、生臭い喘ぎが私をつつんでいた。そしてその時、遠くから地を這って射しこんできた光の中で、私は鬼面のように額に縦皺を寄せた見も知らぬ女たちの顔と顔が、私の頭のすぐ上に円く集まっているのを見た。空一面にひろがって落ちてきた雪崩が、今でははっきりと一塊りの存在となって、キューンと音を立てて私たち目がけて襲いかかってきた。私をつつんで、女たちの体がきゅうっと締った。その時、私の上で、血のような叫びが起った。

「直撃を受けたら、この子を中に入れて、皆一緒に死にましょう」

そして「皆一緒に……、死にましょう」とつぎつぎに声が答えて嗚咽に変わってゆき、円陣全体が私を中にしてうっとりと揺れ動きはじめた」(同前)。

　これが、「円陣を組む女たち」の最後の一節である。一人の女ではない。女たちが集まり、その個々の差異を消失させてひとつの「円陣」と化す時、熱狂的で、夢幻的な力が現出する。これが作者にとって、母と姉をふくむ、女たちの原像のひとつとなったことはおそらく間違いない。実際、作者は作品集の刊行からおよそ二年後に行われた講演の中で、次のように語っている。

「私の場合、女性像というのがどうも戦争の思い出と結びつくのです。(中略)私はちょうど八歳、小学校二年の時に空襲を体験しましたが、その空襲のもとの女性たち、その姿がどうも私の女性観の根もとにあるらしい」(「私の小説の中の女性」一九七二年、『言葉の呪術　全エッセイII』)。

　だが意外なことに、「円陣を組む女たち」であれほど生々しく描き出された記憶の光景は、そのままの客観的な事実、ではどうやらないようなのだ。のちほど具体的に示すが、作者のほかの文章と照らし合わせてみると、どうもそこで描かれていた一連の出来事は、作者が東京で最初に経験した空襲と、疎開先の岐阜県大垣市でふたたび遭うことになった二度目の空襲体験とが、微妙なかたちで融合しているようなのである。ただし、フィクションや誇張が混ざりこんでいるというのではない。それによって描かれている記憶の光景が、虚構の色合いを強めているわけではないのだ。むしろ出来事は、すでに述べたように、まるで今しがた起こったかのような、強烈な現実感を表出しているように見える。だがそれは一体なぜなのか。

　その点に関してまず注目しておきたいのは、この一連の精緻な描写に、場所などの固有名や日付などが一切含まれていないという点である。これは意図的な抹消であると思われる。つまりそれにより個々の具象性が洗われ、作者にとっての純粋な心的実在としての出来事だけが抽出されていると考えられるのだ。さきほど引いた講演「私の小説の中の女性」での作者自身の発言の中に、そう考えられる理由のひとつが認められるので、それを見てみよう。

まずこの講演は、古井由吉の第一作品集の刊行からおよそ二年後に行われたもので、作者がまさに表題の「女性」について、ギリシア悲劇の女たちや柳田國男の『妹の力』などを引き合いに出しながら、わかりやすく解説してくれている点で注目される。しかしその中でも興味深いのは、作者が、「円陣を組む女たち」の最後の場面と同じような場面について、小説とは微妙に異なる言い回しで次のように語っている箇所である。

「こんな経験があります。岐阜県の大垣という町に疎開した時のことですが、そこでもひどい空襲を受けて、この時はほんとうに街中が戦場みたいな感じになりました。表通りへ逃げ出すと、うしろのほうから焼夷弾が、追いかけてくるのです。ちょうど爆弾が破裂する時のような、ああいう炸裂がうしろから近づいてきます。ああ、もう駄目だと思った瞬間、私のまわりに女性たちがワッーと集まってきて、あの土地は水が豊かな土地であちこちに清水があるんですが、そんな清水のそばで、幼い私を囲んで、そう、ちょうど縞馬が円陣を作るように円くなるようになって、上から濡れた毛布をかぶって……。それは自然な防禦なんですけれど、その時、その中の女性の一人が叫んだんです。「直撃弾を受けたらもろともに死にましょう」と」(同前)。

小説では場所は特定されていなかったが、この講演では疎開先の大垣でのことだとはっきり述べてある。さらに目を引くのは、小説では「皆一緒に死にましょう」とあったのが、こちらでは

「もろともに死にましょう」という表現に変わっている。これが同作のきわめて重要な場面であることは言うまでもない。したがってそれは、ただ単に言回しが変わったというのではないのだ。ここでは、「円陣を組む女たち」が放った「血のような叫び」が、作者自身の中で、微妙な、だが見過ごすことのできない変化を遂げている。さらに言えば、講演のほうの作者は、この「もろともに」という言葉そのものに、あるまがまがしい高揚を、女たちの熱狂をはっきりと感じとっているのである。実際彼は述べている。それは「非常に古めかしい言葉で、あの当時にしても、古めかしい。何といいますか、人の感情を奮い立たせるたぐいの言葉の一つなんです。いかめしくて戦意昂揚に役立つような言葉、要するに、上の方から吹きこまれた言葉なんです。それがギリギリのところになって女性の口から出てくるのです」(同前)。

つまり、当時でさえすでに古めかしかった「もろともに」という言葉が、女性たちによって新たな精気を吹き込まれて、極限の瞬間に甦ってきたというのだ。作者自身の記憶そのものが微妙に変化したのか、あるいは記憶のより深いところから、あらためて掘りおこされることになったのか、小説発表の約二年後になされた講演では、「もろともに」という言葉が、この時叫ばれたことになっているのである。

このように、小説と講演の話を比較するとわかるのだが、両者には大きな共通性があるものの、互いに少しずつ異なってもいる。小説は、一見きわめて現実的な描写のようだが、実際はある意味で純化されており、象徴性を帯びてさえいることがわかる。もうひとつ例を挙げれば、これもきわめて興味深いことに、空襲下で、女たちが幼い子供の作者を囲んだというあの「円陣を組む女たち」の体験に、実のところ彼の母親は、一切関与していないのである。このことは、のちの一九七七年に発表された短篇「赤牛」を読むとはっきりとわかる。

「円陣を組む女たち」において母親は、姉と幼い弟の「私」の手を引いて逃げるという、本質的な役割が与えられていた。そして最後の「血のような叫び」が起った時にも、女たちのひとりとして、その場にいたと考えるほかない。だが実際には、母親はその場にいなかった。それもそのはずで、件の空襲があった時、作者によれば「母親は逃げなかった。子供たちを祖母にあずけて、自分は夫の実家に踏み留まった」からだ（「赤牛」『哀原』）。「あのとき私がどんな気持へ追いこまれたかは、不思議に覚えがない。（中略）とにかく、私と姉と祖母は門を出て小路から壕端へ全力で走った」とある（同前）。「円陣を組む女たち」における空襲のエピソードは、作者が現実に体験した、大垣での出来事におおよそ基づいていると考えられるのに、さきほど、東京での最初の空襲の記憶と微妙に融合しているようだと述べたのは、ひとつにはこのためでもある。

ここには、古井文学においてきわめて重要な、いわゆる現実と虚構の間の、非常に微妙で、繊細な関係性のあり方の一端が見てとれる。つまりごく単純化して言えば、この場合の虚構とは、ある意味で現実よりも現実的とさえ言える、心的実在に触れるための手段であって、いわゆる事実を誇張したり脚色したりして語るためのものではない。言いかえるなら、作者にとって虚構とは、いわゆる現実を表象するためのものではなく、むしろ反対に、表象を無化していくような、捉えがたい心的実在を表現するための方法だと考えられるのだ。

さて、門を出た「私」と姉と祖母が、走って壕端まで来たそのあと、「円陣を組む女たち」で描かれた最後の場面と同じような出来事が実際に起こる。その場面が、それから約八年後の「赤牛」では、次のように描かれている。

「気がついてみると、水溜めか濠の取水口か、小さな水場のまわりに女たちが五、六人うずくまり、私はその中に包みこまれていた。濡れた毛布が輪の上へかけられ、重い息が内にこもった。真上から唸りがまた迫った。女たちは水の上へ頭を寄せ合い、太い腰が私の身体を両側からじわじわと締めつけ、苦しさのあまり私が背を伸ばそうとすると、誰かが両手で私の頭を生温く濡れたモンペの膝の上へきつく押えこんだ。

——直撃を受けたら、この子を中にして、もろともに死にましょう。

喉をしぼって叫ぶ女があった。もろともに、とあの耳馴れた凛々しい言葉がこんなところで、こんなふうに命剝き出しに叫ばれたことを、私は直撃に劣らず恐しく感じた。死にたいする言葉の空しさに、身体から恐怖が一度に溢れ出した。輪から離れて逃げ出したい、足の続くかぎり一人で走りたい、とたったひとつのことを夢見ながら、私は挾みつけられた身体をヒクヒクと動かしていた」(同前)。

これは「円陣を組む女たち」の最後の場面の反復には違いない。が、単なる反復ではない。それは、「私」と女たちをめぐるひとつの本源的な記憶が、決定不可能な差異を孕んでいるということを示唆している。つまり、ある出来事ないし記憶に根源的な同一性を想定してしまうと、われわれは、結局どれが客観的な事実でどれが創作なのか、という誤った問いにみちびかれ、そしてつまずくことになるだろう。出来事にそうした意味での同一性はない。だからこそそれは、記憶の中で、あるいは身体のうちで反復され、反復されることによって新たな、微妙な差異を生みだしていくことになるのだ。言いかえるなら、起源の同一性を前提できない以上は、出来事の反復それ自体のうちにしか、真の意味で実在すると言えるものはないとも考えられるわけだ。

ここでも、「皆一緒に」という表現は完全に消え、「もろともに」という言葉が巨大な意味を担っている。それは、「私」の身体から「恐怖」を溢れ出させた、直接の要因にまでなっているのである。これは、「円陣を組む女たち」の文章からは絶対に帰結し得ないことである。また「赤牛」のほうには、「円陣を組む女たち」では語られていない、女の叫びにつつみこまれたあと、幼い子供の「私」がどうなったか、という事後のことまで詳しく書かれている。すなわち、女たちに押さえこまれ、虫のようにヒクヒクと身体を動かすよりほかなかった小さな子供は、その後どうなったか。もちろん無事ではあった。しかしこの出来事を境に、何かが変わったとも考えられる。

「あの水場のまわりから、私たちはまもなく立ち上がって、濡れた毛布を畳んだ。空には音がなく、まわりには敵弾の跡もなく、濠端の道には新手の避難者たちが大勢ぞろぞろ歩いていて、何とも間の悪い気持だった。私はまた祖母と姉と三人で歩き出した」(同前)。

このような事の成り行きは、いわば当然のことだっただろう。一人で力の続くかぎり走りたいと願った極限状態も、わずかに過ぎてしまえば、もはや本当にそうするわけにもいかない。それに加えて子供は、ひとまず難を逃れたあと、ひとり家に留まった母親のことを考え、この程度の火なら、どこかへ無事に逃げのびているはずだと思ったという。「もろともに死にましょう」という女たちの決死の叫びのあとの、弛緩したようなあたりの情景、そこにいやおうない間の悪さがはさまる。死を決した時の異様な緊張と、そのすぐあとに続く弛緩、恐怖の絶頂と羞恥、そのあたりの機微を、「赤牛」は、客観的な文章でしっかりと描いている。

「赤牛」と「円陣を組む女たち」、二つの異なる作品をいくつか比較してみたが、これだけでもわかるように、古井由吉の文章は、反復をとおして、想像的なものと、現実的なものの間をたえず静かに揺れうごいている。あるいは、永遠に過ぎ去らない出来事と、不可解にも流れていく時間との間を行ったり来たりしている。起源の同一性というものはなく、あるのは、歳月を跨いだモチーフの反復だけであり、そのモチーフは、他の異なるモチーフに接合され、どこかで融合したり、分離したり、あるいはずれたりまた重なったりしながら、永劫にわたって回帰することになるのだ。そのようにして反復される出来事は、その度ごとにそれぞれ微妙にちがった声音を響かせ、以前とはどこかちがった色あいを見せることになる。

たとえば、「赤牛」で詳細にわたって描写された、東京と大垣での空襲体験は、それからまた、およそ十五年後の『魂の日』（一九九三年）に収められた、「知らない者は、知らない」、「生存者」、「雨の夜の小豆」などでふたたび詳しく取りあげられ、反復されることになる。だが、もちろんそれらは、「赤牛」の単純なくりかえしではない。作者は、その十五年の間に、同じ戦争の記憶につながる複数の肉親の死を経ており、歳月を孕み、死をくぐった反復の力によって、いくつもの微妙な差異を生み出している。そしてそれ以降さらに晩年になるにつれて、作品における空襲の反復、厄災の回帰の頻度はいっそう繁くなっていくように思われるが、そのはるかな起点に

（起源ではない）、「赤牛」という作品は横たわりつづけている。

三

作家古井由吉が東京で経験した最初の空襲と、疎開先の岐阜県大垣での空襲のことが、地名や日付などとともに詳細に語られたのは、何度も言うようだが、「赤牛」が最初だと思われる。「円陣を組む女たち」の空襲にまつわる場面には、地名も日付も記されていなかった。しかし作家となってまもない頃の彼が、戦時下の記憶を詳しく取り上げて書いたのは、これらの作品だけではない。ほかにも初期の作品の中に、空襲に遭う前の奇妙に静かな町の光景が、詳細に描かれている短篇が存在する。同じく第一作品集『円陣を組む女たち』（一九七〇年）に収められた、「不眠の祭り」がそれである。同作でも、はっきり地名が示されているわけではないのだが、その舞台が疎開先の大垣であることは間違いない。そこではこんな風に書かれている。

「それは終戦の年の夏の初め、まだ空襲が地方の小都市までは及んでいなかった頃のことだった。古い造りの家々が壁と壁を寄せ合うようにして所狭く軒を並べているその間を、私は祖母に連れられて歩いていた。昨日から降りつづいていた雨がちょうど上がったところで、高い雲間から初夏の空が淡くのぞいていた。小路の両側の家々はまだ雨上がりに気づいていないように、深い庇の下で格子戸を閉ざしてひっそりと静まりかえり、ところどころに狭い路地が家と家の間を奥のほうへ伸びている。その路地の前を通り過ぎるたびに、私は注意深く奥をのぞきこんだ。どの路地も薄暗い陰を宿して、私の視線を奥へ吸い込みながら、目を凝らすとすぐに行止りになり、つきあたりにはまた奥の家が静かに格子戸を閉ざして小路からの目を慎しく避けている。さらにその奥にも瓦屋根が幾棟か重なっており、小屋根越しに中庭の植木の枝などがのぞいていた。歩むにつれて、私は段々に不安になっていった。もしも、もしもいま敵機がやって来て、東京で私たちが遭ってきたのと同じように、焼夷弾をあたり一面に降らせたら、この一劃にはもう逃げ場もない。そう思うと、あたりの静かなたたずまいの中に、すでに焼夷弾の重い油のにおいが、雨上がりの土のにおいに混って、うっすらと漂っているような気がした」(「不眠の祭り」)。

近い将来に、現実に容赦なく行われることになる空襲について、まだ何も知らない地方の小都市の、ひっそりとした初夏のありさまが、見事に描写されている。どこまでも入り組んだ、狭い路地と路地に挟まれた軒の深い家々の並ぶ様子は、まるでそこだけ古い時代が取り残されたまま、時間が止まっているかのようにさえ感じられる。ただそこに、恐ろしい空襲を身を以て知る、東京から疎開してきた、ひとりの幼い異郷の「私」が紛れこんでおり、この町は、その怯えたまなざしによって、静かに見つめられるがままになっている。そのため、町全体を包んでいる雨上がりの静寂、ひっそりとした無事の佇まいは、その「私」の目には、すでに破壊と炎上を内包しているかのようにまがまがしく映ってくる。すると、その怯えたまなざしに、呼応するような出来事が起こる。

「その時だった。

《クンレン　ケイカイ　ケイホウ》と甲高い子供の声が私の背後から唐突として起った。驚いて振り返って見ると、一軒の家の格子窓がなかば開いていて、薄暗い部屋の中から小さな男の子が蒼くやつれた顔を小路にむけ、熱中しきった目を大きく見ひらいていた。呆気にとられて見まもっていると、子供は自分自身を相手に何かあわただしく口の中でつぶやき、それからひとつ重々しくうなずくと、決然たる面持ちで空を振り仰ぎ、白目をうっとりと剝き出すようにして、《クンレン　クウシュウ　ケイホウ》と澄んだ声で叫んだ」(同前)。

まず「声」から現れるという、このあたりの見事な人物の登場のさせかた、および描写は、古井文学の人物のある特徴を端的に伝えている。すなわち、蒼くやつれた小さな男の子とあるが、その惚けたような、ものに憑かれたような、白目をうっとりと剝き出すようにしているところなど、どこか神憑りの尸童《よりまし》を想わせる。しかもその「声」に驚いて振り返って見ている「私」だけが、その存在に敏感に反応しており、一緒に歩いている祖母と「私」、そしてこの男の子のほかには、あたりに人は誰も存在しないかのような静かさにつつまれている。それがすでにして不吉なのだが、その中に、男の子の甲高い、澄んだ叫び声がくりかえし立つ。

「私は困惑して祖母の顔を見上げた。だが祖母は子供の戯れとわかると、別に子供を咎めようともせず、ゆるゆるとまた足を運びはじめた。ゆっくり遠ざかって行く私たちの背後で、子供はくりかえし澄んだ声を張り上げた。声は静まりかえった家並に沿って、まるで祭りの触れのように晴れやかに響きわたり、今にもあちこちの窓が開いて、待ちかねた顔が賑やかにのぞきそうだった。だがその声を耳にしているうちに、私の眼の前に白昼夢ともなく、両側に立ち並ぶ古い造りの家々がいっせいに屋根から赤い炎をゆらめかせているさまが、つかのま鮮かに浮んだ。煙の濃く立ちこめる小路を、大勢の人影が体ほどもある荷を背負い、子供たちを引きずって、声も立てずに逃げまどっている。

その中へも、《クンレン　クウシュウ　ケイホウ》と、痛痛しいほどに澄んだ声が、晴れやかに響き入ってくる」(同前)。

ある種のリフレインのように、呪文のような声が雨上がりの空に響いている。注目すべきなのは、その声を聞いている「私」が、その時この見も知らぬ「子供」との間で、不思議な交感を果たしているように感じられる点である。実際の空襲をまだ何も知らないその「子供」と、空襲というものを身を以て知る「私」とが、つかのま鏡のような関係に入る。この「子供」は、ある意味で「私」自身である。それは、まだ空襲というものを経験していなかった頃の「私」そのものなのだ。つまり「あの子は実際の空襲をまだ知らずに、きっと町内の防空演習に強い印象を受けて、その時の興奮を雨上がりの空にむかって叫んでいたのにちがいない。空襲というものがまだ漠とした不安でしかなかった頃、私もその子と同じように大きな目を見ひらいて、防空演習を見まもったことがあった」(同前)。

するとここで起こっているのは、「私」と見知らぬ「子供」のつかのまの感応というより、《まだ何も知らない》ということが、《もう何もかも知っている》という、正反対の事実と合一するという、奇妙な事態のようにも見えてくる。あるいは、「子供」の「痛痛しいほどに澄んだ声」を通して、「私」の過去と現在が、つかのまぴったりとひとつに重なる。その時なのだ、「私」に「両側に立ち並ぶ古い造りの家々がいっせいに屋根から赤い炎をゆらめかせているさま」が見えるのは。
「円陣を組む女たち」の最後の場面、空襲下の女たちの集団的熱狂とその叫びが、いけにえをとり囲む古代の供犠の光景を遠く想わせたように、「不眠の祭り」の中の空襲をめぐるこの挿話は、小さな予言者の誰にも届かぬ叫びを、たしかに思わせる。つまり、事の深刻な意味合いを悟りようもないままに、薄暗い格子窓の中から声を張りあげて叫ぶ、見も知らぬ子供の声は、ある種の呪文のように、来たるべき厄災を予言している。いや、ほとんどみずから呼びよせているかのようなのだ。しかし、そうはっきりと聞いているのは、幼い「私」だけであり、その声は、ほとんど祭りの触れとまぎらわしいまでに澄んでいて、いくつもの狭い路地からなるこの町に、むなしく、しかも晴れやかに響きわたるばかりなのだ。絶望とは、あるいはこのような澄み切った事態を指すものなのか。

　さて、この幼い「私」が見たという「子供」は、現実に存在したのか、それとも一種の幻影、つまりは虚構の人物なのか、そのように問うことには、もはやあまり意味がない。なぜなら、戦時下の平穏な地方の町で、幼い「私」が実際に味わった言いようのない怯えが現実のものであり、その怯えが来たるべき厄災の幻視を出現させ、それがそのまま未来の現実となったというのが動かしがたい事実であったとするなら、ここで描かれている見知らぬ「子供」は、幻影であろうとなかろうと、すくなくとも「私」にとっては、未来の厄災を告げ知らせる《予言者》そのものであったことになるからだ。

「この町にもいまにかならず大空襲がやって来る、その時には、このままでは大勢の人間が逃げ場を失って焼け死んでしまう、今夜かもしれない、と私は思った。そして、空襲だあと火のつくような声で叫んで道に大の字に寝転んでしまいたいような焦りに取り憑かれ、びっくりして見ている大人たちの顔まで思い浮べたが、表面では穏和しくて陰気な子供の顔を守っていた。

叫びこそ立てないが、まるで盲目の民に滅亡を告げ知らせる予言者みたいなものだ。正体はもちろん、逃げ足の遅い子供の怯えである」。

これは、「不眠の祭り」からの引用ではない。「赤牛」から引いた一節なのだが、約七年の歳月を隔てて、話はほとんどそのまま通じている、つながっている。これも同じく、疎開先の大垣でふたたび空襲に遭う前の平穏無事な日常で、実際に幼い作者の「私」が感じていたとされることである。そこからさかのぼって解釈するなら、「不眠の祭り」における見知らぬ「子供」の痛々しい叫びは、空襲がやがて現実のものとなることを、まるで信じようとしない大人たちに向かって何とかしてそのことを伝えたい、しかしそれをどこまでも封じられていた、幼い作者自身の強烈な願いの表出であったと考えることもできる。すると虚構の意味はここで一変する。すなわちそれは、現実に対立するのではなく、現実と不即不離の可能的なもの、何と言おうか、それはこの現実の傍らにつねに影のようにしてあって、未来においてたえず回帰して来るもうひとつの現実なのである。

ここにはすでに、後年の古井由吉の作品、たとえば『魂の日』(一九九三年)の中に見られる、空襲にまつわる幼い「私」の体験と、ギリシア悲劇や旧約聖書の預言者たちとの不思議な照応に通じていくものが認められるし、その後の古井由吉の数々の作品の中の「私」が、さまざまな見知らぬ「私」を分有することになる、その端緒のようなものも見てとれる。「不眠の祭り」の「子供」とは、その最初のひとりなのである。

四

ところで、古井由吉の作品において、空襲体験がはっきりとしたモチーフとなって、くりかえし現れるようになるのは、かなり後年になってからのことだと、何となく思いなしていた読者は意外に多いのではないだろうか。実際、こうした印象がかならずしも不当なものではないと思われるのは、初期の作品の中に現れる空襲にまつわる場面は、多くの場合、作品全体のうちのエピソードのひとつとして、限定された印象を読む者に与えるからである。とはいえ、長々と引用したこれまでの箇所を一読すれば、これもまたあきらかなように、空襲にまつわる記憶はわずかな言及どころではなく、かなり詳細に語られており、初期の古井由吉の複数の作品の中に、すでにほとんど完全な形で見出されるということもやはり確かなのである。たとえば、さきほどの「不眠の祭り」には、後年の作品の中に何度もくりかえし出てくる、作者の最初の罹災と生家の炎上の光景が、すでに次のように克明に描かれている。

「私たちはただ防空壕の中で息をこらして待っている。そして爆音が空から引き、壕の外へ出て見ると、遠くの空が赤く焼けている。

そんな夜が重なり、そしてある夜、例によって頭上で満ち干する爆音を壕の中で聞いていると、一瞬の閃光を境に、あたりが戦場に変わってしまった。しかも敵の姿も見えず、敵と戦う姿も見えず、私たちは目に見えない力の下を、どちらへ逃げればよいともよく分からず、鈍い恐れに駆られて走っていた。

防空壕の外へ走り出たとき、私の家は大屋根の瓦の上に無数の小さな炎を鬼火のようにつけて、二階の雨戸の隙間から淡い煙をゆっくり吐きながら、まだ平生と変わらぬ姿で立っていた。階下の表の雨戸は、いざという時には中に飛びこんで物を運び出せるように開け放たれていた。そして遠くから目を凝らすと、静かに閉ざされた白い障子が、あの演習の夕べと同じように、だが今は部屋の内側から、一面にほの赤く染まってかすかにゆらめいていた」（「不眠の祭り」）。

生家の炎上の光景は、周知のように後年の古井由吉の作品の中で、何度もくりかえし語り直され、語っても語っても尽きるということなどないかのように反復されることになるが、これが、おそらくその最初のものである。しかもこの一節を、かなり後年の作品、たとえば二〇〇〇年代の作品の中に仮に紛れ込ませたとしても、気づくことなどできまい。それくらい描写として完璧だ、というか、人はここに、この作家の《反復》の凄まじさを思うべきなのだ。

さて、そこでどうしても月並みな物言いになるが、古井由吉の作品は、初期から晩年に至るまで、文字通り一筋縄には行かない。その変遷を言葉で捉えて表そうとなると、さらにいっそうむずかしい。そこでどうしても人は、わかりやすい、あるいは説明の通りやすい解釈を、作品史に当てはめてしまいがちになる。作家の創作活動の中に生じた飛躍とか断絶を、年譜のどこかに措定しようとする場合もやはり同じ危険が伴う。するとたとえば、長い間封印され、語られることのなかった戦災の記憶に、作者がついに向き合いはじめた最初の作品がどこかにあるはずだ、ということにもなり、言わばその始点を定めてしまいたくなる。そしてそこに断絶や飛躍を見るわけだ。しかしそれこそが実は誤りなのではないか。

こうした危険に陥ることを、長年の古井由吉の読者もまぬがれてはいない。つまりそれがいかに避けがたいものであるかは、古井由吉との共著もあり、古井文学を長い年月にわたって丹念に読んできたはずの作家松浦寿輝が、『東京物語考』（一九八四年）の文庫版（二〇二一年）の解説に、次のように書いていることからも推しはかることができる。

「古井が五十代以降、小説とエッセイを隔てる境界の無化を標榜しつつ書き継いでゆくことになる独創的な後期作品群では、この被災体験が、少しずつ視点や重点を変えながら繰り返し巻き返し語り直されてゆくことになるが、彼がこの実体験に正面から言及したのは、本書のこの箇所をもって嚆矢とするのではないか。四十代半ばまであえて語らずにいた、あるいは語れずにいた記憶の、封印が解かれた瞬間を劃する文章として、この「とりいそぎ略歴」は、そしてそれを含む本書『東京物語考』は、古井の作品歴において決定的な重要性を持つ問題作と言うべきだろう」（「解説　時空の迷路を内包する」『東京物語考』講談社文芸文庫、二〇二一年）。

松浦氏の作品解説は、その全体を読めば非常に正確なものであることを、最初に断っておきたい。だが、その上でどうしても確認しておかなければならないが、古井由吉の一連の空襲体験、「被災体験」は、いわゆる秘匿された原体験、語れずにいた記憶といったものではない。そのような見方は、無意識のうちに抑圧されたトラウマといった、今やあまりにも一般化されてしまった考え方に結びつきすぎている。そうなると、そのトラウマに向きあいはじめた、最初の作品なるものが想定されるほかなくなってしまう。だが古井由吉の作品を、初期のものから丹念に読んでいくかぎり、そうした意味で「決定的」な作品など、たぶんどの時期を探しても見つからないだろう。むしろ決定不可能であることを、くりかえし悟らされることになる。

もちろん空襲はトラウマではあった。それが、語り尽くすことの絶対に不可能な恐怖、あるいは、けっして完全には過ぎ去ることがないという意味で。実際、後年の古井由吉はあっさりそのことを認めて、自身が経験した空襲について次のように語ってさえいるのである。

「この経験が、僕自身の精神的外傷になっているのは間違いありません。しかし、自分自身の傷ならば対処のしようもあるけれど、その傷は社会全体が共有しているはずなんですよ」(「作家渡世三十余年」二〇〇二年、『書く、読む、生きる』)。

つまり重要なのは、その「傷」が個人をどこまでも超えたものであったということ、「社会全体が共有している」傷、今日まで持ちこされた傷だということのほうであり、空襲の、罹災の記憶が、ほかならぬ作者自身にとって、何ものも隠されていない、剝きだしの、永劫の反復からなる出来事そのものであったということではないか。一度きりの罹災ではない。昭和二十年三月十日の江東深川を焼き尽くした東京大空襲を筆頭に、七月末の大垣の空襲に至るまで、無数にくりかえされた厄災を、幼い子供の作者は遠く近くでくりかえし見聞きし、自身も二度にわたって罹災している。そしてそれら恐ろしい厄災の《反復》のうちに、あるいは反復の間に挟まった奇妙な日常の無事の光景――これもまた反復なのだが――のただなかに、来たるべき厄災の、炎上の明視が、既視感のきわまりとなってあらわれる。

最も思考し難いものとは、起源的なものでも、「記憶の、封印が解かれた瞬間」などでもなく、古井文学の眩暈を起こさせるような、《反復》それ自体なのではないか。その言葉は、現実の厄災の反復に、回帰に、厳格に寄りそいつづけた。反復とは、文字どおり繰りかえされるということであり、その意味で過ぎ去ることがないということ、つまりは永劫にわたって回帰しつづけるということだ。

したがってまた、次のような作者の自己認識を、読者は率直に受けとめるべきだろう。

「幼少年期を濃やかにたどることに出発点を持つ作家では、私はなかった。今でも、過去の記憶をたのみにする作家ではない。記憶と言えばむしろその不連続面を、作品の場として選び取る傾きがある。記憶が流れを失って凝滞しかかるところへ、筆がおのずとおもむく。またそこで筆は張りを覚える。これは矛盾である。時間や歳月をすくなくとも作中に蘇らせる、かりにも読者に感じさせる、これがつまるところ小説の役目だ、と私は思う者だ。また自分の作品にもそのことを願っている。その願いからして、筆が不連続面に付くのだから、矛盾も甚しい。凝滞を得心するまで写すことへの欲求と、流れにやすらかに運ばれることへの願望が、どこかでひとつにつながる」(「中間報告ひとつ」一九八七年、『私のエッセイズム』)。

記憶の連続と不連続、時間の「流れ」と「凝滞」、これらは本来、互いに相反するはずの事柄である。しかし古井由吉の小説では、それらが厳密に同時に志向されている。このことを、読者は今一度しっかりと考えてみる必要がある。そしてそうした傾向は、よく読めばすでに最初期の作品、たとえば「円陣を組む女たち」のうちにも認められるのである。ただ、後年の古井由吉の作品においては、その「矛盾」がよりはっきりと自覚され、驚くべき密度の表現として、くりかえし達成されることになるとは言える。つまり一方では、書くことそれ自体の《反復》を通して、「記憶が流れを失って凝滞しかかるところ」が、言いかえるなら、すぎ去らない過去の厄災がくりかえし表現され、他方では、文章そのものが長い周期性を伴って、想念を、記憶を、時間や歳月を、みずからのうちにつつみこんでは、静かに「流れ」させもする。反復には、このように連続と不連続、流れと凝滞、あるいは持続と切断といったふたつの側面がある。そして、こうしたそれぞれに性質の異なる「反復」からなる、重層的な、あるいは楕円的な時間構造の表現こそ、後年に至って、比類のないかたちでの達成が認められるものである。それに対して、一九七〇年前後から八〇年代初頭にかけてのいわゆる前期の作品には、そうした表現はまだ充分には認められなかったのではないかと思われる。それは、この時期に多く見られた物語的な試みが端的に示しているように、線的な時間の観念が、後年の作品と比較するとだが、まだ全体としては支配的であったためだと考えられる。

一方、そのような線的に流れる時間を解体し、「私」という一人称を《他者》の存在へと向けて開放していく、新たな時間表現へと通じていく試みがはっきりと開始されるのは、古井由吉が、従来の意味での小説、つまり物語的な叙述を放棄、あるいは解体し、エッセイと小説の境界を積極的かつ自覚的に、無化していくことになる最初の時期と一致すると考えられる。すなわちそれが、『山躁賦』(一九八二年)であり、『東京物語考』(一九八四年)はそうした試みに連なるものであった。[1] 前者は、紀行文という往還の形式を借りて、時系列的な語りからも、起承転結の要請からも見事にのがれており、後者では、従来の評論という既存の枠組みからのがれるべく、明治から昭和にかけての私小説的な色合いの濃い複数の「物語」を取り上げて論じつつ、その中に作者自身の「略歴」を嵌めこむという、ほとんど「私」を他者化してしまうような、斬新な方法が用いられていた。

しかし、戦争を、厄災をめぐるモチーフに関しては、くりかえすが彼の作品史のいずれかの時期に、開始点や起源を見つけることなどできまい。それは初期から晩年まで、古井由吉のあらゆる作品の底層で鳴り響いている。厄災はその発生の瞬間から、あるいは発生するはるか以前の日常において、すでにはっきりと反復の気配をおびており、客観的な記述にはおさまりきらない何かを、おそらくは時間それ自体を孕んでいる。つまり空襲という名状しがたい出来事とそれをめぐる記憶は、またその記憶の中にひそむ空白は、明示的であろうとなかろうと、古井由吉の作品を、つねに、そしてすでに満たしているのである。

注

1　一九七一年という、きわめて早い時期に書かれたものであるにもかかわらず、柄谷行人の「閉ざされたる熱狂」（『畏怖する人間』所収）は、今なお重要な古井由吉論のひとつである。柄谷氏は、古井由吉の処女作「木曜日に」から「妻隠」までの作品を論じて、はやくも「旅からの帰還」という、その後も反復される重要なモチーフを抽出し、考察している。つまりここにもすでに《反復》の相があらわれている。ただ『山躁賦』は、これから見るように、「旅からの帰還」というモチーフをさらに押しすすめ、旅と日常の往還、行っては帰ってくることの反復が、全篇を満たしており、それまでの作品には還元不可能なさまざまな新しさを示していると考えられる。

病者の光学と「私」の消失――『山躁賦』について

一

　古井文学の最初の重要な転換点となった作品として、しばしば『山躁賦』（一九八二年）が挙げられる。だが、具体的にはどのような点でそう見做されるのか。同作では、それまでは大なり小なり認められていた小説とエッセイの間の垣根をなくし、両者を自由に行き来するような文章の運びが、ひとつの大きな特徴となっている。具体的には、関西周辺の神社仏閣旧跡、霊山霊場をめぐる「紀行文」というのが、ひとまずの体裁だが、其処《そこ》彼処《かしこ》で中世の古典文学の諸断片が、史実と説話の間を縫うようにして響き交わし、その中から戯《ざれ》歌や今様《いまよう》歌が聞こえてくる。だからこの作品は、作者による現実の旅の記録、随筆と呼ぶには、あまりにも幻想、幻影じみている。だが小説と呼ぼうにも、従来の物語小説の枠組みのようなものは、ほとんど見当たらない。まずはこうした点が、それ以前の作品には見られなかった、同作の特徴をなすものだと言える。

　しかし今挙げたような特徴は、何故、また如何にして、そのような特異な文章が生み出されるに至ったのかについては、ほとんど何の答えも与えてくれない。したがって、『山躁賦』をその成立の条件から考えてみようとする時、問題はまた別のところにあることになる。そこでさしあたって注目してみたいのは、主人公の「私」が「病みあがり」だという点である（「無言のうちは」『山躁賦』）。この作品は、率直に読んでみるなら、過労気味の、四十を過ぎた「くたびれた中年男」の旅、それも「病みあがり」のあやうい幻想、幻影をともなった旅についての、ほとんど病理学的とさえ言えそうな、精緻な記録ではないか。

「あれから三日、病みあがりの寝ざめ寝ざめに過して、今日は叡山《おやま》に参るのでと出がけに冗談に紛らわして二枚重ねにはいてきた駱駝の股引の下に、背は車内の暖房に汗ばんでいるのに、かすかな寒気がまだ走った」と巻頭の一篇「無言のうちは」の中にある。主人公の男は、「病みあがり」といっても、まだ完全に治っているようには見えないことがわかる。「車内」というのは新幹線のことで、「あれから三日」とあるのも、作中の「私」が指折りふり返ってみて、病に臥せっていた日のことのようだが、その「私」は、さてどんな酔狂からか、一年でも最も寒さの厳しい時期にあたるはずの二月に、「叡山に参る」べく、東京から京都方面へと、新幹線で向かっているところなのである。

それからまた場面は変わって、「私」は宵闇のなかをタクシーで運ばれ、山中の「近代風のホテル」にいる。時間や場所の推移を示す、わかりやすい筆の運びではないが、目的地の近くに到着したことはわかる。しかしまだ「かるい車酔いか発熱の兆候か」わからぬ体感は続いていて、「今のこの居場所が摑めない」（同前）。とにかく、目的地の「叡山」の辺りのホテルまでは着いたものの、これでは身体が回復しているようには見えず、すぐにも熱がぶり返そうとしているようにも感じられる。いや、実際そうなるのだ。

「床に入ってあかりを消し、高熱の名残りか、かすかな寒気とともに睡気が差してきたとき、心臓が妙な鼓動をひとつ打って、都の人よあはれとも見よ、とまさか我身のことではない、句の切れ端が、とぼけた表情で浮んできた」とある（同前）。どうも、到着早々よくないらしい。「高熱の名残り」からくる悪寒なのか、あるいは再度の発熱の兆候か、病に浮かされた身体はしかし、今度はある奇妙な幻覚に襲われることになる。

「そのまま何時間か眠って、目を覚ますと、体感が変っていた。発熱の気配はないが、尾根を越す雲の、聞えるはずもない風の声がして、全身が幻覚の、途方もないひろがりにうなされていた。麓の里が見えた。峯から押出す暗雲が低く覆い、白い烟の糸を地へ曳くと、小波の騒ぐ湖上から岸へ、時雨が走った。やがて天地をつつんで降りしきり、はげしさがきわまるとほの白い光を雨脚の間に透かせ、蒼いようになり、いきなりあがった。道を行く者たちがしばらくしてそれぞれに足を止め、傘をうしろへ傾けて、不吉なものでも待つ、うつけた顔を山へ向けた」（同前）。

それまでの病の兆候は一転し、ここでにわかに異様な視覚を呼び醒している。やはり、「全身が幻覚の、途方もないひろがりにうなされていた」、とある点が注意を引く。ただし、光景はあくまで精密に描写されていることから、これは、単なる「幻覚」のようには見えない。文字どおりに受取るなら、ホテルで目を覚ました「私」の「全身」は、その時、見えるはずのない外界のひろがりとひとつになったかのような、不思議な視覚にうなされている。あるいは「私」の魂はこの時、身体からしばし離れ、いわゆる《離魂》のような状態にあったようにも見える。

だがもしそうだとすると、この光景を見ているのは、もはやホテルの部屋に横たわる「私」ではない。誰でもなくなった眼が、魂が見ている。いや、「途方もないひろがり」となった「全身」が、そのまま光景そのものと化している。いずれにせよこれは、単なる自然の風景描写ではない。というのもくりかえすが、目を覚ました「私」は、前後の記述から、ホテルの部屋のベッドにまだ横たわっていると読めるが、そこから起き上がってみただけでは、およそ不可能なはずの視覚と聴覚がここにはあるからだ。「麓の里が見えた」というが、そもそも一体どこから、見ているのだろうか。どこから「道を行く者たち」は見られているのか。ここでは、見る主体は消えて、ただ視覚だけが、それも移りゆく事象を映し出す、精巧な鏡かレンズを思わせる、純粋に光学的な何かがある。同時にこの病める身体は、天象の発する音ならぬ音をそのうちで反響させる、空虚な器のようなものと化してもいる。要するにここでは、病んであることそれ自体が、この幻覚的な、それでいて奇妙なほどリアルに迫ってくるヴィジョンに深く関わっていると考えられるのだ。

またその一方で、「今のこの居場所が摑めない」とも言われていた。つまり空間感覚の失調が生じていたわけだが、これもまだ続いている。見知らぬホテルの一室に横たわる旅人の「私」にとって、それは危ういことにちがいない。だから「私」は、現在の自分の在りかを何とか摑もうとして、次のような呪《まじな》いじみた行為にでる。

「お前らのまだまだ生まれぬ頃のことだ、と子供らに呼びかけて、今を摑みなおした。しかし寝返りも打てず、手足のありかも取りもどせず、熱はないままに、熱が四十度を越しかけた時の、境にまた横たわっていた。胸苦しさが薄れて、意識が細く澄み、前方に何やら、白らむものがある」（同前）。

「今」がいつなのかわからない。時間はくりかえし前後関係を失い、奇妙な規模にまで膨らんでいく。一体「生まれぬ頃」の自分の「子供ら」に呼びかけるとは、どういうことなのか。おそらく、論理はここで破綻しているのではなく、むしろ前後の融け合ったさまざまな時間、歳月の、この「今」における同時的共存を示しているのである。そしてこの時間の錯綜と、「熱はないままに、熱が四十度を越しかけた時の、境」と呼ばれる、奇妙な発熱なき発熱の症候とは連動している。巻頭の一篇、「無言のうちは」の末尾のほうにはまた、次のようにある。「一瞬、私はうろうろと自分の身体を、左右の腕から、足の先まで見まわした。どこから来た、何者であるのか、何事に責任があるのか、急いで思出そうとすれば片端から跡かたもなく消える気がした」（同前）。

空間感覚の失調のつぎは、急性のアイデンティティ失調が続いて起こる。実にこうした心と体、空間と時間（記憶）にかかわる深刻な危機が、『山躁賦』という作品を最初から最後まで貫いており、《病》は本作の重要なモチーフと、いや本質的な条件とさえなっているのである。『山躁賦』が完全にとき放ったものとは、病と不可分の一種の光学にほかならない。つまり、自己同一性の解体を誘発するような病の兆候は、普通に考えるなら、回避すべき否定的なものでしかない。ところが『山躁賦』では、そうした病の兆候や具体的な症候は、いわゆる健康と呼ばれる状態との間である種の価値の転倒を引きおこし、奇妙な視覚の力を、ほとんど光学的と呼んでいいような力を、「私」に付与しているのである。

この《病者の光学》とでも呼ぶべき力こそが、『山躁賦』において、文章の自然な流れを逸脱させ、一瞬、作中の「私」を不思議そうに眺める、奇妙な「縁者」や、見知らぬ語り手を登場させることになるのだ。

「病いひとつせん男が、厄年を越してたまたま肺炎を起しかけおって、さいわい熱は引いて、爽やかな顔つきで起き直ったはよいが、気が狂っとった……」（「無言のうちは」）。

この一文の語り手は、どう見ても作中の「私」ではないし、気の狂った「病いひとつせん男」の正体も、もはや定かではない。ここでは、書き手、語り手、そして作中の「私」が、けっして一致することなく、それぞれがそれぞれに対して、ある意味で他者化している。あるいはむしろ、この時、作中の「私」と書き手（作者）は、つかのま消え去り、代わりに「縁者」と呼ばれる得体の知れない語り手と、語られる対象の「男」とが前景化する。

こうした「私」の消失と、それにともなう人称の自由な交代という点に、『山躁賦』の新しさのひとつがある。つまり「私」という、作者自身の位置に最も近いと思われる一人称で始まったこの作品は、折にふれて、誰とも決定しがたい複数の他者を呼びよせ、さまざまな声を響かせるようになる。言いかえれば、「私」の消失するそのつかのま、「私」ならざる者の声が、どこかから聞こえてくる。

本作を、作家古井由吉の最初の大きな転換点として語ることができるとするなら、それはまさに、「私」の自己同一性を解体し、他者化し、複数化する《病者の光学》の全面的な開放によってではないかと思われる。作中しばしば現れては閃光を放つことになる、中世人たちの言葉や歌の切れ端も、つねにこの《病者の光学》と表裏を成している。

二

さて、急性のアイデンティティ失調とさきほど書いたが、「どこから来た、何者であるのか、何事に責任があるのか」、という突如として生じた自身に対する疑問への回答として、出身地、身分、職業等では、求める本当の答えにはならない。「私」の社会的な自己同一性を保証する、そうした諸々の記憶をつかのま喪失する、ということはおそらくあり得る。その「一瞬」、「私」は、ひとりの根源的な記憶喪失者と化し、すでに「私」ではない何者かに移行しかかっている。その何者かを「他者」と呼ぼうと、「私」の知らざる「私」と呼ぼうと、もはや同じことだ。なぜなら、もし自我の解体が、端的に自己の記憶の忘却とひとつだと考えられるとするなら、自己の記憶をつかのまにせよ喪失することは、《他者への生成》のひとつの条件をなすことにもなるはずだからだ。しかしもちろんそれは、いっときにせよ自己同一性を本当に失うのだから、大いなる危機でもある。

妙な言い方にはなるが、この「私」の自己同一性の解体を、どこまでも慎重に推し進めて行ったのが『山躁賦』だった。またださとすれば、それは裏を返せば、同作を通して作中の「私」は、自我の消失の危機に、全篇をとおして、くりかえし見舞われることになるということでもあるだろう。実に、病や発熱の兆候をつうじた「私」の同一性の揺らぎや消失こそ、『山躁賦』という作品を、最も深く貫いているものなのである。そしてまたそれこそが、奇妙なまでに光学的な視覚を、さらには聴覚や嗅覚や触覚をともなう特異な「幻覚」を、くりかえし生み出すことになるのである。

実際、古井由吉にあっては、自己同一性の揺らぎは自己と他者との、さらには現在と過去との二重化につねに結びついている。「ひょっとして自分自身の、過去が分身して雪の中を黙々と登ってくるのではないか」(「里見え初めて」)。このような奇妙な疑いが、作中の「私」にくりかえし萌すのも、そのためだと考えられる。だが、この点に関してさらに注目すべきなのは、自分の「分身」が現れそうになる瞬間と、この世界が実相を剝こうとする瞬間とが、ほとんど一致するように見えるということである。そのような瞬間瞬間に、『山躁賦』は深淵をそのつど覗かせ、美しくも恐ろしい、えもいわれぬ音色を響かせる。

このように、作中しばしば見られるいわゆる離人症、ないしは自我の乖離現象や自己剝離は、発熱や疲労や放心といった病の症候を契機とした、「私」の自己同一性の揺らぎと軌を一にしている。そのことを示すような特徴的な一節を挙げておこう。

「しかし何もかも遠く感じられた。自身の歩く姿そのものが、自身に遠かった。轍に従いてしばらくして、右手遠くに木立に囲まれて幾宇か堂が点在し、人影らしいものもなく、踏み跡もない雪に隔てられているのを目にした時にも、自身のほうが遠景と感じられた。

遠ざかろうとする影を、轍が前へ前へと繫ぎとめた。そのうちにしかし徐々に流れの表情が薄れて、ともすれば前後のつづきのない、静止の本性をあらわしかけ、かろうじて背後へ送られた」（「里見え初めて」）。

　雪に埋もれかけた山道をひとり歩いていて、「自身」がおのれの身体から離れかけているような、危険な際《きわ》が記述されている。くりかえすが『山躁賦』は、表面的には古跡を訪ね歩く「紀行文」という体裁をとってはいるが、どう見てもそれどころの話ではない。同作を現実の旅の記録や随筆と呼ぶには、あまりにも異様である、そうかと言って従来の小説の運びからもかけ離れている。その文章は、実際に生きられた現在からたびたび外れ、もうひとつ別の現在の相をあらわにしていくかのようなのだ。つまり、「私」の現在から「自身の歩く姿そのもの」が遠のいて行き、「徐々に流れの表情が薄れて」、現在のもうひとつの相であるような「静止の本性」が姿を「あらわしかけ」、かろうじて背後に送られる。その間の緊迫した推移が、精確に記述されているように見える。この意味で、ここで語られている「静止の本性」とは、流れる時間の停止のようなものではなく、静まりそのもの、一種の時間の充溢として受け取るべきだろう。作中の「私」は、際《きわ》にぎりぎり踏みとどまっている。が、もしさらに一歩、その「静止」の中へと踏み入っていたとするなら、果たしてどうなっていただろうか。それは書かれていないが、その結末を、別の面から予感させるような一節がある。

「ひどいことになったな、さっさと街へ下っていればよかった、と私はひさしぶりにつぶやいて、服を払おうとして、ふっとその手つきに、誰かに見られている、いや、自分で自分の姿を、眉をまがまがしげにひそめて、眺めているのを意識した。もうすこしで姿が見えるところだった、と恐怖感がおもむろに差してきた。見えたら最後、それこそ消える最後の姿となるところだった、と戒めるようにした」(同前)。

自分で自分の姿を「誰かに見られている」かのように眺める、あやうくその姿が見えかかる。実際、これほど恐ろしいことはないのかもしれない。鏡や映像に映った自分を眺めるのは、それと近いようでも、やはり異なっている。作中の「私」が、ある特異な境に至るそのたびに、ほとんど本能に根ざしているかのような「戒め」がはたらく。しかしそれはなぜか。というのも、このすぐれて離人症的な、自己剝離的な出来事は、最晩年に至るまで、古井由吉の作品に恒常的に認められるものでもあるからだ。すると、このような場合にしばしば生じる「戒め」は、単なる自戒の念などではなくて、もっと根源的な、生の防禦規制のようなものではないかとも思われてくる。「見えたら最後、それこそ消える最後の姿となるところだった」という感慨は、おそらく誇張ではない。しかしまた、この自分に自分の姿が見えかかる危険な際《きわ》においてこそ、世界はおのれの実相をはじめて表わす、とも考えられる。

こうした意味において、自己の二重化や「分身」のモチーフほど、古井由吉において重要なものはおそらくほかにないとも言える。そしてその「分身」のモチーフが全面的に展開されるのも、まさにこの『山躁賦』なのである。具体的には、作中の「私」の「分身」は、二篇目の「里見え初めて」でひとたび姿を現すと、以後最後まで、「私」のかたわらを付かず離れず、現れては消え、自己問答ならぬ、自己の「分身」との問答が取り交わされることになる。いや、むしろこの「分身」との問答こそが、同作を牽引する、文字通り影の力になっていると言ってもいい。

ではその最初の、見事な登場場面を見ておこう。それは、「私」が山中のホテルで精算を済ませ、「鞄を肩に掛けてふらりと雪の中へ出た」、その後のことになる。「私」は、除雪作業が行われている中、すでに発熱の兆しがあるというのに、雪に埋もれた知りもしない山道をあいまいに登りはじめる。

「ひきつづき前後左右を霧に閉ざされた雪あかりの中を男はぼんやりと進み、自身が道ごと人界から消えたことも知らず、杉の大木の下に立ち止まって袖の雪などをおっとりと払う。いつのまにか袖が寛《ゆる》やかになっているのを訝り眺めるうちに、顔つきが幽けくなり、ゆったりと舞いはじめる」(同前)。

語り手であったはずの「私」が、ここでも消えている。代わりにそこには、いつのまにか誰やら「男」がいる。それまで基本的に、語り手イコール作中の「私」であったはずなのに、それが一転して、「私」は、語る側から反対に語られる側にまわっている。いや、そうではなかった。「私」は消えている。だから、もはや語り手もいないはずなのに、《誰か》が代わりに語っている。雪道を見知らぬ「男」が歩いており、それからおもむろに立ち止まって袖の雪を払ったかと思うと、「ゆったりと舞いはじめる」。それからまた「男」が消えると、「私」は雪の中を神妙な面持ちでまだ歩いている……。歩行と舞踏、エッセイと物語、現実と幻想、一人称と三人称の間の往還がここには見られる。だがそれだけではない。さらに「黙りこむとすぐ背後から大股の、山歩きに馴れた大男の、足駄の音が従いてくる気がした」とあり、もうひとり、別の誰かの気配がする。

「膝頭にひだるさがあり、厚着の下で病みあがりの肌が濃いにおいの汗を滲ませた。雪あかりに酔ったかな、と首をかしげると、大股の歩みがまたついと後ろに従いた。こちらのほうが追っ立てられていた。ひょっとして自分自身の、過去が分身して雪の中を黙々と登ってくるのではないか」（同前）と、「私」はまず疑う。だが、そうではなかった。最初、自分自身の過去の「分身」かと思われたが、それは、一人物として「私」の前に姿を現すことになるからだ。いや、むしろそれは、実在と虚構のあわいに位置する一人物と言ったほうがいいかもしれない。というのもその人物とは、作中で「いかめ房」と仇名されるとおり、『平家物語』に出てくる叡山の住僧、阿闍梨祐慶のようであるからだが、それは雪道を高熱に犯されたまま歩く「私」の生み出した「幻影」であるかもしれず、「私」の「分身」かもしれず、自己同一性を欠いている以上、特定など不可能だからだ。

とにかく、「いかめ房」と仇名されるこの「大男」の荒法師は、その後も「私」の旅の随《まにま》に、不意に現れてはまたどこかへと消え、そしてまた現れ、という具合に、「私」の影のような、はたまた「分身」のような、準人格的な存在として、旅の最後までついて回ることになるのである。

三

さて、雪に埋もれた山道を、幻影と戯れるかのように朦朧と歩いていた「私」は、それから麓の人家の集まるあたりまで、どうにか自力で下っては来たものの、そこでついに力尽きてしまう。どこかの僧房の裏手に迷いこんだ模様で、窓の格子の外から炊事場の内を覗いてみたまではいいが、中にいた若い僧が気づいた時には、「私」は困りはてた笑みを浮かべ、そのまま雪の中に坐りこんでいたという。

つぎに気がついたのは、「すでに病院へ担ぎこまれ注射も済ませた、ベッドの上のことだった。点滴の針が腕に刺っていた」とあるから、やはり「私」は雪の中で意識を失っていたことになる。旅の空の、しかも人家もまばらな雪山の麓で高熱のため坐りこんでいたのだから、若い僧が気づかなかったら本当に危ないところだった。その「私」は、病院のベッドで奇妙な夢を見る。

「熱にうかされていたあいだ、のべつ目の前に、やや遠く、ぽっかりと浮ぶものがあった。あれは小さな、片腕で抱えられるぐらいの五輪塔だった」(「陽に朽ちゆく」)。翌日目をさましても「塔のことは覚えていた。もう十年もせっせと稼いでどこか山陰の瘠地でも一劃買って墓所を占めるか、ほんとうに、小振りの五輪の塔を、小身ながら建之《これをたつ》るか、とそんなことを日暮らし考えていた」とある(同前)。

入院中の夢に見たこの「五輪塔」が、今度は「私」を強く摑えることになるのだが、どこか唐突にも見える「私」のこの、「五輪塔」および墓所をめぐる不思議な願望は、一体どこから来たのだろうか。しかも「ここへ入りたい者、ほかに入るところもない者は、縁があろうとなかろうと、今生の縁だろうと他生の縁だろうと、入るがいい」(同前)という気前の良さだから、いたずらな空想にもせよそれは、「私」個人のための墓願望というのでもなさそうである。とにかく「私」はそれにもあきたらずに、次のように、自分が建てた五輪塔のある墓所の掃除人になる空想に耽ってみさえする。

「あるいはこの掃除人に私自身が、丑の男書痙、すでに没したことにして偽坊主、山もとの小屋に棲まうか。短い経のひとつもまる暗記するか。建之者の人生について、静かに法螺を吹いて余生を過すか」(同前)。

まず「丑の男書痙」とあるのは、作者古井由吉自身が丑年で、文字を書こうとすると奇怪に歪んでしまう、「書痙」気味であることを告白していたことが思いあわされる。だからこれは、ある程度までは、作者自身が実際に想い描いた空想であると考えてもいいだろう。しかしそれにしても、何たる奇妙不可解な空想だろうか。自分はすでに死んだことにして、「坊主」の振りをし、自分の墓の墓守となって近くの小屋に棲まい、短い経のひとつも覚えて、自分とそのほかにも見知らぬ死者たちの墓の世話までしながら、余生を過ごそうかというのである。そんな辻褄の合わない、陰気で、可笑しなことを夢見るとは。

だが、ここで語られている墓所をめぐる奇妙な空想は、全体としてまさしく、『山躁賦』の約六年前の、小説『聖《ひじり》』の墓守男の話を思い出させはしないだろうか。それは、村はずれの共同墓地ちかくの小屋で、村娘から墓守役を頼みこまれ、いっときそこに仮住まいすることになった学生の「私」の話であった。そうすると『山躁賦』は、『聖』の意識されぬ続篇にも見えてくる。つまり『聖』が、二十代の若者が見よう見まねで墓守男の役を務める話だったとすれば、こちらは、四十男となった放浪する「聖」の話であり、実に、この旅の空で「私」がくりかえし幻影に見るのも、墓守男や「聖」の姿なのである。「私」の分身でもあるような先ほどの「いかめ房」も、やはりその重要なひとりにほかならない。実際、この空想が語られるのと前後する場面で、

「いかめ房」がふたたび「私」の前に姿を現すことになるのだが、それはおそらく偶然ではない。

「その時、目の隅を人影のようなものが横切り、はてとしばし首をかしげてそちらを眺めやると、髪も髭も茫々の大男が、色もすでに定かでない垢まみれの破れ衣に荒縄を腰に巻き、朽ちた五輪のひしめきをむこう端から順々に、いかつい手で責めるがごとく一塔ずつ素早く指差し、ひとしきりしては重々しく掌を合わせて数珠を繰っていた。ぼろぼろにほつれた裾からぬっと地を踏む毛臑と大足に、見覚えがあった。

——おい、いかめ房ではないか。合戦の途中から雲隠れして、こんなところで何をしている。

——数えている。ほとけの頭数を数えている。

——そんなもの、数えて何になる。荒法師が、軍《いくさ》から零れて、三昧《ざんまい》法師になったか。おどろおどろしう振舞うて、どこぞの疚《やま》しい人心に取り入って、永く住みつく魂胆か」(「陽に朽ちゆく」)。

なかなか凄まじい剣幕で、「私」は、「いかめ房」にこう喰ってかかる。「三昧」とは、ひとつには墓地のことを指し、かつて中世から近世にかけての日本では、「三昧法師」や、三昧聖と呼ばれた下級の仏教者らが、無縁仏も含めた死者の埋葬や火葬をうけおい、墓守も兼ねていたと言われる。だがこれほど口汚く喰ってかかられたにもかかわらず、荒法師は反論もせず、ただ静かにつぎのように答えている。

「——供養する力も失せた法師は、数えるよりほかにない。人に後世に伝えおかなくてはならぬ。これが唯一残されたつとめだ」(同前)。

これが不可解な問答であることは言うまでもない。何よりもまず、「いかめ房」こと比叡山西塔の住僧、戒浄坊の阿闍梨祐慶が、そうした「三昧法師」に身をやつすなどとは考えがたい、と冷静に問いただしたくなるかもしれない。しかしそんなことを言っても始まらない。もともと作中のこの「大男」は、終始「幻影」のような存在であって、誰とはっきり特定できる相手ではなかったのだ。ただ、ここで「いかめ房」と荒く呼びかけられている相手を、作中の「私」の広い意味での「分身」と見てもよいとするなら、この幻影じみた「荒法師」は何のために「私」の前に現れ、ほとけの頭数を数える必要を切々と説くのだろうか。そもそも「人に後世に伝えおかなくてはならぬ」ほとけとは、一体誰なのか。

作中の「私」の「五輪塔」建立願望や墓守願望は、熱にうかされた病床での、一時の気まぐれの思いつきと考えることは、やはりできない。なるほど「五輪塔」建立に関する願望は、ほどなくして「私」が物の本を読むうちに打ち砕かれ、あえなく雲散霧消することにはなる。だが共同の墓所への、無縁の死者《ほとけ》たちへの「私」の関心が一緒に雲散したわけではない。そこにはやはり、やがて作中でも暗示されるように、作者古井由吉が幼い時に体験した、先の大戦の記憶が深く関与しているように思われる。一見特別な目的というものもなく、関西周辺の古跡、霊山霊場を巡り歩いている作中の「私」が、往古の名もなき死者たちの見えざる姿に、おのずから、どこか重ねるようにして見ていたのは、先の大戦による膨大な数にのぼるであろう、名も知れぬ死者たち、行方知れずの者たちではなかったか。

すなわち日本全土に及んだたび重なる大空襲で、土地も家も何もかも一夜にして焼き尽くされ、何処の誰とも知れぬまま死んでいった者たちの存在が、往古の戦や異変や焼き討ちやらによって死んだ無名の、無縁のほとけたちの存在と遠くつながって行く。空襲によってもはや自己と他者の区別もなくなり果てて、文字通り無縁となった死者《ほとけ》たちはどうなったのか。この問いは、自身再三にわたる大空襲に遭い、無縁の死者のひとりであり得たかもしれない、当時満で八歳にもならなかった作者の胸におのずと萌し、戦後の長い時を経ていよいよ深まりを見せるようになっていったのではなかったか。

『山躁賦』は、表面上は古典志向の強い作品であり、直接的には先の戦争とはほとんど関係のない話が中心ではある。しかし、それにもかかわらず作中の「私」は、どこかで、先の大戦による、とりわけ空襲による死者《ほとけ》たちのことを、中世の軍記物語に重ねて遠く想っていたように見える。すくなくとも『山躁賦』は、後半になるにつれて、その表向きの古典志向とは別に、あるいはそれと同時に、戦争や厄災で亡くなった者たちを、表現の底に据えたことをはっきりと感じさせるようになっていく。また、あたかもそれと並行するかのように、「私」という人称も、後半ではほとんど消えて行くことになる。つまり「私」は次第に消失して、他者たちに、死者たちにみずからの場所をあけ渡すようになるのだ。

さきほど見た、三篇目の「陽に朽ちゆく」の中で、「いかめ房」は続けてつぎのように語っていた。

「無縁のものをせめて集めて、数えて、書きつける。それだけのことだ。説教もせぬ、経も唱えぬ。運べぬものは道端に草の中に、おおよそ塔の姿に積んで去る。とりわけ数えることだ。どんなに夥しくとも、ひとつひとつ、ひたすら数えて数珠に繰ることだ。それよりほかに、することも、生きることもなくなった」（同前）。
この「無縁のもの」というのは、中世の名もなき死者たちのことを指しているのが、文脈上は正しかろうが、おそらくそれだけではない。「いかめ房」のこの言葉は、ある意味で、古井由吉の文学の機縁を物語るものでもあるのではないかと思われる。つまりそれは、経も読まず、供養する力も資格も方法も持ちあわせていない、ただ無縁のほとけの数をひたすら数え、集め、書きつける、そのような聖《ひじり》が、古井由吉のうちに棲みついていた、ということではないだろうか。「いかめ房」とは、結局その聖のひとりなのだ。彼は言っていた。「人に後世に伝えおかなくてはならぬ。これが唯一残されたつとめだ」と。そしてさきほどの「私」の不可解な墓をめぐる空想もまた、ある意味では諧謔にみちた、古井由吉自身の小説の定義のごとくなってもいる。すなわち、「偽坊主」の墓守となって、「建之者の人生について」、つまり自分の人生について、「静かに法螺を吹いて余生を過す」というのがそれだ。

こんなふうに『山躁賦』を読んでくると、「紀行文」の背後に、一種の奇妙な巡礼の旅、無縁の死者たちをめぐる鎮魂の旅、という側面が透けて見えてくるように思われる。あるいは旅をする「この身がすでに、死んでしまって」（「千人のあいだ」）いて、生者たちから功徳を、善根を施されている、という風にも作中で感じられているのだから、まさしく死出の旅のようでもある。なるほど、作中の「私」は、たびたび「物見遊山」だ、「観光旅行」だと、うそぶいてはいる。だが、それもしばしば訝しく思えてしまうほどに、誰とも知れない死者たちの存在が濃厚なのだ、

『山躁賦』には。

ただしそのように感じられるのは、旅の先々での死者たちの気配ばかりが原因ではない。この旅の十年近く前になる作者の母の死と、その母をめぐる諸々の記憶が、旅の途中で断続的に甦ってくるからでもある。「海を渡り」には、たとえばこんな一節がある。

「母親を憎んだ者だけが人生の悪を知る、とか聞いた。私の母は、まず辛抱一方の女だった。そうとばかり息子が決められるものでもあるまいが、とにかく最期は、人の情に訴えず絡まず、ひとりでこらえにこらえた末に、ふっつりと断えた。骨と皮に細っていった二カ月の闘病の間も、呼吸困難に陥ったまる一日の間も、死ぬ恨みはひと言も洩さなかった。知ってもいたようであり、意識もぎりぎりまで濁ってはいなかった。家の者はおかげで助かったがしかし、あれ程の辛抱というのも、思えば陰惨なものだ」(「海を渡り」)。

和歌浦から四国へ渡ろうと、朝一番の連絡船を待っている「私」に、ふと母親の「最期」の記憶が去来する。はっきりとした予定やプランがあるわけでもないこの旅と、母親の記憶との間に特別なつながりはもちろんない。だが、やはり旅という、日常の暮らしからのしばしの遊離は、往々にして死者を想う契機のひとつとなるものなのかも知れない。実際、見知らぬ土地、それも目的地へと向かう船の乗船時刻までに空いた半端な時間をもて余している時に、母親をめぐる記憶は甦ってくる。

「なるほど長い管のような連絡橋を、端まで行きつくと、乗船時刻にはまだ間があり、渡し場特有の荒涼とした雰囲気の中で、進みかけた時間がまた淀んで、物見遊山なのにしきりに所在なく、死んだ母親のことをまた思いはじめた」とある(同前)。

今度は、「私」が母親の遺骨を納骨するために、父親と一緒に市営墓地を訪れた春の日のことから、「富士の山麓にある莫迦でかい分譲墓地に、ひと坪ほどの区画を購った」晩秋の日の天候のことにまで、追憶は及んでいく。墓への納骨とは言ったものの、「何もかもが引越しに似て」いたという(同前)。『山躁賦』巻頭の一篇に、夜のホテルのグリルから、遠く山中に整然と並んだ燈を認めて、とっさに「霊園」だと思ったものが、実際には新興の「分譲住宅地」だったという話が書かれていたが、この「分譲墓地」への遺骨の「引越し」の話は、ちょうどそれと相似形をなしている。

それにまた、「墓」も死者の「栖《すみか》」の一種だとするなら、考えてみれば古井由吉の小説とは、いつも「栖」をめぐるものであったとも言える。彼にとって、「住む」という言葉には、つねに生きることの陰惨さのようなものが濃く含まれていた。最晩年の短篇「ゆらぐ玉の緒」の中で、古井由吉はこう書いている。

「住むという言葉は重い、生きるというよりも重い、陽炎の立つもとで身の内の翳るほどのものだ、といまさら感じた。世にあるのは、住むことにほかならない。食べるのも、住むうちのことだ。男女の同棲も、男の通うのも、住むのひと言であらわされた」(『ゆらぐ玉の緒』二〇一七年)。

つまり、「住むとはこの世を生身《なまみ》で暮らす、そのすべてをふくむ」(同前)。すると、肺を癌に冒されていた母親が「骨と皮に細っていった二カ月の闘病の間」も、当然この「住む」ことにふくまれるわけだ。「女の死の、像がつかのま粘りついた。回診の時に目をそむけさせられた、萎びはてて長く垂れた乳房の、それでも失せぬ蒼白さを想った。女親という言葉があったな、と一人でつぶやいた」(「海を渡り」)。

『山躁賦』には、幻想ばかりか、ほとんど私小説のような、作者のきわめて私的な思い出もつつみ隠さずに書かれている。「女親」の死をめぐる、凄惨にも見えるこうした描写にふくまれたある種独特な回想は、一見そうは見えなくとも、この旅のうちにひそむ巡礼的な要素、つまりどこかで死者の鎮魂の祈りに通じて行くものであるように思われる。

ともあれ、「住むこと」に関する考えが歳月を経て深みを増していったことで、晩年の古井由吉の眼には、もはや「墓」さえ毛疎いものと映るまでになっていったようである。さきほどの引用と同じ短篇中に、「私自身は死んだら散骨にするように家の者に言い置いてある。墓などを遺すのは、生きているうちから、うっとうしい」とある(「ゆらぐ玉の緒」)。これは『山躁賦』のころにはまだはっきりとあった、「墓」をめぐる作者の強い関心からすると、意外なほどの変化だ。しかしこれを以って、死者への作者の関心がうすれていったとはむろん考えられない。むしろ、「五輪塔」や「墓」など、物質的なものから意識が解放されるほどに、死者への想いはいっそうの深まりを見せるようになっていったと考えられる。あるいはそうしたすべては、「住むこと」という、肉体をもって生きねばならぬ者にとっては根源的な問題のうちに、吸収されていったと見るべきなのだろう。

「それにしても肉体にこだわる、とふと自身のことともなしに歎いた。人が死んで、人を葬ったあとも、まだその肉体に、疎みながら泥《なず》む、泥みながら疎む。死者の霊の集まる境と称しながら、あくまでも肉体の、死者と我身の肉体の朽ちて行く時間を呼吸しに来る。陰惨の気にいささか馴染んで、死者の霊をあらためて山にあずけ、積もったこだわりを洗って帰り、暮しの中では相変らず、死者を肉体として想っている……」（「海を渡り」）。

霊場として知られる四国の弥谷山《いやだにやま》を、ふと訪ねてみる気になって、日も暮れかけてきた午後遅くにタクシーを走らせた、その時の「私」の感慨だが、さきほどの船着場で甦った「女の死の、像」の残影がここまで曳いていることがわかる。母の死は、「女の死」にまで抽象化され、もはや主語も消えている。にもかかわらず「死者を肉体として想っている」。そうして漏らされた感慨もまた、『聖』で描かれていたような、土葬の風習のある谷あいの村の、ゆるく耕された共同墓地にどうしようもなく漂っていた、水と土と樹木のにおい、そしてそれらにつつまれ、その中で朽ちていく肉体にまで、はるかに通じていくようである。

もちろん『山躁賦』の旅は、作者の肉親、縁者などの特定の死者たちをめぐるものではなかった。誰とも知れない、無縁の死者たち、軍《いくさ》に破れ、敗走し、果てた者たち、争いに巻き込まれ不慮の死を遂げた者、年寄り、女たち、子供ら……。作中の至るところで、中世の歌や物語の断片からよろぼい出てきたような、見も知らぬ死者、亡者、名もなき、膨大な数にのぼるであろう有縁無縁の者らが、これまた夥しい数の五輪塔やら石塔やらの群れによって表わされる。結局、どこへ足を運ぼうと「私」は、「物見遊山」の客が好んで足を運ぶことなどないような、湿っぽい、土と水のにおいの漂う木々に覆われた谷あいの場所に、くりかえし吸い寄せられ、引き寄せられて、その辺りをうろうろと歩くことになるのである。あたかも歴史の、古典の実相を、山中の片隅にとり残された土と水のにおいのうちに嗅ごうとでもするかのように。

こうして至るところで「物見遊山」という表層は剝がれ、旅は次第に、霊山霊場というか、無縁墓地、墓場巡りのような、死出の旅路のような、苦行めいた様相を呈してくることになる。寺の宝物館で古仏を拝観するような場合でさえ、それはいわゆる美術史的な興味からはかけ離れているように見え、古い墓石がそこらの石塊《いしくれ》と見分けがつかなくなって、あたり一面に無造作に転がっているような苔むした場所に、好むでもなし、「私」は引き寄せられていく。

四

旅から帰った「私」は、自宅のベランダから「深夜の遠い空を眺めて」、得体の知れない「赤光」の明滅を認めたことから、戦火を思っていた。

「つぎに遠い大火を思った。これは敗戦の年に幾度も眺めた。敵機はすでに去って爆音の影もなく、街は炎上するままにまかせられている。あれも空がただじわじわと焼けまさっていくだけでない。光芒がくりかえし、ほとんど緩慢な感じで閃き昇って、高空で渦巻く煙か雲か紫色のまがまがしい塊を照らし、そのつど地平を覆う赤光が淡く透け、うちふるえる。その中を無数にきらきらと輝いて舞う物が見えて、あまりの美しさにうなされたような人の叫喚が長く空にあがるが、これは火災の現場の叫びではない。炎上はあくまでも無音で、ただ眺められる。その赤光を背負って、やや遠くに家の影が、どういうものか一軒だけ、くっきりと浮ぶことがあった」（「静こころなく」)。

遠くに浮ぶ一軒の「家の影」というのは、おそらく空襲で焼き払われた、作者の生家ではないかと思われる。現在見ている光景のうちに、過去の住まいがくっきりと浮んで見える。視覚と想念がひとつに重なる。敗戦の年に眺めた「遠い大火」は、古井由吉にとって、まがまがしい、美の最大の源泉のひとつとなったと言っていいかもしれない。ここには純然たる自由連想はあっても、もはや物語も、脈略もない。ベランダから眺められた「赤光」は、軍記に記された京の大火、炎上、焼討、夜討放火、平家一門の潰走とも、翌日の夕刊で知らされた、未明の横浜であった大火事とも重なって、現在と複数の過去の層を自由に往還する。だが、敗戦の年に眺めた「遠い大火」は、そのほかのあらゆる炎上の底につねに横たわっているものと考えられる。

『山躁賦』は、結局のところ、紀行文でも随筆でも小説でもない。それは作者自身の言葉で、「試文」、「試み」というよりほかない何かだ。そしてその「試文」は、究極的には、幼い「私」が戦火の中で目にした光景を永劫にわたって反復することになる。実際、『山躁賦』後半のどの一篇を取りあげてみてもいい。描写が極まると、それは前後の脈絡からかならず浮き出るようにして、「あまりの美しさにうなされ」るような、空襲の後の地獄の光景に接近していくように見え、同時に、その下で死んでいった者たちに向けられた、鎮魂のふるまいに似た何かを、くりかえし表わそうとするかのようなのだ。

「平地はいよいよ輝き、やがて輝ききわまり燃えあがりそうに見えて、光がすっと遠くまで拭い取られ、あちこちでなにやら人の叫びが長く立ち、夕靄につつまれる」(「花見る人に」)。するとつぎの瞬間には、「入相《いりあい》の鐘が鳴り、花がはらはらと散り、杖にすがった腰が細かく顫える」（同前）とあって、どこかの静かな山里の光景のようなものが浮びかかる。「私」はもはやどこにもおらず、代わりに、誰とも知れぬ老人が杖にすがってそこに佇んでいる。そしてその老人も、「日が暮れきると気が落着いて、水っぽい粥を啜り、また堂に籠る。さびた読経の声が花のあいだに聞えている」（同前）。

ここにはもう、物語というようなものはなく、文脈も、筋もなくて、「私」すらいない。ただ、あるはずもない遠い記憶のような山里の光景が仄見《ほのみ》えて、誰かの、何事かの気配だけがある。しかしその誰かとは、自身のうちに、戦火をくりかえしくりかえし眺めては静かに数珠を繰り、経を唱えて暮らす、年老いた聖《ひじり》ではないだろうか。すでに昔も今もない、「私」も「分身」もいない、何処《ど》の山の何のお堂ということもない。ただ誰とも知れぬ年老いた聖の「杖にすがった腰が細かく顫え」、死者たちをとむらう読経の声が、「花のあいだに聞えている」だけである。

かくして『山躁賦』は、行って帰ってくる旅という往還形式を踏まえることによって、ひとつの円環運動を描きだす。そこには、もはや線的に展開される物語の形式も、時系列的な語りの進展もなく、ただ山と平地の間の往還と、その反復だけがある。巻末の一篇「帰る小坂の」に至っても、それは暫定的な結末、かりそめの終着点でしかない。そのことをはっきりと読者に感じさせるようにして、作者は同作を仕舞えている。言葉は、さまざまな視覚や聴覚、嗅覚や触覚を巻き込みながら、永劫にわたって回帰する厄災のまわりを旋回しつづける。するとそこにはひとふしの鎮魂の調べが、さびた読経の声が静かにひびいていたことに、後になって気づかされる。

完全過去の精神と永遠の現在

一

「完全過去の精神」以上に重要なものは、本来のところ小説においてほかにないのかもしれない。

古井由吉の作品史における最初の大きな変化が、『山躁賦』（一九八二年）を前後とする時期に起こったということは、すでにさまざまに指摘されているし、作者自身もそれを裏付けるようなことを何度か語ってさえいる。だがやはり問題は、あくまでその変化の要因が、具体的に何であったかで、それをここでは、文法、それもとくに時制《テンス》の問題に即して考えてみたい。その上で重要な指標となるのが、冒頭で述べた「完全過去の精神」と古井由吉が呼ぶものなのである。のちほど詳しく見ていくが、「完全過去」とは、言うまでもなく時制にかかわる事柄であり、それはかつて翻訳にたずさわったことのある、元ドイツ文学者の作家らしい着眼点のようにも見えるのだが、実はそれどころの話ではない。

まず、古井由吉が初期から晩年に至るまで、文法や言語構造にかんする厳格な意識を、自他の文章に対して持ち続けたということは注意しておくべきである。その点で彼は、小説にかぎらず言語全般について、文法や言語構造の面から考えることを好んだとも言える。その一方で彼は、今ではごく当たり前に行われていることだが、「文体」、「スタイル」といった用語で、個人の文章の特徴を云々することを、基本的に好まなかった。それは、本来styleという語が、たとえば「ゴシック様式」など、ある時代や社会における表現上の特性を指すものであって、近代以降の「個人」の表現に対して使用されるものではなかった、という明快な認識に基づいている。つまり「スタイルというものは、本来、個人のものではない。個人が勝手に発明できるものでもないし、発明できてよいものでもない。それは時代のもの、社会のものであり、せいぜい階層、職業、年齢、土地柄のものである。個々人の次元までは、細分され得ないもののはずなのだ」(「文体について」『私のエッセイズム』)。

古井由吉が、「スタイル」ないし「文体」よりも、むしろ文法や言語構造のほうを重視したのも、それらがまず「個人」の創意に拠るということはあり得ず、それぞれの言語に固有の何かを、端的に表していると考えたからであろう。彼は後年それを、「言語の骨」とも呼んでいたが(「ドイツ文学から作家へ」二〇〇〇年、『書く、読む、生きる』)、その文法の中でもとくに時制《テンス》の問題が、ここでの主な関心ごととなる。

さきに結論めいたものから言っておくと、古井由吉の小説の文章上の変化は、時制の問題と深く関係している。ある時期以降の、彼の小説における時間表現の複雑多様化も、すべて何らかの点で、具体的な「テンス」の扱い方、向きあい方の変化にかかわっていると考えられるのだ。ここで、前に詳しく引用した「円陣を組む女たち」の文章をあらためて思い出してみてもいいが、その精緻な描写力、それは駆けだしの新人のものには見えない、すでに文章として高度な域に達していた。しかし古井由吉が作家として出発して以降、初期にあたる一九七〇年代に書かれた彼の小説は、仮に一九八〇年代を中期と呼ぶとして、中期の文章とも、九〇年代、そして二〇〇〇年代以降の後期の文章とも異なっている。つぶさに見ていくと、あきらかに古井由吉の小説の文章、いわゆる文体は、時代とともに微妙な変化を遂げていることがわかる。そうした時代ごとの変遷を、年齢とともに重ねられた表現の熟達と言って片付けてしまえば、一見当然のことのようだが、実はそれほど単純な話ではない。

今しがた述べたように、彼の小説は、デビュー当初から文章としての完成度は高いのだ。したがって、文章の熟達や洗練、あるいは完成度といった言葉だけでは、簡単にとらえることのできない何かがそこにはある。そこで、ここでは作者自身の折々の発言をたどりながら、作品の主題でも内容でもなく、とくに「テンス」の問題に注目して、彼の小説の変遷について考えてみたい。それによって、この作家にとっての本質的な問題の所在をわずかなりと明らかにし、彼が小説を通して目指していたところのものの片鱗でも、摑むことができるのではないかと思われるからだ。

さて、小説における時制《テンス》の問題について、「完全過去」という言葉を使って、作者が具体的に自身の見解を示すようになるのは、おおよそ『山躁賦』刊行前後の時期からだと思われる。次の一節がそのひとつに当たるはずだが、まずはそれを見ていこう。一九八三年に書かれた随筆からである。

「たとえば、小説の醍醐味を支える土台はしょせん完全過去の堅固さだ、とかさねて思い知らされる。何かが起こったのであれば、動かしがたく、起こったのでなくてはならない。何かが為されたのであれば、取り返しがたく、為されたのでなくてはならない。現実を非現実のほうからさまざまに揺する、あげくは両者をつかのま転換して見せる、という曲技もつきつめれば、完全過去の土台に支えられた上のことである。すべてが未完了で、限定されたそばから無限定の中へほどけ、精神の軌跡だけが、瞬間ごとに存在する、という極端の夢も、もしもそのとおりになれば、人は気が狂う。そうよくよく思い知らされたはずなのに、完全過去に付こうとすると、そのつどそれを制止しようとするものが、私の中にある。戒めに近いものなのだ」(「純文学からの脱出」一九八三年、『私のエッセイズム』)。

これは、作家となってからすでに十年以上におよぶ、自身の小説執筆から「よくよく思い知らされた」ことの詳しい反省のように読めるが、書かれた時期から推しはかると、たとえば『槿』(一九八三年)のことが念頭にあったと考えることもできる。長篇『槿』では、登場人物たちの記憶と妄想の異様なもつれや錯綜をめぐって、精緻をきわめた表現がなされていたが、つきつめればそれも、半ばは「完全過去の土台に支えられた上のこと」であったと。しかしそのまた一方で、作者は、もしもそのとおり実現されれば、人は気が狂うほかないような「極端の夢」も吐露している。すなわち「すべてが未完了で、限定されたそばから無限定の中へほどけ、精神の軌跡だけが、瞬間ごとに存在する」、そのような不可能な文章、存在しない小説の言葉が、どこかで夢見られてもいる。

そこで、小説において「完全過去の土台」をあくまで維持するか、あるいはそれも捨てて、

「すべてが未完了」で、瞬間ごとに存在する精神の軌跡だけを描くことに向かうかということになるが、もちろん後者は厳密に言って不可能なことであり、「完全過去の土台」を完全に放棄してしまうことはできないと考えられる。つまり選択肢など、あるようでない。にもかかわらず作者は、「完全過去に付こうとすると、そのつどそれを制止しようとするものが、私の中にある」と告白する。この発言は、古井文学を考える上で重要な点のひとつだと思われるが、さしあたっては、以上がこの時点での、この作家の多分に矛盾を孕んだ自己認識であることを確認しておきたい。

　さて、さきほど引用した随筆の書かれた一年前、一九八二年から連載が開始され、翌年完結し、一九八四年にまとめられることになる『東京物語考』の中にも、「完全過去」をめぐる同様の問題が、今度は大正から昭和初期にかけての「私小説」の話と絡めて論述されている。それは、古井由吉が「私小説」についての独特の定義を行った次の箇所なのだが、さきの文章とそれとを引き比べてみると、興味深い事実がうかがわれる。

「作者自身が作中の主人公となり、我身に起ったことを書き綴るのを、一口に私小説と呼ぶが、私小説をとにかく小説たらしめているのは何だろうか。逆説めくが、それは作者の「私」のうちの、「私」ではないもの、ではないかと私は考える。たとえば、私小説の多くが平明な文章を志向する。平明ということはおそらく、「私」にではなくて、人と人との間の感じ方に付くことにある。また、物事の現実解体的なとらえ方を嫌う。これも、物事が「私」にゆだねられることへの、ひいては「私」がすっかり「私」にゆだねられることへの拒絶である。また、事実の重さを尊ぶ。何事かが起ったとしたら、それは紛れもなく起ったのでなくてはならない。起ったということ自体にすでに充分の意味がある。それを「私」がどうのこうのと、「私」の感じようによって変えられるものではない。つまり事を記《しる》すに、そのつど、完全過去の精神を以ってする。あるいは半過去であり、あるいは現在進行であるはずのものまで、完全過去の感性で捌《さば》いていく」(「何という不思議な」『東京物語考』)。

これは、さきほど引用した文章と近い時期に書かれたものと思われるが、ここにも「完全過去の精神」ないしは「完全過去の感性」という言葉が見える。「私小説」に対する古井由吉の関心の発端は、この『東京物語考』によれば、作者の高校生の頃までさかのぼり、その後生涯にわたって続いていくことになるのだが、ここでは、とくにこの時期の彼の大きな関心ごとが、「私小説」における「私」と、その文章を支える「完全過去の精神」にあったということに注目したい。というのも、「小説の醍醐味を支える土台はしょせん完全過去の堅固さだ」と、ひとつ前の引用文の中で述べられていたように、作者の考えによれば、全般に小説は、「完全過去の堅固さ」によって支えられている。さまざまな小説の表現上の「曲技」も、その土台があったればこそだと。しかし小説の中でも、とりわけ「私小説」と称されるものにおいては、この「完全過去」をめぐる問題がよりいっそう顕著に、あるいはかなり純粋に現れている、と彼は見る。それがここで、「完全過去の精神」と呼ばれているのである。

つまり「私小説」は、「完全過去の堅固さ」にただ支えられているのではなく、はっきりと「完全過去の精神」を以って書かれている。そして古井由吉によればそれは、平明な文章への志向や、事実の尊重に通じており、それらがひいては、物事の解体的な捉え方の忌避へと通じているとされた。具体的に作者はそこで、葛西善蔵と嘉村礒多の名を挙げているのだが、彼が小説家として痛く惹かれているのは、「私小説」のそうした「平明」な部分では、実はない。やや先回りして言えば、むしろその反対の、「完全過去の精神」をつき詰めて行った時に生じる破綻であり、解体のほうであるようなのだ。

ともあれ「私小説」においては、作者自身が我身に起ったことを書き綴るのであるから、「自己客観」というものが、おのずと基本、基調となる。そしてこの「自己客観」が、小説の中で尋常な範囲内で行使されているかぎりは、「私」と「他者」との関係性をこまやかに捉えた、過不足のない平明な文章が得られる。しかし善蔵や礒多の「私小説」には、時にそうした範囲を超えた、いわば常軌を逸した「自己客観」が認められると、古井由吉は言う。たとえば主人公は、実生活においてもはや一刻の猶予もならないような、きわめて切迫した状況に置かれている。だというのに、どうしてこうも客観的に自分のことを見て、詳細にわたって小説に書いてしまえるのか。そう訝しく思われてしまうほどに、善蔵と礒多にあっては、「自己客観」がしだいに度を超えて、過激になって行くのである。

つまり「自己客観」なるものも、限度を超えてつき詰めて行けば、かならず微妙なところに追い込まれていくことになる。そうした、ある種異様な「自己客観」について、同じ文章の続く箇所で、古井由吉は、善蔵の「蠢く者」や「死児を産む」などを念頭に、次のように指摘している。「（前略）もしも「私」に限りなく容赦なく添うとすれば、人の間にある存在としての自我が解体しかかる境に至りつくことはあるはずだ。自己客観というものも過激になれば、自他の関係としての現実をおそらく解体しかかる」。

　ここで古井由吉が、「自己客観」というものを、「私小説」における「完全過去の精神」と併置するようにして論じていることに注意しなければならない。一見別々の事柄のようにも見えるが、両者は一体である。なぜなら「私小説」において、自己は対象（客観）化され、つまりある点まで他者化されて、その自己が見たり聞いたり考えたり感じたりすることが、すでに起った過去のこととして記述される。そしてその過去の堅固さ、事実としての動かしがたさが、まさに「完全過去の精神」によるものとされるからである。

　しかし、もしその「自己客観」をどこまでも過激にするなら、果たしてどうか。つまり「私」に限りなく容赦なく添う」とするなら、それは自我が解体しかかる境にまでまっすぐ通じているのではないか、と古井由吉は言う。「自己客観」の過激化は、したがって「自他の関係としての現実」の解体を示唆することになるわけだが、それをさらに、時制の観点から見るなら、次のようにも言いかえられるはずだ。すなわちそれは、過去と現在の整合性の取れた関係としての現実さえも、解体してしまおうとするのではないか、と。

　要するに古井由吉はここで、過激化された「自己客観」によって、「完全過去の精神」が行き着くその先を思っていたと考えられる。あるいは、小説における「完全過去の堅固さ」を揺すり、場合によってはそれに破綻を生じさせるのは、一部の「私小説」のうちに顕著に認められる、過激な「自己客観」を通してではないか、と彼は見るのだ。古井由吉が作家として「私小説」からヒントを得ていたのは、まさにこれなのだ。つまり彼は、自分の小説を、いわばこの「自己客観」の過激化によって、進んで破綻に追い込もうと目論んでいたのではないかと考えられる。だがそれは一体何のためにか。

ここで、さきほどの引用文にあった表現がふたたび注目される。その中で古井由吉は、「自我が解体しかかる境」、現実が解体しかかる境、という言い方をしていたが、やはりこの「しかかる」という言いまわしが重要だろうと思われる。というのも、もし自我も現実も完全に解体してしまえば、自己と他者、現実と妄想、現在と過去の間の区分はもはや維持できなくなるはずで、本当にそうなると、小説を書くこと自体が問題外となってしまう。それゆえ、まただからこそ、限界まで「私」による「自己客観」を推しすすめながらも、自我と現実が「解体しかかる境」に踏みとどまることが、暗に要請される。そこに古井由吉は、「私小説」のひとつのきわまりを見る。するとどうなるか。

「私小説がきわまれば、現実と虚構とは取り替えのきくものとなる」(同前)。

驚くべき言葉ではないか。その端的な例として、葛西善藏のいくつかの作品が扱われているのだが、この特異な考え、ないしラディカルな視点は、言うまでもなく古井由吉のものでもある。

つまりそこには、葛西善藏を論じながら、同時に作家古井由吉が自身の小説において目指そうとしていたところのものも、暗に示されているように思われる。それを簡潔に表してみるなら、作品の中で、自我と現実が解体しかかる境まで「自己客観」を過激化し、そのような地点からもう一度、「小説」の言葉を立ち上がらせようということだ。そしてそれはまた、現実と虚構が取り替えのきくものとなるような境でもある。ただしその「自己客観」は、「私小説」の定義の重要な一部でもあった、「完全過去の精神」によってなされるのでは、もはやない。そうではなく、自他の関係としての現実が解体しかかる境で、そのつど瞬間的に到達される、いわば《永遠の現在の精神》で以って、「私小説」をまったく新たに書き直すということなのである。過去が完全に過去とはなり切らない、未完了の過去、あるいは不断の現在の精神で以って、「私」に、「現実」に、かぎりなく容赦なく添うということ。一九八〇年代中期以降の古井由吉が試みようとしてきたのは、これではなかったか。

そのような試みを通して、自我と現実の「解体しかかる境」が遠く近くに望まれるわけだが、しかしそれは結局何のためになされねばならなかったのだろうか。新たな芸術的実験や独創性の獲得のためにでは、もちろんない。それは、まずは動かしがたいものとされる「現実」(「完全過去」)の土台を掘りおこし、現実と虚構を取り替えのきくもの、あるいは等価なものに作り変え、あらためて《虚構の力》を、純粋な仕方で見出すためにではなかったかと思われる。思えば『山躁賦』も『槿』も、そのような試みの重要な一部をなしていたのではないか。

古井由吉が、葛西善藏の「自己客観」の過激化による「虚構」の刷新の意義を高く評価していたのも、おそらくそのためではなかったかと思われる。そしてそれは、やがて見るように、彼がすでに作家ロベルト・ムージルのうちに見出していた、「可能性感覚」という概念に重なることになるのである。

二

さて、『東京物語考』の刊行からおよそ八年後の、一九九二年になされた松浦寿輝との対談の中でも、「私小説」、「小説の解体」、「完全過去の精神」をめぐる話は続いている。その中で古井由吉は、『槿』（一九八三年）以降、自分の書くものが「私小説的な形へ行ってるでしょう」と述べ、さらに「私にとっては、私小説的な形へ行くのはむしろ小説の解体なんです」、とはっきり言っているのは、やはり興味深い（「「私」と「言語」の間で」『小説家の帰還』）。一九八〇年代中期以降の古井由吉が、完全に自覚的に、「小説の解体」のほうへ歩みを向けていたことが、ここからも窺えるからだ。つまり古井由吉にとって「私小説」への関心は、「小説の解体」という厄介な問題と表裏一体をなしていた。言いかえるなら、後期古井由吉の文学の誕生には、彼自身による小説、それもとりわけ「私小説」の、徹底的な再検討が深くかかわっていたと考えられるのだ。そしてそれは、時制、テンスの問題としては、「完全過去の精神」をめぐる思索とひとつであった。

この事実を別の面から傍証するかのように、『槿』が刊行されたあと、さきほど引いた『東京物語考』（一九八四年）や『「私」という白道』（一九八六年）などで、古井由吉は過去の「私小説」や私小説に近い作品とあらためて向き合い、近代日本文学を独自の視点から詳しく語ることになる（それはさしあたり、『魂の日』（一九九三年）や『遠くからの声』（一九九九年）あたりまで続いていく）。言ってみれば、この時期の古井由吉は、辛抱強く手探りしながら小説を書くかたわら、明治から昭和初期にかけての小説、中でも「私小説」を中心に再読を重ね、先人たちの仕事から学び直そうとしていたと考えられる。

実際、彼は今しがた引いた対談の続きで、自身の八〇年代の仕事を次のように述懐している。「その後あれほどうまく行かないんですよね。ずいぶん辛抱してきて、ようやくこの前の『仮往生伝試文』とか『楽天記』に至ってどうにかまた。私小説的なものに傾くというのは、私小説的なレアリティに仮に沿って自分を苦しめて、文章も苦しめる」（同前）。

ここで「その後」というのは、『山躁賦』（一九八二年）の後のことを意味しているのだが、『仮往生伝試文』の刊行が一九八九年、『楽天記』が一九九二年だから、『山躁賦』のあと六年ほどの間、「小説の解体」と再建を同時に標榜するような、苦しく、忍耐強い試みが続けられていたということになる。ともあれ、こうした述懐から、いかに彼が「私小説」の問題を、あるいは「私小説」のさらにその先に仄見える問題を、真剣に考えようとしていたかがよくわかる。やはりそこで問題となるのは、テンスとしての「過去」と「現在」をめぐるむずかしい関係性である。同じ対談の続く箇所を見てみよう。

「小説というのは現在今を書いてもそれがあたかも過去であるかのごとく書かなきゃいけない。現在形を使っても単純過去じゃなきゃいけないんですよ。例えば小説に厚みを加えるには、どこで誰が何をしたとか、何を考えたとか、そういうこともさることながら、その時に空はどうだったか、どんな風が吹いていたとか、どんな音が立ったとか……つまり小説に厚みを与えるのに一番いいのはお天気のことです。だけど、お天気のことを本当に現在今のこととしてとらえようとしたら表現は果てしなくなるわけですよね。雨と一言でも言えないし、晴れと一言でも言えない。まして小春日和とか、それから寒の入りの珍しくあったかい日なんて、これは全部、じつは単純過去なんですよ」（同前）。

「単純過去」とは、一般に、語り手の現在からは切り離された過去、ある時、何事かがきっぱりと起った、という時制である。ここでは天気の描写が「単純過去」の例として挙げられているが、彼が述べているように、実際の天気は刻々と移ろい、変化しつづけており、現在今のこととして書こうとすると果てしがない。つき詰めれば不可能だと言える。だから小説の中に現れる天気の描写は「全部、じつは単純過去」ということになり、それこそが、小説に厚みを与えるものだと古井由吉は言う。

ここまでの話は、ごく普通に理解できるはずだ。ではそれに続く発言のほうはどうだろうか。天気、および天気をめぐる言葉が表しているもの、それらはすべて――

「大勢の人間たちの見てきた過去なんです。これを私、「生前の目」って言うんですけどね（笑）。生きながらの生前。この過去、死者たちの民主主義ですか……無数の死者たちの生前の目、あるいは無数の死者たちのことを思うときに生者も分かち持つ生前の目、これが小説の現在だと思うんです」（同前）。

ここに至って読者は、混乱を覚えるのではないだろうか。というのもまず、「お天気のこと」

を述べた「小春日和」や「寒の入りの珍しくあったかい日」等々は、全部「単純過去」だと言われていた。しかしその「お天気」を見ていたのは、無数の死者たちの生前の目であり、その目は、その死者たちを思うとき生者も分かち持つとされる。そしてそれが「小説の現在」だと、古井由吉は結論づけているからだ。

まず「単純過去」とは、文法上は、話者の現在から断ち切られた過去のはずである。ではその「単純過去」に属する天気の話が、なぜ「小説の現在」になるのか。彼は「小説の現在」とは、結局のところ、すべて「単純過去」だということが単に言いたいだけなのか。そうも問いたくなるところだが、おそらくは、その逆である。つまり、死者たちは「過去」に属しているとしても、「死者たちの生前の目」は、「過去」でありつつも、彼らが生きていたその時々、その瞬間瞬間の「現在」を直接指し示しているとも言える。そして、そのような「生前の目」(過去の現在)を、「無数の死者たちのことを思うときに生者も分かち持つ」とするなら、その時それは、生者の「現在」(現在の現在)にぴったりと重なるはずである。

すなわち「小説の現在」とは、過去でありかつ現在、現在でありかつ過去でもある、そのような現在にほかならない。そのような現在において人は、死者でありかつ生者、生者でありかつ死者でもあって、生きていながら死んでいる、死んでいながら生きているような境にある。したがってここに言う「単純過去」は、いわば形式上のことに過ぎず、本当は過去と現在に二重化した時間、死者と生者に二重化された「私」を拓くものとして、「小説の現在」が思われている、と考えることができる。

実際、古井由吉は、同じ松浦寿輝との間で行われた別の対談の中で、次のようにも述べていた。「決して美的な、文学的な意味合いではなくて、生と死の境目にはデッドという場所があると思います。本当に死んでしまえばデッドも何もないわけで、生きてるからこそデッドになる」(「いま文学の美は何処にあるか」二〇〇〇年、『色と空のあわいで』)。この「デッドという場所」は、先ほどの「無数の死者たちのことを思うときに生者も分かち持つ生前の目」の話に、別の点から通じているように思われる。

さて、この「デッド」という概念、生きていることと死んでいることを同時にふくむ、後期古井文学において重要となるこの語が、初めて口にされるようになるのは、おそらく一九九〇年代になってから、作品で言えば連作長篇『楽天記』のころからだと思われる。つまり「デッド」をめぐるテーマは、一方では、現実に作者が罹患することになった、頸椎の病による長期入院の体験に関わっていくことになるのだが、もう一方では、八〇年代以降の古井由吉における時制《テンス》の問題、過去と現在の関係をめぐる問題の延長線上に、はっきりと位置づけることができるのだ。「小説の現在」をめぐる時制の話にもどるが、古井由吉はそれを、さらに次のような問いとして要約してみせ、自身の関心のありかも合わせて語っている。

「現在を過去の精神でとらえないときに現在とは何かという問いが露呈してしまうわけです。そのときに言語は解体せざるを得ないんです。しかし解体のぞろっぺえも嫌でしょう。どこで解体そのものをつかめるかと考える。そのときに、現在を過去の精神でとらえていく私小説が僕にはいちばん面白かった。なるほどすぐれた私小説というものは、現在を過去の目で見るという限定の中で、安定した深みのある表現をつくり出して、それが魅力ではあるんだけど、だんだん年をかけて読んでいくと、破綻の部分にいちばん魅力がある」(「「私」と「言語」の間で」)。

この言語の「解体」や表現の「破綻」と呼ばれるもののうちに、作家古井由吉をめぐる問題の核心部分が窺えるように思われる。それをここでは、「現在とは何かという問い」として、作家自身が要約しており、これは、ほとんど時間をめぐる哲学的な問いと言っていいはずだ。しかし、この問いが露呈してしまうと、「言語は解体せざるを得ない」というのだが、一体それはなぜだろうか。おそらくそれは、まず言語そのものが「現在」それ自体を記述すること、描写することに、本質的に適していない、そもそも、そのためには作られていないからである。一方で私小説を書く作家たちは、現実の暮らしの中で、身辺に起こる日常の瑣末な出来事をこまやかにたどり、その時々の自分の想念と合わせて言葉にしていくことを旨としている。だからこそ、「私小説」においては「現在」をめぐる矛盾した問いが最も現れてきやすいのだと考えられる。また、だからこそ「私小説」の作家たち、たとえば善藏や礒多は、「現在を過去の精神でとらえていく」という方法を、半ば直感的に採用することになったのだとも考えられる。

しかし、この「現在を過去の精神でとらえていく」という「私小説」の方法は、見方を変えれば、「現在とは何か」を問わないで済ませるための方便にもなり得る。つまりそれは、「現在」を直視するとき、解体せざるを得ないはずの言語を、何事もないかのごとく存続させるための、きわどい方法だとも言えるはずである。ただそれでも、私小説のいわゆる「自己客観」を徹底していくかぎりは、解体しかかる境、「破綻の部分」は、いや応なく現れてこざるを得ない。面白いのは、古井由吉が何よりもその部分に注目し、そこに魅力を感じるようになったと告白している点である。だから彼の私小説の読み方は、そのラディカルさによって、事の次第を次のように転倒してみせさえすることになるのだ。

「現在を過去の目で見ると文章が安定する。過不足のないような文章が続くわけです。これはなかなか深みと現実感、いわゆるレアリティを与えるのだけど、すぐれた私小説は時として訳のわからない一行がはさまる。僕はむしろこれに惹かれました。訳のわからない一行を出すためにこういうことを書いてるんじゃないかと」(同前)。

「訳のわからない一行」とは、あえて言えば、時制《テンス》を完全に逸脱した一文、あるいは、「私小説」でありながら、もはや誰が語っているのかわからない異様な一行ということだろう。善蔵や議多は、小説に深みや現実感を与えるために、現在を過去の目で見て「完全過去」の形で書いたのではなく、むしろ訳のわからない一行で以ってその「レアリティ」を破綻させ、解体してみせるために、あえてそうしたのではないか、と古井由吉は言うのである。転倒した読み方のようにも見えるが、いずれにせよ私小説の作家は、小説における「現在とは何か」をめぐる一連の難問を、なかば意識的に、なかば無意識的に処理しながら、その限界のところで見事に破綻を生じさせていた。言いかえるなら、彼らは、それぞれまったく異なる仕方でだが、言語そのものに奇妙な穴を穿っていたのだ。

だが同時に、この点に異様な関心を向け、そこから「現在とは何かという問い」を抽出しているのは、他の誰でもない、古井由吉自身なのである。ともに破天荒な生き様をして早逝したふたりの小説家、善藏と礒多が、おのれの生命を賭して実践してみせた、緊張感に満ちた私小説の解体の現場に、上位の視点をそそぐことで、彼らの小説に内在する、「現在とは何か」という問いを認識し、それを自身の小説において、さらに遠くまで展開してみせようとしているのは、作家古井由吉のほうなのである。

それは危険な、そして孤独な道となるほかない。なぜならそれは、小説がそれまで依拠してきた「単純過去」または「完全過去」の土台に安住することをきっぱりと拒んで、なおも小説を書こうとすることであり、先行者は誰もおらず、いつでも手探りとなるよりほかないからだ。古井由吉はしかし、そうした点をすべて自覚した上で、きっぱりと次のように宣言している。

「僕も部類としては小説家ですよね。書いているものは小説です。その小説を書いているときに、自分の文章がもっとも不潔だと思われるのは、それが単純過去じゃないということなんですよ。でも、ここで清潔であろうとは思いません。清潔であることに焦がれはしますけど」(同前)。

では古井由吉は、「単純過去」、「完全過去」といったテンスをめぐるこうした困難な問題と、具体的にどう向きあい、自身の小説において、一体どうそれに対する答えを見出していったのだろうか。

三

今度は、さきほどの松浦寿輝との対談とほぼ同時期になされた、詩人平出隆との対談「「楽天」を生きる」（一九九二年、『小説家の帰還』）を見ておきたい。そこにも、これまでに見てきたのと同じ問題をめぐる、粘りづよい思索の反復が認められるからだ。まず、その対談の中で古井由吉は、自身がくりかえし唱えてきた「エッセイズムという言葉」の意味について、平出隆にあらためて尋ねられて、次のように答えている。

「いろいろな意味が入っているんですけど、私は一応小説家の立場からアプローチしますので。私の考えるところでは、小説というのは、テンスとして過去の精神につかなきゃいけない。何事かが起こった。したがってこういうことが呼び覚まされた。それがまた何かをもたらした。いちいち過去の精神で事柄を置いて、それを踏まえてまた事柄を展開していく。（中略）この、テンスとしての過去形の精神が弱いと、小説の文章というのはみっともない、不愉快なものになる。これは、小説家としての駆け出しの時から、あるいは翻訳の時からつくづく感じていることなんです。ところが、私自身は、しっかりした過去形のテンスを使えない。あらゆる認識、感覚、あるいは感受性が、実際に、本質的に、完全過去の形になり得ない。これも駆け出しのころからの自己認識なんです」（「「楽天」を生きる」）。

ここで古井由吉は、「私小説」だけに限らず、「小説」全般にまで問題を広げて、「過去形」の問題について語っている。「テンスとしての過去形の精神が弱いと、小説の文章というのはみっともない、不愉快なものになる」とあるが、それは、ドイツ文学の翻訳者として出発し、数々の小説と、特に文法の面から深く関わってきた彼からすれば、疑問の余地のない、動かしがたい認識であった。「ところが、私自身は、しっかりした過去形のテンスを使えない。あらゆる認識、感覚、あるいは感受性が、実際に、本質的に、完全過去の形になり得ない」と、ここでもまた、ある種異様な告白をしている。小説は、過去形の精神がしっかりとしていなくては成り立たない。にもかかわらず、自分には、単に能力の問題を超えて、認識、感覚、感受性の面から、そうした精神が希薄であるというのだ。これは、小説家として不利であるどころか、ほとんど小説家としてのある本源的な不能性の認識を吐露していることにならないか。それも、今に始まったことではなく、小説家となる以前の翻訳者であった時からの自己認識だというのである。

文法、とくに「テンス」の問題から見た時、この点に、古井文学の全問題が集約されて現れていることはおそらく間違いない。つまり、致命的な弱点と作家自身が考えるみずからの資質のうちに、作家としての最大の力と可能性が秘められていたということになる。しかしこうした「自己認識」は、それ自体ではまだ、単に物を書くうえでの障碍でしかない。問題は、作者が具体的にどうこの「自己認識」と向きあい、自分の資質を、強いられたものから、自身の創作における問いへと転換させ得たかである。

対談の言葉をさらに辿ろう。その中で古井由吉は続けて述べている。自分には過去形の精神がもともと希薄であり、だから「完全過去の精神」に則った小説の本道に逆らって、あえて違う道に、「実験的な文学の形へ進む道もあった」。なるほどそれも面白いかもしれない、しかしそれだけの話じゃないか、とそう思ったという。このあたりにも、作者の資質や性格がよく現れている。つまり、実験的な、あるいは前衛的な文学の行き方を否定するわけではないのだが、そうした、芸術のための芸術に陥りがちな道を、自分は取らない。小説は、ごく普通の読者に通じていく義務、または役目のようなものがあると、彼は堅く信じていたからである。

そしてさらにこう述べている。「で、実直に従うことにしたんです。せめて形の上で完全過去の精神で書きたい。最初はなかなかそれができなくて、ようやくその完全過去を使えるようになったのは、むしろ『山躁賦』みたいなものなんです。実際に、「何々した」という文章で止めることができるようになったのはあの頃なんです。（中略）で、完全過去のごとき扱い方もいささか身についた。それじゃあ、最初のあやふやに戻らせていただこうかという、そういう気持ちなんです」（同前）。

さらりとした物言いで語られているが、この発言には注意して聞くべき点がいくつもある。まず、「最初のあやふや」とあるが、古井由吉の初期の作品を個別に見ていっても、それぞれ文章としての完成度は高く、「何々した」といった文章の止め方が適切になされていない、「あやふや」な文章がすぐに確認できるわけではない。せいぜいそうした傾向が、おぼろげに認められる程度だろう。したがって、彼にとって「完全過去の精神」をめぐる問いは、むしろきわめて内的な問題、古井文学の根幹に関わるような問題を孕んでいると思われる。だとすれば、「最初のあやふや」というのも、作家となった当時のことを指すのではかならずしもなく、「あらゆる認識、感覚、あるいは感受性が、実際に、本質的に、完全過去の形になり得ない」という、彼本来の特異な資質を指して言われていると考えられる。

そこで、もうひとつの注意すべき点もそれに関わるのだが、小説一般に共通して見られる「完全過去の精神」に則った文章、その「完全過去」をようやく使えるようになったのが、『山躁賦』だと作者が述べている点である。これこそ、古井由吉の読者を完全に戸惑わせる発言ではないかと、私には感じられる。というのもまず、同作はそれまでの近代小説の中には存在しなかったような、表現の新しい境地を拓いた作品のひとつと目されている。つまり、作中に「何々した」といった過去形で止められた文章が、仮に多く認められるとしても、『山躁賦』を「完全過去の精神」によって支えられた、安定した深みと現実感を与える伝統的な小説とは、おそらく誰も思わないであろう。むしろそれは、「完全過去」の安定感をつき崩して行く体《てい》の文章であり、テンスも含め既存の小説の在り方こそが、そこでは問いに付されていたはずなのだ。

この点に関しては、作家の堀江敏幸が見事な指摘をしている。その言葉を借りるなら、『山躁賦』では「「完全過去」で語ろうとしている「私」を、語っている現在の「私」が亡霊のように追いかける曖昧な堂々めぐり」が繰りひろげられているのである(「解説　かぶるかぶるかぶるかぶる」『山躁賦』講談社文芸文庫)。

そう、まさしくそこでは、「完全過去」が「現在」と一種の回路、サーキットのようなものを形成しているのだ。「過去」でありかつ「現在」、「現在」でありかつ「過去」でもあるようなテンスが、そこに表出している。「せめて形の上で完全過去の精神で書きたい」と作者が述べていたように、それはあくまで「形の上」での話でしかなく、目指されているのは、そもそも安定した過去の土台に支えられた、従来の小説のたぐいではまったくない。「完全過去のごとき扱い方もいささか身についた」と述べていることにしても、それはほとんど前例のない仕方、つまり「完全過去の精神」を形式上は踏まえながらも、目指されているのは「現在」そのものの表現であるような、パラドクシカルな仕方においてなのである。

晩年に近い二〇一〇年の大江健三郎との対談「詩を読む、時を眺める」でも、まさに同様のことが再び話題にのぼっているので、最後にそれに触れておきたい。まず大江健三郎がその中で次のように述べているのは、注目すべきである。「小説というものは、もともと過去のことを書いていた。ところが、古井さんは小説で現在のことを書こうとされている。（中略）そして現実には、今現在それがここにあるというふうに書けている小説は少ない」。

これは見事な批評だが、この発言を受けて、古井由吉はこう答えている。

「確かに小説は本来は過去のことを書くもので、その証拠に過去形を使うととても書きやすいですよね。自分の文体はどうしてこう不安定なのかと問えば、半過去や現在形が多いからだと気づきます。腰が定まらないのだと思う。

けれども、自分が過去のことを書いても、世の中から認知されるかどうか。その認知を私は期待できないと思うし、私の読者がいるとしたら、読者はそういう認知を求めてないと思う。だから、なんとか始まりに至る現在を全体として描けないものか、作り出せないものかと願うのです」（「詩を読む、時を眺める」『文学の淵を渡る』）。

古井由吉にとって、テンスをめぐる問題は、翻訳者時代から晩年まで、恐ろしいほど一貫していることがわかるだろう。そしてそれは、この「現在」をめぐるものに集約される。しかも古井由吉は、彼が小説家として求められていると彼自身が考えるものにおいても、それは「過去」ではない、とはっきり見ていた。このことはたいへん重要である。では、「過去」ではなく「現在」を自身の表現の核に据えようとする上で、古井由吉は一体どのように、「過去」というものを、また「現在」というものを見ていたのだろうか。

この点に関して、彼はいくつかの機会に自身の見解を示しているのだが、なかでも重要だと思われる一節を挙げておこう。

「歳月に沿って人は年を取っていく。これは尋常の考え方である。少年が青年になり、青年が中年になり、中年が老年になる。ということは、青年はもはや少年でなく、中年は青年でなく、老年は中年でない、と通常考えられる。そう決めていかなくては、世のもろもろのいとなみに、始末がつかなくなる。いかめしく言えば、やむを得ぬ擬制である。

しかし現実には、過ぎたものは存在しなくなるのではない。たとえば五十男は同時に四十男であり、三十男であり、二十代の青年であり、十代の少年であり、三歳の童児でもある。そればかりか将来を先取りして、六十、七十の老人でもある。じつにさまざまの年齢が併存している。もともと始末の悪い全体なのだ」(「年を取る」『日や月や』一九八八年)。

この、きわめて独特な時間認識こそが、古井由吉の小説における「テンス」のおおもとにあると考えられる。なぜなら、彼の言うように、もしひとりの人間の「現在」のうちに、「過去」のさまざまな年齢の自分が同時に併存しているとするなら、その人の「現在」から断ち切られた「完全過去」や「単純過去」といった時制は、原理的に用いることができないことになるはずだからだ。それゆえ、前に引いた平出氏との対談では、せめて形の上だけでも「完全過去」を使って書きたいと述べていたのだと考えられる。だが、後年の古井由吉の作品では、そうした形もなかば捨てられ、「半過去や現在形」が多用されるようになっていった、と見ることもできる。しかし注意すべきことに、併存しているとされるのは、単に自身の過去だけではない、未来の、年老いた年齢の自分でもある。つまり「現在」は、過去だけでなく、すでに将来の時間を、老年を併存させているというのだ。

古井由吉におけるこうした特異な時間認識が、過去、現在だけでなく、未来をも含んで《永劫の反復》ないし《永劫回帰》の理念と結びついていくところに、彼の小説におけるもっとも根源的な時制である《永遠の現在》が現れてくることになると考えられる。するともはや、実際に文章の中で使われているのが、「完全過去」か「単純過去」か、「半過去」か「現在形」か、などといった個別のテンスの詮索はたいして意味のないものとなるかもしれない。なぜならそれらのいずれもが、究極的には《永遠の現在》という特異なテンスのもとに統合され、展開されることになるからだ。

ところで、まさにそのような「現在」、過去と未来を孕んだ永劫回帰の「時間」への洞察と関心とが、作家古井由吉と、中世ドイツの神秘家マイスター・エックハルトの思想とを出会わせる、重要なきっかけのひとつとなったように思われるのだ。古井由吉がエックハルトに強い関心をもつようになったのは、おそらくムージルの中篇「愛の完成」と「静かなヴェロニカの誘惑」の改訳を刊行した、一九八七年前後かそれ以降のことと思われるが、作品にはっきりとその名が現れてくるのは、『楽天記』(一九九二年)と『魂の日』(一九九三年)、それから『神秘の人びと』(一九九六年)である。彼が中世のこの説教者に強く惹きつけられた理由のうちに、キリスト教神秘主義そのものへの関心があったことは確かだが、それとはやや別に、《現在》というテンスをめぐる問題意識がふくまれていたことは、おそらく間違いない。表題作である「魂の日」の中には、次のような一節が見える。

「——六日前あるいは七日前に過ぎた日々も、六千年昔にあった日々も、今日の日にとっては、昨日あった日と同じく近い。なぜか。そこでは時がただひとつの現在する今の中にあるからだ。天が動くことにより、天の最初の運行により、日はある。そこにおいて、ただひとつの今の中に、魂の日は生じる。そして魂の自然の光の内に万物は立ち、そこに全《まった》き一日があり、昼と夜はひとつになる」(「魂の日」『魂の日』)。

これは「魂の日」について語ったエックハルトの言葉を、古井由吉があえて直訳に近いかたちで訳出したものだが、それについて彼は、次のような興味深い注釈、ないし感想を書きつけている。「《全き》とは、昼も夜もひとつ、ということばかりではなく、過去も現在も未来もひとつにふくむ今のことでもあるはずだ。その意味で長大な一日、内において長大な一日になるが、私にとっては、しかも普通の、過ぎやすい一日でなくてはならない」(同前)。

エックハルトの言葉の襞の中へと、あたかも自身の体感を通して入り込んでいくような注釈だが、この文章が書かれたのは、古井由吉が頸椎の大きな手術を受けて、五十日にも及んだという入院生活を終えた後の時期にあたる。つまり病中病後の体感を、まだ濃厚に曳いていた時のものである。「内において長大な一日」であり「しかも普通の、過ぎやすい一日」というのは、エックハルトの真意がどうであれ、あきらかに古井由吉の身体を通した時間認識とひとつのものだろう。

そしてもし魂の日が、「過去も現在も未来もひとつにふくむ今」のことでもあるとするなら、そのような「今」こそ、古井由吉が小説において生涯求めていたテンスではなかったか。そのような「今」が、そのつど一度限りの《試み》の反復を通して、彼の「小説の現在」として結晶し、読者に言い表しがたい戦慄をくりかえし引き起こしてきた。もはや「完全過去の精神」は消えている。古井由吉は、《永遠の現在》というひとつの不可能なテンスを創出したのであり、彼の作品は今もその現在のうちにある。

言葉の音律に耳を澄ます——翻訳と創作の関係について

一

「どうなんでしょう。僕は、もう自分の文章の由来がわからないと思って書いているのです。多少でも由来がわかったら、書きやすくなるんではないか、そう思って小説の合間にいろいろと古いものを東西にわたって読んでるんですけど、未だによくわかりません。由来がわかったとき、ようやく自分の文章は成熟するのではないかという気持ちでやってます。一方で文章が熟したら、もう書かないのではないかとも思いますけど」。

二〇一五年になされた大江健三郎との対談「文学の伝承」(『文学の淵を渡る』)の中で、古井由吉はそんな風に自分の文章について語っていた。

最晩年と言える時期の作家のこの発言を、われわれはどう受けとめるべきだろうか。古井由吉は、それまでおよそ四十五年にわたって小説とエッセイを書きつづけ、一九七〇年代以降の日本文学を牽引し、ついに最高峰とまで言われるようになっていた作家である。これはもちろん常套の評だが、彼の文章が日本語による表現の可能性を押し広げ、くりかえし新たな言語表現を生み出してきたという事実を否定する者はいまい。その本人が、自分の文章の由来がわからないと言っているのである。しかもあとで見るように、日本語は今、大きな危機に瀕していると古井由吉は見ていた。このことを考え合わせるなら、この発言は、現在日本語で文章を書く者の身に沁みるものが、いや、こたえるものがあるのではないか。この作家の「文章の由来」についてわずかでも考えてみようとすることが、言語について、また日本語の可能性について考えることに通じているのではないかと思われる所以である。

古井由吉が小説家となる以前、ドイツ文学研究者として出発し、三十歳前後の頃にヘルマン・ブロッホ、そしてロベルト・ムージルの難解な小説を翻訳したことはよく知られている。だがヨーロッパの言語との緊張感に満ちた関係は、彼が小説家となったあとも、最晩年に至るまで、断続しながらも一貫して続いている。ムージルの小説は、出版社から文庫化の申し出があった五十代のはじめに旧訳を全面的に訳し直しており、その後も六十の手前で、ムージル著作集へおさめたいと、再度別の依頼があった際、さらにもう一度手を入れている。校正刷りが「また朱筆で真っ赤になったのを送り返すまでに、ふた月かかった。結局は三〇年来の始末になりました」というから、最後の最後まで相当の執念であった（「ドイツ文学から作家へ」二〇〇〇年、『書く、読む、生きる』）。

この翻訳以外にも古井由吉は、五十代から六十代にかけて、ドイツ語の作家や詩人を中心としつつも、さらに英語圏のエドガー・アラン・ポーやジェイムス・ジョイスの短篇、またボードレールやマラルメなどのフランス語の詩を自身の手で訳しながら、それらをエッセイに織り込むかたちで、きわめて見事な考察を残している。ライナー・マリア・リルケの「ドゥイノの悲歌」の訳文がおさめられた『詩への小路』(二〇〇五年)が、中でももっともよく知られているだろう。だがそれらだけではない。還暦を過ぎてから古井由吉は、青年期にすこし触れていたというラテン語、古代ギリシア語の勉強を再開し、晩年まで続けていたことを、先の大江健三郎との対談も含めて、いくつかの機会に語っている。彼によればそれは、自身が文章を書く上で、最も大きな基礎のひとつとなっている西洋の言語構造を、その源泉までさかのぼって、《音律》のほうから感じ取りたいという思いからであり、ギリシア悲劇と旧約および新約聖書への、古井由吉の持続的な関心も、この《音律》の問題と深く関係していた。

「考えてみると、聖書の文章も詩でしょう? 例えば旧約聖書のイザヤ書は、第一イザヤを祖として、第二イザヤ、第三イザヤと、同じ詩のスタイルをさらに後世が受け継いで書かれている。いくつかの時代にわたって書き継がれていながら、詩として統一されてるし、独自の音律がある。どうも論理、認識、道徳は、音律と深い関係があるのではないでしょうか。おそらく人の考えの大もとに音律がある。

ところがそれを日本語で口語化したら、少し音律から外れますよね。西洋人の論理、道徳の基礎が詩文で書かれてることをわれわれ日本人はどう取るべきか、と思うのです」(「言葉の宙に迷い、カオスを渡る」二〇一四年、『文学の淵を渡る』)。

「聖書」も元来《声》によって表された「詩」であって、しかもその「音律」は、「論理、認識、道徳」と深い関係にある、と彼は見ていた。それを日本語に、しかも近代の口語にしてしまうと、本来の「音律」から外れるどころか、ほとんどそれは失われてしまうことだろう。ということはまた、われわれはその「基礎」となっている「音律」をまったく知らぬまま、西洋の「論理、認識、道徳」を理解して受け取ってしまっていることになる。受け取って、理解は次第に厳密になり、洗練されてはきたかもしれない。だが、そのぶん「音律」からは遠ざかって行ってしまったとも言える。これはしかし、「聖書」の翻訳にかぎった話ではなく、あらためて考えてみると、やはりあやういことなのではないか、このような疑いが、古井由吉を領していたように思われる。つまりそこには、「音律」からいよいよ切り離され、踏まえるべき「基礎」を失ってしまった時、その言語には、一体どのような帰結が待っているのだろうか、という深い懸念があきらかに含まれていた。そしてこのことは当然、その言語を話して生きる者の存在、つまり近代以降の日本の「論理、認識、道徳」の問題にも深く関わってくるはずである。

冒頭に引いた「自分の文章の由来」を知ろうとして、東西の古典を読んでいるという言葉は、それゆえ作家の個人的な関心以上の、はるかに広い意味合いを含んでいたことになる。つまり晩年の古井由吉は、自身の文章も含めた、現在の日本語の置かれた状況を見つめ、その危機に立ち向かうためのいとぐちを見出すために、東西の古典を原文で読み、同時に、近代になってにわかに作り出された、日本語の口語文の意義について、「音律」という言語の根源的な側面から、あらためて思いをめぐらせていたのだと考えられる。

二

「近代日本文学の日本語というのは、非常に強くしぶとい。どんな状況でも見事な短篇をその都度つくり出すという力がある。しかし、何分にも、言語の闘争は経ていない。外国語とのバイリンガル的な闘争もない。言語を無化していくものとの闘争もまだ経ていない。ひょっとしたらこれからだろうと思います。いよいよ言語を殺すような動きがもう具体的に上程されてきたし、ずいぶん強い力を持ってきた」（「百年の短篇小説を読む」一九九六年、『文学の淵を渡る』）。

これは、大江健三郎とともに「近代日本文学」の歴史、とくに「短篇」に焦点を当てて、数々の作品を振り返りながら評釈していくという趣向の対談の中で、古井由吉がその最後のほうで述べたものである。「近代日本文学」の始まりから、この対談がなされた一九九六年まで、まだわずか百年程度しか経っていないという事実にもあらためて驚かされるが、「近代日本文学」の急所が、しっかり摑まれているように思われる。つまり優れた小説はある、しかしヨーロッパにおけるような、熾烈な「言語の闘争」はほとんど経験することなく、内輪向きのまま今日まで来てしまった面がある。たとえば英国に対する、アイルランド人ジョイスによる言語的・文学的な闘争を思ってみるといい。そこにはまさに、文化的・政治的支配に対する、言語による壮絶な闘いがあり、複雑をきわめた抵抗があった。そうした熾烈な「言語の闘争」を、「近代日本文学」は、また「日本語」は、二十世紀末に至るまで、ほとんどまぬがれてきたところがある。だが「いよいよ言語を殺すような動きがもう具体的に上程されてきたし、ずいぶん強い力を持ってきた」と古井由吉は言う。彼はその具体例までは挙げていないのだが、いくつかの発言によって、それを推しはかってみることはできる。たとえば、高度化するテクノロジー的な要因、急速に進む文化的、言語的な面でのグローバル化などが当然考えられる。だがそれよりもむしろ、われわれ自身の内側でおもむろに進む、言語の崩壊、解体がどこかで思われていたようなのだ。

二〇〇二年三月六日の松浦寿輝宛て書簡の中で、古井由吉は「近代」の問題に触れて次のように述べていた。「ポスト・モダンがしきりに論じられた時期もありました。超近代などとも言われる。すでに超えつつあるという意味らしい。しかし私は、「現代」は「近代」によって、つねに回りこまれる、と見る者です」(「無限追求の船を見送る時」『色と空のあわいで』)。「現代」が「近代」につねに回りこまれるのは、畢竟「現代」が、「近代」をいっそう過激化し、純化したものでしかないからだろう。そして同じ書簡の中で、こうも述べている。「危機はまず言語において表れるのではないか、と私は考えています。近代の展開に添って言語もより厳密に、より簡潔になっては来たが、「近代」という無限船には、言語という積み荷を不用と思う節が見える。近代の発明には言語に掛からぬものがすくなくない」。

ここで言われる、「「近代」という無限船」という譬喩以上の譬喩については別に述べるとして、「危機」は「まず言語において表れる」と、古井由吉が考えていたことに注意したい。だからこそ、先ほどの「詩文」の「音律」をめぐる問題が、別の文脈で引き合いに出されていたわけだが、ここに言う「言語」の「危機」とは、しかし単に現代のわれわれの使う言葉の崩れや、みだれなどのことを指しているのではない。その程度のことなら、あらゆる時代にあるだろうし、誰でも言いそうなことだ。古井由吉の考える言語の「危機」とは、そうしたたぐいのことではない。それどころか、今や「言葉が残るかどうかの瀬戸際に来ている」、とまで彼は見ていたのである（「作家渡世三十余年」二〇〇二年三月十三日、『書く、読む、生きる』）。

こうした根源的な意味での言語の危機に、「近代の発明」になるさまざまなものの、「現代」におけるさらなる高度化、普遍化が関与していることは疑いない。たとえば言語の情報化や記号化と共に、伝達機能や速度の合理化が追求されることと、コンピューターの急速な進化と普及とは、言うまでもなく無関係ではない。だからそれは、もちろん日本語にかぎった話ではない。しかし日本語の置かれた具体的な状況は、どうか。コミュニケーションや情報のグローバル化に伴って、標準語をいっそ英語にしてしまえ、といった議論や主張はたびたびなされている。それに対して古井由吉は、十代の子供たちに向けてなされた講演「言葉について」（二〇一二年）の中で、「母国語を失った国というのはじつに惨めなものです」と述べた後、こう続けている。「伝統というのは、まさしく「言葉」なんです。その言葉を奪われてしまうということは、足場がない状態とまったく同じ。立つにも歩くにも走るにも、ただ外国の模倣にたよることになる。そもそも日本がこれまでの長い歴史の中で築いてきた伝統は、西洋の伝統とはずいぶん異なっています。その基礎を捨て去って、今さらまるごと西洋から借りなければならないなんて、人間の文化にとってこれほど悲惨なことはない」。

後年の古井由吉が、いかに真剣に、小説や文学といった限られた分野の関心を超えて、言語の問題について思いを巡らしていたか。このことは、強調してもしすぎることにはならないだろう。

おそらく彼ほど、現実の生活人の立場から片時も離れることなく、深いところから、母国語の現在の「危機」について思考していた者はほかにいない。そしてそこには、言語をその根源的な「音律」から感受しようとする、詩人の耳があった。

だがまずは、作家自身が自分の文章をどのように捉えていたか、という点から見ておかなければならないだろう。二〇〇〇年になされた松浦寿輝との対談の中に、自分は「外国文学者」だから、「日本語の文章でも欧米の言葉、もう少し広げるとインド・ヨーロッパ語の構造に照らし合わせて書いている。それなしでは書けないところがある」という率直な発言がある（「いま文学の美は何処にあるか」『色と空のあわいで』）。つまり近代以降の日本が「西欧の文明、文化をこれだけ受け容れた以上、その言語と付き合わざるを得ないだろうという考え方でやってきた。確かに世界を支配したのは、インド・ヨーロッパ語族の言語構造だと思いますから」と。こうした明確な認識と態度でもって、彼が長年小説を書いてきたということは、やはり重要である。だから古井由吉の小説を、日本の古典文学の系譜に単純に位置づけてみるだけで満足するような理解は、あきらかな誤りである。だが「それなしでは書けない」という発言は、もちろん彼の日本語による表現が、「インド・ヨーロッパ語の構造」の「模倣によるもの」ものだということをまったく意味しない。この発言には、考えてみるべき深い意味合いがあり、この問題は古井由吉の小説家としての出発以前、ドイツ文学の翻訳家としての出発点にまでさかのぼる。

作家として出発する以前、若き古井由吉において、異言語間での熾烈な、作家自身の言葉を借りれば「バイリンガル的な闘争」とでも呼ぶべきものが、まずあったように思われるのだ。つまりドイツ文学の「翻訳」という具体的な行為を通じた、西洋の言語構造と日本語のそれとの間の、最初の言語闘争とでも呼べるものが、生じていたようなのである。ただ闘争といっても、この場合は、相手を打ち負かすこと、攻略することではもちろんなく、むしろ相手も手前も生かすことであり、ふたつの異なる言語の間に、ある音律的な対応関係を成立させることである。

古井由吉が翻訳に携わっていた期間は、彼が大学のドイツ語教師として、ドイツ文学研究をこころざしていた二十代の末から三十代はじめ頃のことであるから、期間としては短いとも言える。しかしこれから見るように、この「翻訳」の経験が古井由吉をして、母語である日本語へと真に目を向けさせることになったという意味で、それは作家古井由吉の誕生にじかに関わる、本質的な出来事であったと言える。彼は、ヘルマン・ブロッホの長篇『誘惑者』の翻訳をしていたその当時を、たとえばこう述懐している。「ドイツ語のある特性をぎりぎりまで駆使した、ちょっと駆使しすぎたような文章を日本語に訳す。これを受け止める日本語の方の能力も相当無理に拡張しないといけない。しかも、翻訳している本人がたどたどしい日本語しか書けない。随分追いこまれました」（「ドイツ文学から作家へ」）。

このように翻訳に苦心しながらも、それでもなんとか丸一年かかって訳稿を完成させたのだが、そのすぐあとふたたび、また別の翻訳の仕事が飛びこんできたという。今度は、訳者によれば、ブロッホよりもさらに厄介なドイツ語の使い手、ロベルト・ムージルの中篇小説「愛の完成」と「静かなヴェロニカの誘惑」である。「またしても、随分苦しみました。まず私のドイツ語の読解力の貧しさに苦しんだ。こんなに読めないのか、ドイツ語に関してこんなにも音痴なのか。物を読むとき、意味を拾ってゆく、意味を組み立ててゆく。しかし意味というのはかならず音、音韻、音楽性と一緒に展開される。かならず音楽的な形があるんです。それを踏みはずすとなかなか読めない」。それだけではない。「この音楽性が二重になるのですよね、翻訳の場合。原典の音楽性と、日本語の音楽性。これが完全に対応するっていうことは無理なんですよ。だけど、それぞれが生き生きとはたらいていないといけない。読む時にも訳す時にも。そんなことは滅多にないわけでね」(同前)。

そんな風に述懐しているが、すでにここには、作家古井由吉のその後の関心、問題意識の所在がはっきりと示されている。すなわちそれは、意味や論理と不可分の「音韻」、「音楽性」の問題であるが、注意すべきは、それが母国語のみの読書経験から自然に生じるようなものではけっしてなく、言語構造をほぼまったく異にしたドイツ語との言語的な格闘があって、はじめて姿を現しうるものであったという点である。「原典の音楽性と、日本語の音楽性」を対応させ、響かせる、なるほどそれは翻訳者にとって、最も困難なことのひとつだろう。しかしこの翻訳をひとまず終えてからのちも、古井由吉は、そうした種類の困難の実現に向かって進んでいったように思われるのだ。

結局、この時の「翻訳」によって生じたこだわりから、「自分の日本語を納得したいという気持」に引っ張られるようにして小説の道へ入っていったと、古井由吉は語っている(「翻訳と創作と」二〇一二年)。だから翻訳の経験と、その後の小説家としての彼の活動とは、切り離して考えることができないのだが、単純に両者が連動ないし対応しているのではないことは、次の発言から見てとれる。「その後二十年近く、私はドイツ語を読むことをおおむね自分に禁じました。読んで引き込まれて、あの翻訳のときの宙吊りにまた入ったら、たまったものじゃない、と思ったのです。せっかく支えてきた自分のガタピシの日本語が一気に崩れて、一行も書けなくなるのではないかと恐れました」（同前）。こうしてドイツ語との関係は、彼が作家となって以降「二十年近く」の歳月を、地下水脈のように潜伏した状態に留めおかれることになる。だが、そのことによって却ってドイツ語は、その後も彼の著作活動において、重い意味をもつようになっていったと考えられる。というのも、外国語と母国語の間の、最初のバイリンガル的な闘争は、翻訳から創作への通路を切り開いただけではなく、以後かたちを変容させながら、古井由吉の生涯を通じて持続することになるからだ。

ともあれ、古井由吉が自身にドイツ語を読むことを禁じていた期限が切れることになる端緒が、またしても同じムージルの翻訳であったのは興味深い。作家となって二十年近く経った五十代のはじめに古井由吉は、先述したように、かつて訳したムージルの作品を文庫におさめたいという出版社からの申し出をきっかけとして、旧訳を全面的に改訂、改訳することになる。当初は、旧訳がそのまま収録されるはずであったようなのだが、訳者自身が再読し、「こんな日本語を通すわけにいかない」との判断から、全面的に訳し直す運びとなったという（同前）。つまり、すでに「二十年近く」日本語による小説を書きつづけてきていた作家の、面目がかかっていたわけである。

この二度目の「翻訳」を通したムージルとの再会は、その後の作家の展開を辿ってみると、大きな意味をもつものであったことがわかる。というのも、その後古井由吉は、日本の近代文学と古典の再読と並行して、ふたたび西洋の近代文学から中世ドイツ神秘主義へと遡行し、さらに旧約聖書やギリシア悲劇へと深く分け入っていくことになるからである。ムージルの二つの中篇小説の改訳の刊行が一九八七年、続いて評論と講演をまとめた『ムージル　観念のエロス』が翌一九八八年刊であるから、それらは作家古井由吉の代表作のひとつである、『仮往生伝試文』(一九八九年)が執筆されていたのと、ちょうど同じ時期に当たっている。これはやはり、注目すべき事実だろう。作家自身がのちに当時のことを次のように語っている。「またドイツ語を読み始めたのです。中世の神秘主義者まで読み出すと、近世ドイツ語の訳とはいいながら、これは苦しいものです。しかし、読むのが苦しいその分だけ、書くことが楽になった気がしました。同じ中世でも、日本の仏教説話を踏まえた、『仮往生伝試文』を書いていた時期に当たります」(同前)。つまり彼は当時、一方で西洋中世のキリスト教神秘主義の本を読みながら、他方では日本の中世の仏教説話を読んでそれについて小説を書くという、言語的にも宗教的にも、バイリンガルな読書を同時並行で行っていたのである。

前者の、キリスト教神秘主義にまつわる読書の成果は、やがて『楽天記』(一九九二年)と『魂の日』(一九九三年)に最初のその結実を見、さらに『神秘の人びと』(一九九六年)としてまとめられることになるが、先ほどのムージルの小説の改訳は、それら一連の西洋の古典への遡行の、プレリュードをなしていたかのようである。作家となってから長い間、あえて封印していた欧文という水脈は、こうしてふたたび地表へと姿を現し、一九九〇年代以降の古井由吉の作品の、二大源泉のうちのひとつとなって流れていくことになる。だが逆から言えば、一九六〇年代末から八〇年代半ばまで、外国語との関係を最小限に切りつめるという、ある種の鎖国期間を自覚的に設けたことによって、作者は「自分の日本語」をじっくりと見つめ、実験し、深めていくことができた、と捉えることもできる。その間に古井由吉は、連歌や俳諧をはじめとする日本の古典文学へと沈潜し、そこから「随筆」、「小説」、「紀行文」、「歌」をひとつに溶かし込んでみせたような、ほとんど前例のない、中期の傑作『山躁賦』(一九八二年)を生みだすに至ったと見ることもできるだろう。

ただしこの時期にも「翻訳」の問題が消えていたわけではない。それどころか、興味深いことに作者は、主に日本の古典文学を下敷きとして成った『山躁賦』のことも、「翻訳」だと言ってはばからない。二〇一二年の堀江敏幸との対談の中で、彼はこう述べている。「『槿』までは原作者としての責任感が強かったんですよ。同時に書いた『山躁賦』のときには翻訳者でいい、自分の中にインプットされているよくわからないものを翻訳するだけの話だ、そう思ったんですね。(中略)翻訳者でいいんですから。その方がむしろ綿密に書けるような気がしましたね。原典はないんですよ。でも原典があるような了見なんですね。自分の知らない原典が」(「文学は「辻」で生まれる」『古井由吉　文学の奇蹟』)。

「翻訳」の概念が、ここでは本来の意味からは逸脱するほど拡張されて用いられている。だが注意すべきなのはやはり、ここで作者が自身の創作を、存在しない原典の「翻訳」のようなものだと述べている点であろう。この点については、のちほどまた戻ってくる必要がある。

三

古井由吉が「言語」を見る仕方は、つねに二重になっているように見える。ごく簡単に言えば、一方は論理、構造、意味といった側面、そしてもう一方が、これまで述べてきた、音楽性や「音律」の側面である。おおよそ二〇〇〇年以降の講演や対談の記録を読むと、「音律」や音韻といった、広い意味での音楽性への言及が顕著に見られるため、後年になるにつれて古井由吉は、そうした側面への意識や関心を、次第に強めていったかのように一見思われるかもしれない。しかし実際のところはそうではない。彼が作家となって出発する以前、ドイツ文学の翻訳を行っていた頃から、言語表現における音楽性や「音律」に関する問題意識は、すでにはっきりとあった。次の一節は、古井由吉が作家として出発してまだまもない頃に当たる、昭和四十六年、一九七一年に書かれた「翻訳から創作へ」という随筆からの引用である。

「論理の構築というものがいかに表現の音楽性に支えられているかを、私は原文に倣って訳文の細部の論理を組立てていく作業の中で知った。読んでいるかぎりは明快でも、いざ翻訳してみると言葉の響きなり律動なりに支えられなければつながらない論理の部分がある。そしてその部分が全体の構築の成り立ちに無関係ではないのだ。論理というものは記号にまで抽象化されないかぎり、結局ひとり立ちのできないものなのではないか。言葉による了解というものは、論理性と音楽性が共振れを起すところで、はじめて生じるのではないか。そんなことまで考えた」。

すでにここには、言語表現における「論理性」と「音楽性」の分かちがたさへの鋭い洞察が認められるが、それだけでなく、両者が「共振れを起すところ」に、言葉による了解ははじめて生じるのではないか、という独特の指摘がなされている。それからほとんど三十年近く後の、二〇〇〇年七月になされた対談の中で、古井由吉はまた次のようにも述べている。「言語というものは、論理や構造だけではなく、そこに漂う精神的生命、気韻というものが大事でしょう」。すると対話者の松浦寿輝は、「その気韻というのは、どこから生まれるんでしょうか」と問うている。それに答えて古井由吉は、「やっぱり音韻——声と耳、そして心から生まれるものだと思います」、とこう語っている(「いま文学の美は何処にあるか」)。

この格調高い対話には、それ自体目を見張るものがあるが、問題の核心はここで、言語そのものを貫く「気韻」のうちにあるとされる。古井由吉が「音律」と呼んでいたものが、ここでは「気韻」という言葉で包括されているようなのだが、やはりそれも「論理や構造」に対置されていること、またそれが「声」と「耳」、そして「心」とつながる「音韻」から生まれると言われていることから、広義の「音楽性」を指すものであることは間違いないだろう。いずれにしても、こうした古井由吉の言語観は、従来のいわゆる小説家のものではない。まぎれもなくそれは、詩人の言語観と言ってよく、これこそが彼をして、神秘主義的な伝統を汲むドイツ表現主義、および十九世紀のフランス象徴主義の詩人たち、ボードレール、わけてもマラルメに接近させることになったのだ。

実際古井由吉は、次のように続ける。「私は、十九世紀末から二十世紀初頭のヨーロッパの表現主義、そしてそれを克服した詩人たちの、落とし子みたいなものなんです。凝縮すれば何かが出てくるというオポチュニズムに強くとらえられている。それをヨーロッパの風土でやると、ぐんぐん痩せ細ってくる。そこは地の利で、日本語の流れで釣り合いをとってきた。僕の気韻というのはおそらくインド・ヨーロッパ語の構造性にあって、安易に音韻性だけに突っ込もうとは思わないけれども、音韻と論理が「共振《ともぶ》れ」するところを狙っています。ただ、文学というのはどうせ忌まわしいところがあるにせよ、あやういやり方ではあります」（同前）。

恐ろしいほどの自己客観と、徹底した自覚のもとで、言語に関する、そして自身の創作に関する思索が行われていたことが、この発言からもわかるはずである。しかも驚くべきことに、三十年近い歳月を隔てて、ほとんどまったく同じ言葉で、問題の核心が反復されているのである。すなわち「言葉による了解というものは、論理性と音楽性が共振れを起すところで、はじめて生じるのではないか」、という「翻訳」の経験から得られた当初の認識が、ここでは、みずからの創作の問題として、「音韻と論理が「共振れ」するところを狙っています」という言葉で、ふたたび言い表されている。したがって「気韻」とは、結局両者を包括する概念だということになるはずだ。そして先のように述べたあと、古井由吉は自分が突っ込んで行こうとしている、その「あやういやり方」について、さらに次のように述べている。「それは危険なものだと思うけれど、ただ、人が知性の面だけでなく情念の上でも、得心する、腑に落ちるポイントは、バベルの塔以前のところにあるとも思うので、世界を支配したインド・ヨーロッパ語族の言語構造と、たとえば日本人が持っている文語の構造とに接点があるんじゃないかと、まあその近くまで行ければいいと思ってるんです」（同前）。

「バベルの塔以前」とは、言うまでもなく創世記の中の、神の怒りによって、人間の言語がバラバラに、それぞれ異なるものにされてしまう以前、つまり人類が唯ひとつの同じ言語を話していたとされる時代を指している。これはしかし、寓話以上の意味をもつように思われる。というのは、まず言語の意味や論理の側面が、「知性」による認識や理解に関わるものだとすれば、音韻、リズム、律動性といったもののほうは、じかに「情念」に関わると言えるはずである。たとえば、知らない外国語のスピーチや詩の朗読を聴いて、言い知れず心を動かされる、といった場面を思い浮かべてみればいい。これはほとんど言葉の呪術的な側面であるとも言える。つまりあらゆる言語は、本源的に、構造的に二重になっており、「知性」と「情念」に関わる両面性を、つねに合わせもっていると考えられる。また「文語」も元来「詩文」であり、音律をもつ以上、古井由吉の言う「バベルの塔以前」とは、単なる譬喩でも、神話の昔を想定したものでもなく、むしろこの現在今、われわれの使う言葉に内在する、原-言語の水準のようなものを指すとは考えられないだろうか。そこに彼は、インド・ヨーロッパ語と日本語との、構造的な接点を見出そうとしていたのではないかと思われる。

この「バベルの塔以前」を、古井由吉は大江健三郎との対談では、以上とはまた別の視点から、「カオス」という言葉でも呼んでいる。その中で古井由吉は、「翻訳家はそのつどカオスを渡るしかない。小説家もそうじゃありませんか？」と問いかけているのだが、ここで言われる「カオス」とは、いわゆる無秩序といった意味ではなく、ある言語的な《宙》が思われていることに注意すべきである（「言葉の宙に迷い、カオスを渡る」二〇一四年）。彼は具体的に、次のように述べている。「外国語を読むというのは、言語と言語の宙に迷うということで、小説を書くときもそうじゃありませんか？　言語の狭間に舞い、一度宙に浮いてしまい、そのまま浮きっぱなしでは、作品が終えられませんし、気もふれかねないので、どうにか着地するまでギリギリ辛抱しなきゃいけないでしょう」（同前）。

興味深いのは、古井由吉がここで、「外国語を読む」ことと「小説を書く」こと、「翻訳家」と「小説家」を同一視している点である。つまり彼にとって、「翻訳」が本質的なものであり続けたとすれば、それは、まさにそれが究極的には「創作」に通じているから、いや、「創作」とついに同じことであったからだ。堀江敏幸は、古井由吉との対談の中でこのことを鋭く見抜いていた（「文学は「辻」で生まれる」）。しかし外国語の無数の書物が、つぎつぎと日本語に翻訳されて流通する、今日の日常に照らし合わせてみるとき、何が異様であるかと言って、それは「翻訳」に対する、古井由吉のこうした考えそのものではあるまいか。一体、「翻訳」なるものを、古井由吉のように考えた者がどれくらいあっただろうか。「翻訳」を実践し、「翻訳」について極限まで思考し、その既存の意味を突きぬけて行って、それが一種の文学の存在論にまで達している点にこそ、彼の「翻訳」観の特異性はあるのであり、まさにそこに古井文学における、「創作」と「翻訳」の関係の核心は見出されるように思われるのだ。

ちなみに、大江健三郎との複数回にわたる充実した対談の中で、ほとんど唯一、両者の間で見解が真っ二つに分かれて、対立しているのも、実にこの「翻訳」に関する考え方なのである。大江健三郎が、日本の古典文学の現代語訳を積極的に支持し、肯定的に捉えているのに対して、古井由吉のほうは、一貫して懐疑的な姿勢を示している。「現代語訳で読むべきと言えるのは、まだまだ先のことでしょうね。誰か死ぬほど苦しんで現代語に訳す人が出た場合ですよ。谷崎でも、だいぶ楽に訳してるでしょう？」と述べて、『源氏物語』の有名な谷崎潤一郎訳も、ほとんど認めていない様子である（「言葉の宙に迷い、カオスを渡る」）。しかし重要なのは、それが単なる見解の相違以上の意味を含んでおり、この作家の「翻訳」に対する、さらには言語の「音律」に対する、強い感受性と深い認識から来るものであったという点である。

古井由吉は、長期間にわたった、西洋近代の詩の翻訳を軸としたエッセイ、『詩への小路』の連載を振り返って、大江健三郎に次のように述べていた。「経験して感じたのは、小説を書く人間が外国の詩を読んだり、まして翻訳したりするのは危険だということです。そんなことをすれば自分の日本語を失うかもしれない。ようやく束《つか》ね束《つか》ね小説を書いてきた自分の日本語が崩れて、指のあいだからこぼれ落ちる恐れがある。還暦も過ぎて何をやっているのか、何度もこんなことはもうやめようかと思いながら読んできました」（「詩を読む、時を眺める」二〇一〇年）。

だから「翻訳」は控えるべきだ、などと貧弱なことを言っているのではまったくない。そうではなく、古井由吉にとって「翻訳」とは、外国語であろうと、古語だろうと、もしそれらに徹底して向き合い、寄り添おうとするなら、自分の言葉を、シンタックスを失いかねないほどの危険をともなうものであり、不断の緊張を要するものであったということなのだ。言いかえるなら、彼の「翻訳」も「創作」も、すべてそのような「崩れる危険」（同前）と隣りあわせの、そのつどの異様な集中と緊張のもとに成ったものだということだ。そうした異様とも言える「言語の緊張力」を要さない「翻訳」を、古井由吉は根底から拒絶し、原典と日本語の両方の「音律」を破壊するものとして、否定しているのだと思われる。そうでなければ、リルケの「ドゥイノの悲歌」の訳文について、訳者自身が次のような言葉を、本の最後に書きしるす必要などなかっただろう。「訳詩とは言わない。詩にはなっていない。これも試文である。エッセイの地の文の中へ、仮の引用のようなものとして、入るべきものだ」（『詩への小路』）。この言葉のうちには、訳者のへりくだりなどではなく、「音律」に対する、この人の熾烈なまでの誠実が見える。

先ほど引いた対談、「言葉の宙に迷い、カオスを渡る」の二年前にあたる、二〇一二年の講演「翻訳と創作と」の中の言葉を合わせて引いておこう。ムージルの小説を念頭に、大江健三郎に語ったのとほぼ同じ内容が、もう少し詳しく語られているからである。——「特に象徴主義、神秘主義の傾向のある文章では、その頂点にいわく言いがたい境、黙示的な境があります。そこで読者はしばしば宙に迷う。予感と理解のはざまと言ったらいいでしょうか。まして翻訳者は言語の宙に迷うのです。原語と母国語のはざまと言ってもいい。グレーゾーンに放り出されるんです。つまり、宙に浮く。しばしば言葉を失うということです。

さて、どうしたらいいものか。やることといったら、ただ一つです。文章の音律へ耳を傾ける。文章の起伏を音律としてつかむ。このときほど、私は自分が音痴だなと思うことはありません。なかなか音律をつかめない。この耐えがたい宙空にどれだけ辛抱してとどまっていられるか。そこに翻訳者として、原文の周期に寄り添う勘どころがあると思います」。

この一節は、これまでの考察を踏まえるなら、「翻訳」に限った話ではなく、古井由吉自身の「創作」のこととして読んでみてもいいはずである。言いかえれば、作者自身の作品を読み解く上での、きわめて重要な鍵を与えてくれるものと見てもいいのである。ただやはり、翻訳者にとっての「原文」に当たるものは「創作」にはない。「原文」がなければそもそも「翻訳」などできない、だから当然「創作」は「翻訳」とは違うはずなのだが、同じ二〇一二年になされた佐々木中との対談の中には、この疑問に答えるかのような、作者の印象深い次のような発言が見られる。「また、自分のは原文のない翻訳みたいなものだと言っていたこともあります。実際に原典があったらどんなに幸せだろうと思いますよ。ただ、原典のない翻訳というものは、文学一般のことかもしれないとも思っているんです」(「40年の試行と思考」『古井由吉　文学の奇蹟』)。

答えにはなっていないようで、やはりこれが唯一の答えなのかもしれない。すくなくとも古井由吉の考えは、彼が作家となる以前の、翻訳者であった時期から完璧に一貫していた。では「原文のない翻訳」が、古井由吉の創作の定義であり、さらには「文学一般のこと」でもあるとするなら、作家とは「原文」の代わりに、では何を「翻訳」する者なのだろうか。もっと厳密に問うなら、作家が書こうとする文学作品にとって、存在しない「原文」、「原典」にあたるものとは一体何なのだろうか。それは、かつて詩人マラルメの夢みた《書物》のようなものなのだろうか。弱冠二十九歳の若き古井由吉は、すでに次のように書いていた。「もしも世界に対する任務というものが詩人にあるとしたら、それは《創造》ではなくて、むしろ《翻訳》ではあるまいか。過去の文化の翻訳、偉大な異文化の翻訳、そして何よりもかによりも、世界に現に存在し、現に力をふるっておりながら、依然として符号以外には言葉を受けつけぬものを、生きた言葉に翻訳すること、これこそ詩人の任務ではあるまいか」（「実体のない影」一九六六年、『古井由吉全エッセイII 言葉の呪術』）。

これは、彼がブロッホの翻訳をしていた、昭和四十一年に発表された文章だが、それらの「任務」に加えて、さらにもうひとつ、後年の古井文学にとって本質的となるものを挙げるとするなら、それは「私」や「個」に還元することのできない、他者の声、死者たちの声を、読者にも聴きとれる言葉へと「翻訳」することではなかっただろうか。

古井由吉の「文章の由来」をたずねて、東西にわたるさまざまな影響を数えあげ、具体的に列挙してみることはできるだろう。だがそれだけでは、その文章の本当の由来が明らかにされることはないと私は思う。後年の古井由吉が、「自分の中にインプットされているよくわからないもの」、つまりは自身の内なる《他者の声》に、自覚的に耳を澄ますようになるのは、彼自身の述懐によれば、『山躁賦』からである（「文学は「辻」で生まれる」、「文学の伝承」）。以来、それら無数の声が、おのずから《音律》をなし、ひとつの、あるいはいくつかの調べとなって響いてくるのを、彼はそのつど辛抱づよく待ったのではなかったか。古井由吉にとって「翻訳」の問題は、最終的にはこの他者の声、死者たちの声の問題に通じていくものと思われる。

声、しかしそれはまた、あるいはおのずから《魂》でもあるのではないだろうか。読書とは《招魂》であり、また「虚構」とはつまるところ「招魂のための、姑息ながらの、呪術みたいなものではないか」、と最晩年の作家はみずからに問うていた（「年の坂」二〇一六年）。古井由吉にとって「翻訳」とは、自身の内と外を流れる死者たちの言葉の「音律」に耳を澄ますことであった。だとすれば、それはまた、「招魂」という彼の小説の底を流れつづける主題と、最後にはひとつになるのではないか。

反復する「永遠の今」

一

やはり「時間」の表現を通して、古井由吉の文学は、くりかえしその特異性をあらわにすることになるようである。語られているのは、一体何時のことなのか。この問いが、とくに後年の古井文学にとって重い意味をもつのは、彼の作品がくりかえし分け入っていく地平が、年齢不詳のごとく時間不詳、不詳の時間とも言うべきものだからである。ただし個々の作品の中に、時代や状況や場所、また時の推移が書かれていないわけではない。むしろそれらははっきりと、またこまやかに記されている。しかし読みすすめていくうちに読者は、錯綜し、重層化していく時間の中をさまよいはじめる。読者は、たとえば病院の室内だとか、アパートの一室だとか、児童公園だとか、地下鉄の中だとか、郊外に広がる新興住宅地だとか、具体的な空間や場所を、たしかに文章のうちに認めている。そうでありながら、同時に、何時ともにわかにはつかない場所や情景の中へと、すでに深く分け入ってもいることに不意に、あるいはおもむろに気づかされる。ただしそれは、時間を超越していくような感覚ではなく、むしろ時間が水平にどこまでも広がっていく感覚、もしくは逆に、さまざまな時間がこの今のうちに渦巻いていくといった感覚を残す。

「自分にはどこか時間の流れにたいして関心の薄いところがある。かかわるときにはどちらかというと義務的に、自戒の心でかかわる。まっすぐ流れる時間よりも、重なる、照応しあう、融合してしまう時間のほうに、放っておけば際限もなく心が行く」(「やや鬱の頃」一九八二年、『半自叙伝』)。この「重なる、照応しあう、融合してしまう時間」の探求がはっきりと自覚され、作品の中に表れてくるのは、これまでに見てきたいくつかの理由から、一九八〇年代以降、とりわけ『山躁賦』以降のことであると思われるが、この時期以降、「時間の流れ」をおもむろに解体してしまうような表現が顕著なものとなり、以前の作品にはほとんど認められなかったような、「時間」の表現に関わる新たな性質が現れてくることになる。それにともなって、作中の「私」という人称の意味は、根本から変容する。あるいは順序はその逆で、「私」のラディカルな変容によって、「時間」は未知の力を獲得することになる。いずれにせよ、両者は表現において表裏一体を成しているように思われる。

さて、古井由吉の全作品の中でも、このような意味での小説の発生の機微を、おそらく他のどの作品よりも赤裸々に表白しているような小品がある。それは作者が五十七歳の時、一九九四年に発表された、私小説的おもむきの濃い短篇「背中ばかりが暮れ残る」(『陽気な夜まわり』所収、後に『木犀の日』に再録)である。以下で同作を取り上げてくわしく見ていこうと思うが、そこには、古井文学について、発生的な観点から考える上で重要な要素となるものが、凝縮されたかたちで認められる。

二

――「遠くで風が鳴り、男の目が起きかけたが、ひと声だけで吹き続くけはいもなく、背はまた坐り机の上へまるくなった。

そうして終日ほとんど動かず、物を読んでいる」（「背中ばかりが暮れ残る」）。

こんな風に小説は始まる。「男」が住んでいる処も細かく書かれている。「住まいは六畳ひと間と台所と便所からなり、建替えの時期を逸した木造アパートの二階の端にあたる」。そしてさらにこまやかな室内の描写が続くのだが、そこはあきらかに単身者向け、ひとり暮らし用の部屋である。だが、「男」ひとりではない。「やがて女が夕飯の支度を提げ、息せき切らして戻ってくる。一日のうち初めて、男は机の前から振り向いて人の顔を見る。誰とたずねるような、訝りの色が男の目にあらわれる」（同前、以下省略）。

小説の冒頭からの引用だが、ここまででも、すでに凄まじいほどの荒涼感を呈している。なんとうそ寒くなるような光景であろうか。この男は一体何歳《いくつ》なのか、働きには出ていないのか。電灯のまだ灯らない古びたアパートの二階の部屋で、終日坐り机に向かっているこの「男」は、夕暮れ時にもなると、もう今朝のことを忘れかけている。一緒に暮らしている女の顔さえ、それと認めるまでに、一瞬「誰とたずねるような」間が挟まる。「判で捺したように繰り返されて長年に及ぶ朝の習慣を、男は暮れた戸口に立つ女の顔を眺めながらあらためて、やや遠い記憶のようにたぐり寄せる。女と暮らしている。女に養われている」。

ただ「男」と「女」という性別だけで呼ばれる登場人物たち。この話が、世に行われているおよそさまざまな男女の恋物語の様相から、どれほどかけ離れていることか。時代の流れから取り残された、古アパートの一室にひきこもって暮らす男、そしてどんな理由からかその世話をする女。代り映えのしない日常の反復のほか、ドラマなど、事件などどこにもない。天候と日の移ろいだけが、刻々とせつないほど身に沁みてくるようである。ただ、このようなドラマなき、事件なき日常の反復とは、ひとまずは誰もが身に沁みて体験していることでもあるはずだ。そして、実にこのような日常のうちにこそ、何か異様なものの気配が最も濃くただようという視座が、古井文学を一本の矢のように貫いている。

「そうして三十年という歳月が経った。三十代が過ぎ、四十代も過ぎ、五十代も尽きた。——中頃までは世間に背を向ける緊張もあっただろう。よくよくの覚悟、静まり返った拒絶であったはずだ。何を境にして、意地が絶えたのか。銭湯へ通うほかはろくに外へ出なくなったのか。窓に鉢植を見なくなってからもひさしい」。

「三十年という歳月」、古アパートにこもって暮らしている。しかも進行形の話だ。いきなりそう聞くと、ほとんど想像を絶する長さのようだが、もう一方では妙に生々しく想像できるような気もされる。しかしそれはなぜだろうか。この短篇が書かれたのが一九九四年、作者が五十七歳となる年であることは述べた。だから、この「三十年という歳月」は、ほぼ作者が大学を卒業して以降の、執筆当時の現在までの半生と重なる。つまり一九六〇年代から九〇年代までということになり、仮にもう少し広くとってみても、五〇年代後半頃からのことになる。してみると、ほとんど二十世紀後半の大部分になるではないか、この男がアパートの一室にこもって「物を読んで」過ごしてきた歳月というのは。想像を超えるようで、なんとか想像の範囲の内のようでもあるのは、「三十年という歳月」が、自分の身に引きつけて考えられる、おおよそぎりぎりの時間だからだろうか。

――「男の背に向かって私は呼びかけ、その声がやや迫りかかる。ここ数年来の習いだ。そして私自身も五十代の中途を過ぎた」。このように叙述は続いていく。「男」に呼びかけたこの「私」を、ここではひとまず、あえて作者古井由吉自身のことと受けとめてみたい。その理由はいくつかあるが、そのひとつは、この「男」の身元について、次のようなやや奇妙な断り書きが挟まるからである。「分身のようなものではない。自分とはおよそ異った生涯を送る他人と感じている。年齢も自分よりは四、五歳上と見ている」。古井由吉が登場人物の「男」を、話者である「私」から、あえてはっきり切り離すようにして書くことは、実はかなり異例のことではないかと思われる。では、この「男」は作者にとって一体何者なのか。

「夜の夢でもない。昼の妄想とも言いきれない。私の念頭のうちにくっきりと存在している」。これを素直に受けとめるなら、単なる虚構の、創作上の一人物という風には片づけられないはずである。実際この男は、作者がまだ大学院生の頃、山登りの帰り道のバス停で出会った、ビジネスマンとおぼしいひとりの若い男性の記憶と深く結びついていることが、続く文章で明かされる。

「その帰り、日も暮れきった時刻に、山から降りて谷間の村のはずれでバスを待っていると、夕闇の中から男がひとり、黙って私の脇に立った。ひと足遅れに同じ道を降りてきたらしく、私より四、五歳ほど上の、三十手前」か、「顔つきからしても、どこぞ良いところへ勤める身分に見えた」という。その男が、バスが列車の発着する街に着くと、「夕飯を御馳走すると言い出したものだ」。

学生の「私」と夕食を共にしながら、男はなかば自分に語って聞かせるかのようにこうつぶやいている。「大学を出て会社に入ってから、そろそろ九年経つか。その間、もうこれまでと、まわりでもささやかれたことが、何度あったことやら。そのたびに上から下まで殺気立って駆けずりまわって、しゃにむに押し上げてきた。今から振り返ると、僕など若手が見ても、おそろしいように高いところまで昇ってきたものだ。しかしこれもすべて、しばしの夢みたいなものだった、ということになるのかもしれない。いや、夢などとは、僕らの言うべきことじゃない。ただ、もうこれまで、もうこれまで、と今までくりかえしてきたことが、もしもそのうちに、ほんとうのこれまでになったら、僕らは、やっぱりそうなったか、いい夢を見させてもらったわけか、とそう思うだろうな。そんな心で今までやって来た、今もそういう心でやっている。古い人は危機を乗り越えるたびにはしゃいでいる。新しい人は何とも思わない。僕らが、徒労感のようなものに、身が持つかということでね。見かけによらないでしょう」。

山登りの帰りに、ただ一度きり会っただけの男の、この詠嘆まじりの述懐は、まだ社会に出る前の学生の身分であった古井由吉のうちに長く根をはり、その後さきざきまで持ち越され、繰り越されて、さまざまなニュアンスを帯びながら、彼の作品の基調のひとつとなっていったように思われる。案内された小体な料理屋での、見も知らぬ男との「おかしな座」がおひらきになると、ふたりはタクシーをまた拾って駅まで戻り、男のほうは預り所から、小ぶりのトランクを提げてもどり、それからなんとそのまま、寝台列車で仕事へ向かうとのことであった。ただそれっきりの出会いであり、別れであったという。

しかし、「あの駅の待合室の、やがて腕も組んで目をつぶった男の姿が、後々まで私の内にのこった」。のこっただけではない。その後の古井由吉の生の、不可解な伴走者となったようなのだ。冒頭のアパートの男が部屋にこもりきりになってから、「三十年という歳月が経った」と書かれていた。ちょうどそれと重なるように、山登りの帰りに出会った男性とのことは、「今から三十年あまりも昔の話になる。その翌年の春、私は地方の大学の教職にありついた」。

古井由吉が金沢大学に赴任することになったのは、作者自身の手になる自筆年譜によれば、昭和三十七年、一九六二年のことである。だから、山登りの男性との一件は一九六一年、作者が二十四歳になる年のことであったと推定される。それ以来、古井由吉の念頭に存在し続けた古アパートの男は、ではたった一度会ったきりの、名前もわからないこの実在の人物と何か関係しているのだろうか。しかしその男性は、「世に有為な若手の一人」として、登山の帰りにその足で出張におもむくほど、身を粉にして働いていたのではなかったか。ならば古アパートに終日こもりきりの男は、その人物から想像されて正反対のかたちを取った、一種のネガなのか。彼は続けて書いている。

「ところが城下町の裏小路の二階の下宿に若い私の腰がとにかく据わったその頃を境にして、古アパートの一室で終日変わらず、年中変わらず、坐り机に向かう、いま現在の私の想像上の人物の背後から、時間が断ち切られる。筋の曲がりくねった話である。筋が通っているとは言い難い。時差の混乱がある。彼我の混同も疑える。しかし男の背が念頭にあらわれる瞬間に私の中を走り抜ける驚きの感情に、手を添えると、そんな表現になる」。

するとこの「男の背」は、古井由吉が金沢で初めて教職について以来、折にふれて現れ、付かず離れず添うように歩んできた、一個の「分身」ということに、やはりなるのではないか。しかし同時に、「歳月をかけてだんだんに薄れ、そして十年、あるいは二十年も経った或る境から、急に遠く隔たった、と一方では感じているのだ」とも言われる。この明らかな矛盾、というか分裂は一体何なのか。やはりこの点に、この作品の核心となる何かがあるようであり、作中の「私」自身がその点を巡るように、自問自答をくりかえしている。あるいはむしろ、この不可解な想像上の「男」をめぐる自問自答そのものが、この不思議な自伝性を帯びた短篇の骨子を成していると言ってもいい。

やはり注目すべきなのは、この「想像上の人物」が「私」の念頭に現れるようになったその時期であると思われる。この短篇を読むかぎり、古アパートに終日こもりきりになった「男の背」が現れるようになるのは、ちょうど「私」が、現実において教職についた頃からのようである。すなわち現実の「私」が職を得て働くようになった時期と、想像の「男」がひきこもるようになった時期とが、ぴったりと重なる。そこで「時間が断ち切られる」。あたかも、これがもうひとりの自分なのだと、「私」なのだと言わんばかりに。ここには、古井由吉における「私」のあらわな分裂が、もしくは二重化が認められる。ところが、「私」はそれからおよそ八年後に、まるでこの「男の背」に今度は自分のほうから重なろうとでもするかのように、「勤めを放擲してしまった」。

古井由吉がドイツ文学研究者ではなくなり、年齢も身元も不詳の「私」をはっきりと身内に抱えることになるのは、つまり《作家》となるのは、この時である。

さらに作中の「私」は、自身に問うている。「ならば、机の前に坐りつく男の背は、私自身の自己投影に過ぎないのか。外見からすれば、投影としても安直なぐらいのものだ。また、自己を投影して、そして背中しか見えないというのも、気味の良くないことだ。考えようによっては不吉なしるしとも取れる。しかし、やはり私ではないのだ。私ではない、と私に感じられている」。

くりかえし自分にひきつけ自問しては、「やはり私ではないのだ」と否定される。このような問答は、古井由吉の作品の中では他におそらく例がない。ということは、逆に言えばこの「男」は、それほどまでに「私」に近い存在だということでもあるはずだ。しかし顔は見えない。背中しか見えない。

なぜ背中しか見えないのだろう。それは、この「男」が文字通りの意味で、過去に置き残してきた「私」自身だからではないだろうか。なるほど、この古アパートの男の年齢は、自分よりも四、五歳上のように最初は思いなされていた。しかしながらそれもやがて、「時差の混乱」、「彼我の混同」とともに怪しくなっていく。誰のうちにも、過去の中の無数の分岐点で、そこに差し掛かるたびに置き残してきた「私」というものはあるのかもしれない。しかも置き残してきたそれら幾人もの「私」は、消えてしまったわけではおそらくないのだ。人生のそここの分かれ道で、置き残してきたそれぞれの「私」は、むしろどこにも消え去りなどしておらず、たとえ今の自分がすっかり忘れてしまっていたとしても、過去の中にそっくりそのままいて、実際には辿ることのなかったもうひとつの道を、ひとり細々と歩いているのかもしれない……。文学の土壌のひとつもまた、ここにある。

「そしてある日、思い出すことがあった。すっかり忘れていたが、例の三十年あまりも昔の山登りの日、私は峠から村へくだる途中で、わずかな間、違った道へ迷いこんでいた。分岐点のところでそちらの道のほうが、人の踏み跡が確かだったのだ」。山の中で道に迷うことは誰にもある。自身でも疑いを感じていながら、ますます頑なになってその道を進んで行ってしまうということはあるものだ。山登りにつきものの、分岐する道での話が突如思い出されたのも、おそらく偶然ではない。これは何かの比喩ではないのだ。分岐し、絶えず分岐し続ける時間と、複数に枝分かれしていく山道との間には、たしかに比喩を超えたアナロジーが認められるように思われる。「あるいはあの男も、同じ道に入りこんだのかもしれない、と三十年あまりも隔てて、物の音に驚いたように目をあげる私がいた」。

あの時、あの道をそのまま進んでいたら、「私」はあの男に出会うこともなかった。今こうしてここにもいなかった。「私」は古アパートの部屋にこもったきり、今も机の前に坐りついたまま日々を過ごしていた、かもしれない……。さまざまな《可能的なもの》は、たいていは過去に投影された、現在の蜃気楼のようなものに過ぎないだろう。だが完全にそうと言い切れるだろうか。今こうしていることが、奇怪な偶然としか、恣意としか感じられなくなる境というものは、おそらくある。意志とか選択とか決定とか判断とか、およそ主体的特性とされるものが、一瞬のことであっても効かなくなるか、もしくはそれよりももっとはるかに大きな、たとえば空襲のような圧倒的な力に凌駕されてしまうなら、今この現在の「私」の存在が、《可能的なもの》以上にも以下にも感じられなくなる、ということはあるはずだ。もちろん、そこまで特殊なケースを想像してみなくとも、ごくごく些細な事柄に限って考えてみてもいい。たとえば、見知らぬ土地に思いがけず来てしまった時など、今自分がこうしてここにいるということが、何かの間違いのように、あらわな恣意のようにふと感じてしまうということは、たしかにある。

「立ちつくしたとたんに、周囲の雑踏も躁がしいながらの無音に聞こえる。空間も時間も、いまここにいる自分も、間違いと感じられる」(「躁がしい徒然」『雨の裾』二〇一五年)。古井由吉はさまざまな作品の中で、くりかえしこうした奇妙な瞬間を鋭く描写しているが、このような「間違い」や恣意につながる感覚は、「既視感」とともに、彼のほとんど全作品を貫くモチーフとなってもいる。そしてそのことと、彼の幼少期の空襲体験とは、やはり深く関わっていると考えられるのだ。

「我が家の燃えるのをまのあたりにした人間たちの、私もその一人である。空襲の危機の近づきつつあることを、避けられぬことと前々から予測していたとしても、自身の家の焼けるところを、誰が想像するだろうか。まして子供である。思いもかけぬ光景を見あげる子供の眼にしかし、既視感のようなものがたしかに、恐怖と重なったのは、あれは何だったのか」(「戦災下の幼年」二〇一二年、『半自叙伝』)。この「恐怖」と重なりあった「既視感のようなもの」、それがこの時以来、長い長い歳月をかけて、古井由吉にとって、表現を強いる問いとひとつになっていったようなのだ。

今自分が見ている光景を、すでに見たことがある、と一方では感じていながら、どうしてもそれが宙に浮いたまま、特定の過去の光景と結びつこうとはせず、見知らぬものにも感じられる。これが一般に「既視感」と呼ばれる現象の特徴のひとつとされるが、その際、人は現実から薄膜のようなものによってわずかに隔てられ、その光景を見ている「私」を、あたかももうひとりの「私」が傍《はた》から見ているかのように感じることがあるという。[1] つまり、「既視感」という現象において人は、意識のある種の分裂を経験する。

もちろん、通常この意識の分裂は軽度のもので、果てまで行くことはないとされる。しかし古井由吉においてはそれが、都市を丸ごと焼き尽くし殲滅しようとした、システマティックな爆撃による極限的な「恐怖」の中で、鮮明に、くっきりとしたかたちを取ったのではないか。満で八歳にもならない子供である。古井由吉にとって「私」は、あえて断定的に述べてみるなら、この時、一度決定的に断ち切られた。以後「私」が立ちあがろうとする瞬間、それはもうひとりの「私」を見ている「私」へと分裂し、さらにその「私」は、過去の、記憶の中の無数の「私」へと分裂する。ただしそれは、かならずしも現実の記憶の中の「私」ではない。それは想像の、虚構の、偽の記憶の「私」かもしれない。というのも古井由吉の小説に出てくる「私」は、かならずしも作者自身のことを指すわけではないからだ。それは作者が、何時か出会ったかすれ違った、あるいはかつて人伝《ひとづて》に聞いたか書物で読んだ、もしくは出会うことのついになかったか、覚えもなく出会っていたのかもしれない、あらゆる可能な他者を、死者たちを含むことになるからだ。そしてその核に、どうやらあの古アパートの坐り机にひっそりと向かう「男の背」があるようなのだ。次の一節は、あの「男の背」がついに「私」と重なりあうのと同時に、過去の、少年の「私」のヴィジョンへと分裂する瞬間をはっきりと表している。

「――あれは自己投影どころか、自分の背中そのものではないか。行き着く先の老耄の背に、まもなく寸分違わず重なる生涯の背中だ。何をしようと、いかに走りまわろうと、背後から見ればいつでもあんなだった。

ある夜、長いこと黙りこくっていた末に、そうつぶやいた。自己問答のようではなかった。背から声がもれたように、背へ感覚を集めていた。するとその背へ寒い風が吹き寄せ、その風筋が形を取って、長い道がつらなった。薄暮の中を男がひとり疾駆して来る。額から血を流し、片手に薪ざっぽうを握っている。下駄はとうに脱ぎ飛ばした。ぶっ殺してやる、と呻いている。しかし道の先にはもう人影も見えない」(「背中ばかりが暮れ残る」)。

この薄暮の中を駆ける「男」はもはや、先の山登りの男とはまったく別人になっている。時代や場所もまるで違う。それは前後の描写から推して、終戦後まもなく、疎開先の両親の郷里である岐阜から東京に戻った際に、作者の家族が一時的に住まっていたという、八王子あたりの土手道の光景であるように思われる。では「男」は一体何処から湧いて出てきて、また何処へ向かって駆けているのか。なぜ「ぶっ殺してやる」と呻いているのか。仇の姿はもう見えない。それに男も。

「男の姿はとうになくなっていた。しかし、しょせんは行くあてもない疾駆だったので、その徒労感は生涯、一本の道を駆けつづけているのかもしれないと思われた。記憶の中ではいつのまにか一人前の男になっていたが、考えてみれば、まだ十六、七の少年だった」(同前)。

ここでも、この短篇の冒頭で吹いたのと同じ「風」が吹いている。この誰とも知れぬ男の呻き声は、土手を渡る冷たいからっ風とともに、この小説の中でも最も悲痛で、赤剝けのするもののように感じられる。それはもはや特定の誰かの呻きと言うより、戦争に敗れて生き残った者たちの恥と恐怖が結晶した叫び、怒り、悲しみ、徒労感、そしてあてのない疾駆だったのだろうか。そうかもしれない。が、それだけではない。古アパートにこもる中年男の話から始まった筋を逸脱し、小説は破綻しかかっている。時間のいわゆる自然な流れは断ち切られ、時系列を表す前後関係も、時間軸も解体しかかっている。だがその果てにはじめて、しかもくりかえし拓けてくる、古井由吉の文学というものがあるのだ。物語というよりは、純化された現実としての虚構。「私」という虚構。この作品は、その発生と展開を彼の他のどの作品よりも切実に、また赤裸々に示しているように思われる。

ひとり古アパートにこもる「男の背」から、時間は波紋のように広がり、ひとり山登りをしている青年の「私」、その時出会った若い「男」、そしてそのふたりの姿を背後から見つめる五十代後半にさしかかった現在の「私」、それらの背が古アパートの「男の背」と「生涯の背中」となってひとつに重なる時、「私」はさらに、敗戦後すぐの、からっ風が吹きすさぶ土手道を疾駆する「男」を見つめる、もうひとりの少年の「私」に重なる。いや、額から血を流しながら、薪ざっぽうを振り上げ「ぶっ殺してやる」と呻いている、この見も知らぬ哀れな男も、やはり「私」なのだ。「しかし、しょせんは行くあてもない疾駆だったので、その徒労感は生涯、一本の道を駆けつづけているのかもしれないと思われた」。

この「思われた」は、さて何時の視点のことになるのか。何時の「私」の感慨か。そこでは時間が絶えず融合しながら、言葉そのものがついに《永遠の今》と化して、すべての「私」を、「私」であるところの「他者」を、死者たちを招きよせ、その《今》のうちに共存させているかのようである。しかも注目すべきことに、この「背中ばかりが暮れ残る」と題された、赤裸な自伝のごとき作品は、作者古井由吉が暮らす集合住宅の同じ階の近所に住まう、ある知人から届いた手紙の引用で閉じられているのだが、その知人は、その手紙が作者の手元に届いて読まれる時分には、すでに故人となっていた。そしてその、文字通り死者から届いた手紙には、自身の無事と退院の見通しの報告とともに、来る年の多幸を祈る、慇懃な型通りの挨拶がつづられていた。

三

『槿』までの古井由吉は、生物学的な加齢の必然に寄り添って書いているのだ。ところが、『仮往生伝試文』の三年後に刊行される『楽天記』には、もはや年齢がない」(『文藝』二〇一二年夏号、『古井由吉　文学の奇蹟』に再録)。このように書いたのは、古井由吉との往復書簡、および数回にわたる濃密な対談を交わしたことのある作家松浦寿輝である。松浦氏は、続けて次のようにも書いている。「ところで、エクリチュールの中で年齢が消えるということの事件をめぐって、彼がみずからその機微を、一種の「メタフィクション」的時間論のように語っている戦慄的な短篇がある。五十七歳で発表した「背中ばかりが暮れ残る」だ。このささやかな一篇は、絶えざる生成変化を続けるこの巨大な迷宮のような精神世界の、虚の焦点をなす一証言なのではないか」(同前)。

短篇「背中ばかりが暮れ残る」には、私小説を思わせるような、不思議な自伝的趣があるということは、たぶん誰の目にもあきらかだろう。しかし同時にそれが、「一種の「メタフィクション」的時間論」のようなものとして、古井文学を条件づけているものの「虚の焦点をなす一証言」でもあるという指摘については、さてどうだろうか。松浦氏の「もはや年齢がない」という言葉は、「もはや時間がない」という意味ではない。究極的には年齢も、人称もなくなる。だがそれは、何よりもまず、時系列が語りそのものによって破壊され、時間がラディカルに解体されているからだ。そしてさらにそこに、さまざまな時期の「私」が招来され、書くことそれ自体のうちに、あらゆる「年齢」の自分が同時的に共存するという事態が、創りだされているからである。そこで、晩年の作家自身によって自己客観された、次のような要約不可能な一文を見ておきたい。

「初老と呼ばれる年齢に入った頃に、こんなことを思った。自分は空襲下から終戦直後の幼年期にひとたび老いて、古い書に見るような、敗北の塵芥を頭《かしら》にかぶり、瓦礫の中にうずくまる年寄りのようなところのあったのが、それから世の平穏と繁栄とやらのすすむにつれて、青年期から逆に幼いようになり、今に至り、老病の声を聞いて、渋々ながら年を取り直しているのではないか、と。さらに老年に入っては何かの折りに、少年の、青年の、中年の自分の影が背後から近寄り、速い足取りで追い抜いて行くかと思うと、老いの背中から内へ入りこんで、しばらくひとつになって歩むような、妙な温みを感じて後であやしむことがあるようになった」(「もう半分だけ」『半自叙伝』)。

平明な言葉だが、もの凄いことが静かに語られている。つまり自分は人生を逆から歩いたようなものだと、作者は言っている。そして「今に至り、老病の声を聞いて」ようやく普通の順序にもどって人並みに進むのかと思いきや、そこでもあらゆる年齢の自分が寄りそい、この《今》のうちに共存している。

要するに、われわれの社会が採用し、誰もがそうと信じきってさえいるようにも見える、一本の線のように過去から未来へと伸びていく時間、そうして古びてやがてうすれて消えて行ってしまう過去、それが「やむを得ぬ擬制」と古井由吉の眼には映っていたのである。だから彼は、この「やむを得ぬ擬制」による、仮の時間の裏側に広大にひろがる、真に実在する「時間」をくりかえし自身の内に見つめ、表現しようとしたのではないか。またそれゆえにこそ、この実在の時間が、あたかも現実の裂け目のように彼の小説の中に現れる時、人はそこにある種の時間の解体を、逸脱を、もしくは危機を見てしまうのだ。ふたたび作者の言葉を聞こう。

「作中の「私」はそれこそ月ごとに老境に入りつつあるが、著者には以前から自分なりの、年齢の受け止め方がある。すべて過ぎ去り、しかも留まる、と思うのだ」(「野川をたどる」二〇〇四年)。

「年齢の受け止め方」とあえて話を限定してはいるものの、これはやはり、時間の実相でもあるのではないか。つまり、解体された時間の果てに作者が見ていたのは、過ぎ去ると同時に永遠に留まり続ける、純粋状態における幾ばくかの時間であり、古井由吉は、そのような不断の危機として感受される時間を、実に粘り強く、くりかえし捉えて表現していた。

ところで、さきほど取り上げた短篇「背中ばかりが暮れ残る」は、まだ深刻で陰鬱な雰囲気につつまれていたが、作者晩年の作品ともなると、「私」をめぐる問題は、ある突きぬけた《楽天》によってふたたび掬い上げられ、変奏され、「中年男」と見知らぬ「老人」との、ユーモアを含んだ問答として表されもするようになる。『雨の裾』（二〇一五年）の中にある「春の坂道」から引いてみよう。


——女たちでないとしたら、誰がこんな坂までついて来るんですか。

——俺だよ。俺が俺に、うしろからついてくる。

——分身みたいなものですか。それにしても、一列になって続くとは。

——俺のうしろに以前の俺が続く。その以前の俺のうしろからそのまた以前の俺が来る。どうだ、一列になるだろうが。あれこれの齢の、それぞれ行き迷った時の俺さ。初老もあり、中年もあり、青年もあり。

——追い抜いて行きませんか。

——歳月を追い越せるものか。

——振り向かなくても、見えますか。

——背中で見えるな。思いつめたような顔をしているが、どいつもこいつも、莫迦だ。折りにかなって、莫迦だ。

——折りにかなって……。

——知りもせぬことを知ったつもりの莫迦はともかく、大事な際《きわ》に、知っているはずのことも知らなくなるのだから。もっとも、見えないおかげで、危いところを渡って来たわけだ。まだ生きてやがる。

——大勢のように聞こえますが。

——それは、過去の衆生だからな。一人《いちにん》にして衆生でもある。

古井由吉への文学的な影響としては通常、連歌俳諧をはじめ、古今東西の古典が挙げられるはずだが、これなどを読むと案外、小学生の頃から彼が愛した「落語」も、はずすことのできない、その重要なひとつであったように思われてくる。ただしそこには、疑問形であるがゆえに、むしろ強烈な印象を刻む、次のような自己認識的な言葉が挿入されるのだが。

「背後からついて来るという列の中にところどころ、何かの境い目であるいは死んでいたかもしれぬ自身の、死者の姿がまじるのか」(同前)。

四

オーストリア出身のドイツ語の作家ロベルト・ムージルが、若き古井由吉に実にさまざまな影響を与えたということについては、よく知られている。実際古井由吉は、ムージルの小説の翻訳だけでなく、ムージルに関する講演を行い、論文もいくつも書いており、それらは『ロベルト・ムージル』(『ムージル　観念のエロス』一九八八年、二〇〇八年に改訂されタイトルも変更)という題で一冊にまとめられている。その中でも、とくに「ムージルが現実感覚に対して可能性感覚と呼んでいるもの」について書かれた箇所は、これまでの考察と深くかかわるため、それを見ておきたい。古井由吉は、まず次のように書いている。「可能性感覚とは、ムージルの定義するところによれば、現にあるものに対して、またこうもありうるであろうもの一切を考える能力、現にあるものを現にないものよりも重くは取らずにいる能力のことである」(「「かのように」の試み」『ロベルト・ムージル』)。

どういうことだろう。まず多くの場合、人は自分の現実感覚に見合った仕方で、「可能性」という観念を理解しているはずである。たとえば人は、「可能性」という言葉によって、将来実現されるであろう事柄を思い浮かべる。だがムージルが「可能性感覚」と呼んでいるものは、それとは大きく異なっている。

「(前略)ムージルのいう可能性感覚とは、将来において実現されるかどうかは問わず現にいま考えられうるもの、われわれが理論《セオリー》の領分に打ち捨ててわれわれの現実感覚に干渉させぬものを、現にあるものと等しい重みで感じ取ることのできる感覚、ということはまた、現にあるものをなくてもまたありえたものとして感じ取ることのできる感覚である。おそらくその際ムージルにとって重要だったのは、可能性の理論によって現実の支配を失効させるという精神の自由ではなくて、現実がそのように眺められるときに取る異なった姿、それに対する繊細な感覚であったのだろう。そう考えると、可能性感覚とは現実に対する異なった感覚のことだとも言える。このことは可能性という言葉を潜在性という言葉で置きかえるといっそう明白になるかもしれない。潜在するものはついに実際に顕われることがないとしても、現にいま潜在することによって、現にいま顕在するものに力を及ぼさずにいない。そしてこのように潜在するものが顕在するものに絶えず及ぼす力に対する、顫えにも似た感受性、それが可能性感覚というものなのだろう」(同前)。

この一節は、古井文学を理解する上でも、非常に重要なものだと思われる。つまり「現にいま潜在する」ものを、あるがままに受けとることのできる「顫えにも似た感受性」、それがムージルのいう「可能性感覚」の精確な定義だとするなら、それは、同時に古井文学の在り方そのものに、深く密接に関わるものだとも言える。実際、先に引用したムージル論が最初に発表されたのは、書誌によれば一九七三年で、古井由吉が小説家としてデビューしてまだまもない時期に当たっている。つまりこの論文は、ムージルを論じながら、はからずも自身の作家としての「感覚」、また発想の在り方を表白していたと考えることもできる。言いかえるなら、作家が、何らかのかたちで一種の自己注釈となることなしに、自身が深く影響を受けたという、ある別の作家について論じることなどできないのではないか。

そこで試みに、もうひとつ別の例として、古井由吉が敬愛する大正期の作家、葛西善蔵を語って、その言葉がそのまま彼自身の作品の発生の機微を物語ってもいるような、興味深い一節を引いてみることができる。そこで問題になっているのも、その言葉は使われていないものの、やはり「可能性感覚」である。

「理屈から言ったら、実際に行なった、実際に身に起きた、というかたちで書くのが小説ですよね。ところが行なったことがあれば、一方には行なわなかったこともあるわけです。行なったかもしれないけれど実際には行なわなかったこともある。その時の自分の心境とか運命を書き表わそうとすれば、どうかすると、実際に行なったことと、行なわなかったことが、同等の重みを持つことがある。行なったことのほうをたどっていくよりも、行なわなかったことのほうを、もしそれを行なったとしたらとたどっていってみる。そのほうが自分の存在が現われる」(『「私」という白道』一九八六年)。

しかもそうした事態が、おそらく最もあらわなかたちで生じやすいのが、いわゆる「私小説」なのであろう。古井由吉はさらにこう続ける。「ちょっと考えてみても、私が今ここにいる私であるのは、私がいろいろ行なってきたことの積み重ねでもありますけれども、でも行なってこなかったことの積み重ねなのかもしれない。あれを行なわなかった、これを行なわなかった、その結果、今ここにあるような私がいる、と。ということは、仮定法でたどっていった場合に出てくる私も実は可能性として私のなかにいるわけで、あれを行なったかもしれない、次にこれを行なったかもしれない、そういうふうにしてできたかもしれない私。これは想像上のものかというと、それがそうでもないんです。それは肉体の中にも潜んでいるわけですよ」(同前)。

以上の一節は、先のムージル論の一節と厳密に対応するはずである。古井由吉はここで、《可能的なものとしての「私」》の存在を、単に「想像上のもの」と捉える常識的な解釈をしりぞけつつ、しかもそれを観念のうちにではなく、「肉体の中」に潜むもの、「潜在性」として位置づけている。やはりその点に注目すべきだろう。なぜならそれは、一般に「現実」と「想像」の間にあると考えられている境界線に対して疑問符を突きつけ、フィクション、虚構として安易に処理されている事柄の地位を、あらためてラディカルに問い直す視点をわれわれに与えてくれるはずだからだ。

古井由吉によれば、「私小説」は、言葉をあたうかぎり「現実」へと接近させ、小説本来の虚構性を切り詰めていこうとするわけだが、まさにその現実へと向かおうとする運動、傾斜そのものによって、かえって純粋な「虚構」を抽出してしまうことになる。またもう一方でそれは、《可能的なものとしての「私」》を「肉体の中」に内在化し、従来の「現実」との間の境界線を権利上、消滅させてしまう。しかしそれだけではない。さらにその「私」は、「虚構」として純化されたことによって、今度は「現実」との間に、ある新たな差異を生みだし、「虚構」と呼ばれる特異な機能が、この世界の中に在ることそれ自体の意味へと、われわれの意識を向けさせるきっかけともなるのだ。短篇「背中ばかりが暮れ残る」が、私小説の伝統を踏まえた、きわめて純度の高い「フィクション」でありながら、同時にそれが、「現実」の側からの小説の発生の問いを孕んだ「メタフィクション」でもあるとすれば、それはそのためにほかならないだろう。

なぜ「フィクション」は、「虚構」は在るのか。これは文学における根源的な問いのひとつであるはずだ。あるいはなぜ「虚構」を生みだす機能が、ほかの生き物にはなく人間にのみ備わっているのだろうか。もはや「虚構」は、従来の意味での虚構、つまり架空の、空想の出来事とは簡単に呼べない、固有の実在性を持った境域となり、そのような地平まで、古井由吉の作品によって読者は連れて来られる。それは、物理的な「現実」(たとえば脳の機能など)に吸収されつくすことはない。なぜなら人はここで、「言葉」の存在に、あらためて向き合うことになるからだ。

すなわち、ぎりぎりまで虚構を排除して行くと、その限界において言葉は、最も純化された虚構性を現す。これはすでに、《言葉の呪術》そのものではないか。そしてその時、語られる言葉は、もはや作者の意識の力によってではなく、小説の言葉に内在する、おのずからな性質に従って、《聖なるもの》を表そうとするようになるという。古井由吉自身の言葉を引こう。「これは作家の意志の問題ではなくて、小説を書くことに常に内在している。小説というのは、どんなに暗澹とした解決不能なことを書いても、おのずから形が聖譚に寄っていくという楽天的なものを内在させていると思う」(「明快にして難解な言葉」一九九三年、『文学の淵を渡る』)。

「楽天」という言葉は、後年の古井文学において次第に本質的な意味を持つようになっていくもののひとつである。ただしそれは、この作家特有の気質を指すものでも、作家としての態度や目標といったものを指示しているのでもない。そうではなく、「楽天」とは「小説を書くこと」それ自体のうちに内在しているものなのだ。すると「聖譚」とは、その「楽天」がついに取るかもしれない、究極的な姿を指す言葉だということになるのではないか。

しかしながら、古井由吉の作品を明確に彼の作品たらしめているのは、実のところこの「聖譚」的な点にあるのではない。むしろそれは、「聖譚」へとおのずから向かおうとする言葉の内在的な力を見つめ、それに半ば従おうとしながらも、他方において、純然たる「聖譚」となることを戒める力学が、絶えず働いてもいるという点にこそ、あるように思われる。これはたしかに、現代性の刻印でもあって、物事をつねに相対化して認識しようとする近代科学の、知性の力学でもあるだろう。それはまた別の面から言えば、散文が純然たる韻文となること、詩歌となることを、ぎりぎりまで戒める力でもある。古井由吉の作品には、つねに牽引しあうふたつの相反する力が、驚くべき緊張関係を維持しながら持続するという性質が認められる。しかしそのことにもまして重要なのは、両者の均衡がある時ふっと消え、一方に振れる瞬間があるという点なのだ。あるいは、それらふたつの相反するはずの力が、一瞬共振れを引きおこす。

そこに純粋な歌が、音楽が、舞いあがる。晩年になるにつれて、古井由吉の小説はいっそう詩に近づいて行ったという印象を読者が持つとすれば、それはたしかに正しい。だがより厳密に言えば、散文という性質は、試文、エッセイという構造は、ぎりぎりの境まで、あるいは境が過ぎ、遠のいて行った後もつねに保持されているのである。だからそれは、散文の持続をたどりながら、それが歌や舞と化す、詩と化す特異な瞬間に、くりかえし遭遇することになる、と言ったほうがより精確なのだ。散文と詩歌、歩行と舞踏、試文と聖譚……、両者の絶えざる緊張関係、牽引しあうふたつの力の持続というものがある。しかしそれは、つねに作者がそこに身を置き続けた「エッセイズム」に支えられている。そしてそのような特異な文章の在り方こそが、古井文学を根底において規定するとともに、比類なく倫理的なものにもしているのである。

注

1　「既視感」について詳細に論じた、哲学者アンリ・ベルクソンの論文「現在の記憶と誤った再認」、『精神のエネルギー』（一九一九年）所収、を参照している。

エッセイズムとは何か

一

古井由吉における「小説」と「エッセイ」の間の関係というのは、たいへん微妙でむずかしい問題のひとつである。一方が「虚構」で他方が「現実」を題材としたものと取るのが普通だが、そう単純には行かない。そもそも作者自身が、両者の間の区分が時にわずらわしいという考えを折にふれて述べているくらいで、実際、彼の後年の作品では、小説とエッセイ、虚構と随筆の境目が非常に曖昧で見えにくいことが多く、しかもその独特な両者の関係、ないし相互滲透こそが、古井文学の重要な特質のひとつとさえ目されているのである。

ただそれが事実だとしても、なぜそのような不思議な、あるいは奇妙な文章の在り方が選ばれることになったのだろうか。依然としてこのような疑問は残る。それをこの作家独特の「スタイル」と単純に呼んでしまうことは、便宜上はやむを得ない場合があるとしても、おそらく作家自身の真意には背くことになると思われる。というのも古井由吉は、現代において、本来の意味で「スタイル」と呼べるものが成立することなど、もはや不可能ではないかと疑っていたからだ。つまり、現代とはさまざまな様式《スタイル》が崩壊した時代にほかならず、そのような中で、いわゆる「小説」というジャンルだけが、確固とした形で依然として成り立ちうるとは考えられなかった。まただからこそ彼は、従来の小説とエッセイの境界をあらためて問い直す方向へと、むかうことになったとさえ考えられるのだ。

そこでまず注目したいのが、「私のエッセイズム」(一九六九年、『私のエッセイズム』)というタイトルの、初期に書かれた短い随筆である。古井由吉の小説とエッセイの間の関係性を考える上でひとつの鍵となるものが、この「エッセイズム」という考え方にある。ではその「エッセイズム」とは何か。それは、文章のある種の方向性のようなものとして、その中では描かれている。たとえば「小説とか評論とかの行き方にこだわらずに、自分の性分にあった規模の事をとにかくトータルに表わしたいという表現欲にだけ従って、直截に試みてゆけばよいのだ」と(「私のエッセイズム」)。

なるほど、これはまだ確固たる考えというよりは、「私なりのエッセイズムという漠とした概念」(同前)、ないし決意に過ぎないとも言える。しかし古井由吉は、小説と評論、「両方のジャンルに対して曖昧な懐疑をいだきつづけてきた」とも書いているから、彼は作家としての出発点においてすでに、従来の小説によっても評論やエッセイによっても表わすことのできないような何かを、漠然と抱えていたと考えることもできる。あるいは当初から、小説を書かんとして小説を逸脱してしまおうとするものが、またエッセイを書きながら、その枠を逸脱してしまうものが、彼のうちにあったということかもしれない。それに加えて、時代や社会そのものが、明確なジャンルや表現の成立を困難にしていたということもあるようだ。つまり「評論については、批判精神の行使がどうしても空転するように今の世の中ができているように、私には思えてならなかった。小説については、外的な出来事にせよ、内的な出来事にせよ、小説として詳らかに書きしるして人に伝えるに価するような出来事がそもそもあるのだろうか、という疑いをどうしても払いのけられなかった」（同前）と、彼は書いている。二重の否定、二重の懐疑がここにはある。

出発点におけるこの、既存のジャンルや表現形式に対する違和感や疑いこそ、やがて古井由吉をして、小説とエッセイの間の差異を自由に跳びこえて行く、特異な文章を創りだささせることになる。だが実際に、そうした文章が本当の意味で実現されるまでには、長い年月にわたる、粘り強い創作の反復が必要とされた。「私のエッセイズム」の最後の一文は、次のように締めくくられている。「そこで、目の前にある物事をもう一度自分の手ではじめから粗描してみようというエッセイズムの行き方は、私の思考の出発点となる」。

これは確かに、作家古井由吉の「出発点」における重要な表明であったと言える。だが、この「エッセイズム」という出発点は、やがて何らかの到達点や結論へ至るといったものではない。それは、書くという行為の反復を通して探求されるよりほかないからだ。

また、これも注意しておかなければならないが、この「エッセイズム」なる考え方、行き方は、前触れもなく、作家のうちに自然に生じたわけではない。「エッセイズム」という考え方、行き方そのものは、作家ロベルト・ムージルの大作『特性のない男』（一九三〇年）から得られたものである。そのため、古井由吉と関係の浅からぬ、このオーストリアの作家の唱えた「エッセイズム」について、どうしても触れておく必要がある。そこで、一九八七年になされたムージルについての古井由吉の講演が、『ムージル　観念のエロス』(一九八八年、『ロベルト・ムージル』二〇〇八年)の中に収められているので、それを簡潔に見ておきたい。講演のタイトルは、まさに「エッセイズム　『特性のない男』」である。これは文字通り、ムージルの唱えた「エッセイズム」を紹介、解説することを趣旨とした講演なのだが、同時にそれは、おのずと作家古井由吉自身の「エッセイズム」についての考えを語るものともなっており、そうした意味で、この作家の小説とエッセイの間の関係を理解する上での重要な基礎となるはずである。

さっそくその冒頭あたりに、面白い発言がある。「書けば書くほど小説らしくなくなっていく、どんどん随筆に接近していきます」。これはムージルの話ではない。この一年の間になんと九本もの短篇を書いたという、古井由吉自身のことである。随筆に近づいていって、ではどうなったのかというと、自分の書いた小説が、版元から実際にエッセイと取り違えられたというのだから、これは冗談ではない。続けて彼は述べている。

「小説が一方では物語性のほうに進んでいく、そのまた一方では物語性から遠ざかって随筆に限りなく接近していく、この二つの方向があると思います。また、読書界一般でも、これからはエッセイというものが求められる。エッセイが、もろもろの分野からの表現の共通の場になるのではないか。それも雑誌の巻頭にあるような、日常茶飯を語ったり、昔の感慨を語ったりするもの、いわゆる随筆ばかりではなくて、内容からすれば、たとえば哲学論文とか科学上の論文とかに等しいのだけれど、思想を文章の生命によってあらわすという態度、どうしても文章そのものに思想が体現されていなければならないという立場の人が、文章によって世の人に問う。しかも現代の生活のテンポを考えて、ある短さ、簡潔さ、切れ味が要求される」(「エッセイズム」)。

ここでは、小説とエッセイをめぐる、作家古井由吉の基本的な見方と態度、および展望が述べられている。まず小説とエッセイは、二つの異なるジャンルではなく、むしろ二つの方向性、あるいは傾向として把握されている。またその場合の「エッセイ」とは、いわゆる随筆ばかりでなく、哲学や科学の論文にも等しい厳密さをもつものでもあるという。そしてとりわけ重要な点として、「思想を文章の生命によってあらわすという態度」がそこに含まれるというが、ここには単なる随筆には通常見られないような、一種の厳しい言語主義、文章における強い表現主義のようなものへの志向が、はっきりと認められる。

こうした意味での「エッセイ」が、まずは作家の念頭にあった。ただ、注意しなければならないが、ここに言う「エッセイズム」は、小説的なものを、つまりは物語性や虚構性を、文章から排除していくわけではない。またそうでなければ、結局のところそれは従来の評論や批評とほとんど同じになってしまうだろう。古井由吉がエッセイズムによって狙っているのは、もっとはるかに微妙で難しいものである。続けて語られるところを聞いてみよう。

「私も、いわゆる虚構性が小説の生命だとは思う者ですが、虚構性を切り詰めに切り詰めていくと、そこにかえって虚構の機微といいますか、あるいは虚構の深みや恐ろしさがあらわれるのではないか。ほんとうに虚構があらわな姿を見せるのは、むしろ小説がエッセイに限りなく近づいたところではないのか」(同前)とあるのだが、かなり先回りして言えば、おそらくこれこそが、古井由吉の「エッセイズム」の核心にある思考なのである。つまり小説が、エッセイに完全に取って代わられることはない。エッセイズムが要請されるのは、つき詰めれば「虚構」を純化するためにほかならず、いわば「小説の生命」を抽出するためにこそ、それは要求されるのである。

だから「小説がいくらエッセイに近づいても、エッセイと違うところはやっぱりあるのです。物語性をいったん捨てて、もうエッセイと同じ気持で書いていっても、全体にどこかに物語の枠が存在します。何かの物語の枠を目指して、言葉がだんだん積もって結晶していく。その場合も、小説はエッセイに接近しながら、抱え込んだ物語の枠を、露呈する」(同前)ことになる。

エッセイの言葉が堆積し、やがてそれが結晶して、物語そのものというより「物語の枠」、フレーム、骨組みだけをさらけだすという。純粋に骨格だけがあらわな、痩せこけた小説……、それでいて何かが豪気なのだ。なぜなら、そのようにして書かれたエッセイズムの文章は、ある純化された運動そのものを抽出するからだ。古井由吉は別のところで次のように述べている。「文章を磨いていくのは、そこで完成したものを作るのがねらいではない。文章の個々の場面にある動きから、ひとつの方向を磨《と》ぎだしていくのが、文章の苦労なのではないか」。そしてそれは「所詮、精神として、強い運動を得るため」なのであり、「その精神の動きにとって贅肉あるいは飾りと思われるような動きを削いでいく。文章をきちんと書くというのは決して審美的な欲求からくるものではない」。それは「運動への欲求からくるもの」にほかならない(同前)。

ここには、一般に「エッセイ」という言葉から想像されるものなどは、ほとんどひとつもないことがわかるだろう。かわりに、そこには強度や運動といった、何か力強く、荒々しいものがあり、同時にそこには、贅肉を削ぎおとされ、どこまでも軽やかなものとなった、ほとんどニーチェの言う舞踏を想わせるような、「精神の動き」への意志がある。

二

「エッセイとは、ひとりの人間の内的な生が、ひとつの決定的な思考において取るところの、一回限りの、変更し難い形である」(「エッセイズム」)。

これがムージルの語った意味での「エッセイ」であるが、「決定的」や「形」といった言葉がふくまれることから、さきほどのエッセイの定義における、「運動」への欲求とは相反するように思われるかもしれない。だが、そうではない。そうではないということを、古井由吉がムージルに代わって念を押している。まず、ムージルの言う意味での「エッセイ」には、「つかみとった現実が固定した概念になってしまうことを忌む」という重要な特徴がある。つまり「このエッセイズムにおいて重要視されているのは、そのつど人の精神が取るところの——これには言葉はいろいろあるでしょう——運動、あるいは確固とした存在といったもののよう」である、と古井由吉は述べており、それは「存在の運動」とも言いかえられている(同前)。このように、ムージル、そして古井由吉が、固定されたものや実体的なものではない、精神の「運動」そのものと、運動とひとつになった「一回限りの、変更し難い形」という側面を強調していることは明らかだろう。そこでもう一度、ムージルの「エッセイズム」の、古井由吉による定義を聞こう。

「このエッセイズムは、物事を中間的な仮の曖昧な形で表現することを旨とする、いわゆる随筆随想ではない。何事にも成り切らないものを曖昧にあらわすのではなくて、そのつどそのつどの思考における精神の強いすがたかたちをあらわすのがエッセイである」(同前)。

くりかえし微妙に言葉をかえて、古井由吉が執拗に説いているように、エッセイズムがあらわそうとするのは、いわば還元不可能な特異性としての「存在」なのだが、それは、精神の「運動」そのものが取った、「強いすがたかたち」にほかならない。だからその「すがたかたち」とは、固定されたものでも実体的なものでもなく、一回限りの、変更し難い形をもった「運動」そのもの、あるいは「存在の運動」と呼んでみるよりほかないのだ。このように、ムージル、そして古井由吉のエッセイズムは、通常「エッセイ」として一般に考えられているものとはきわめて異なっている。それに加えてエッセイズムには、ほかにも次のような重要な特徴がある。

すなわちエッセイズムは、「たとえば価値とか、本質とか、本性というのは、決してそれ自体独立したものではなくて、環境や状況、あるいはそれが目指す目標に依存している、それによってどうにでも変わるものだ、という考え方を保持する。同じことでも、あるときはこういう全体の中に、あるときは別な全体の中に置いてみる。それによってそのもののあらわれが変わるのを、そのつどつかんでいく。つまり、物事を実体的にとらえるより、ひとつの力の場にある関係、あるいは運動としてとらえる。何かがこのような組み合わせによって成り立っているとみれば、では、別様な組み合わせのとき、どのようになるか、それを見る」(同前)。

これは、古井由吉の思考を全般的に特徴づけているものでもあると思われる。言いかえるならここには、古井由吉とムージルに共通する、一種の非本質主義のようなものがある。つまりエッセイズムは、「本質」や「本性」といった永遠不変とされるものから、すべてを説こうとする原理主義を注意深くしりぞける。そしてその替わりに、可変的な力の関係論と、多様な、可能な組み合わせからなる運動の存在論を打ち出す。エッセイズムは、このように、巧まざる一種の鋭利な哲学的思考を含むという点には、注意を要する。古井由吉のうちには、一般に日本の小説家には見られないような、存在と認識にかかわる強力な思考が、あるいはそれらをめぐる運動の思考が、はっきりと認められるからだ。

これまでの諸点を、実際に古井由吉の作品に照らして考え合わせてみると、エッセイには、すくなくともふたつの極みがあると言えるかもしれない。一方は哲学や科学におけるのと同じ意味での、厳密な「試行」や「試文」、そしてもう一方は批評である。つまり『徒然草』が批評的な随筆であったのと同じように、古井由吉のエッセイズムには、ムージルに由来するもののほかに、日本の批評文学の系譜としての側面がたしかにある。彼のエッセイズムは、眼前の危機を見つめ、それを克明に記述し、診断し、認識しようとする点において、本来の意味でのクリティシズムに、批判精神に限りなく接近しても行く……。その意味で、連作長篇小説でありながら、文字通り「試文」と「批評」というふたつの要素を明確に含む『仮往生伝試文』（一九八九年）は、古井文学の最初のひとつの極限の形を示していたと言えるかもしれない。

ともかく、以上のような意味での「エッセイズム」が古井由吉の作品全体を広く特徴づけていると、ひとまずは言えるわけだが、その一方で、創作とは区別し、随筆随想として意識的に執筆され、成立している作品群があり、それもすくなくないどころか、全部あわせれば相当な数にのぼる。ではこれら、「小説」とは明確に別の意識の上に立って書かれた一連の「エッセイ」と、古井由吉の小説、つまり創作のあいだの関係を、われわれ読者はどう捉えるべきだろうか。これは古井文学を考えるうえで、きわめて重要な問題を孕んでいるように思われる。

そこでひとつ注目してみたいのが、作家自身の手になる「自筆年譜」の存在である。「自筆年譜」には、作者が生まれた年から時系列に沿って、その時々の「現在」に至るまでの毎年、毎月の主な出来事が記されている。作家となって以降の記述は、何年何月に作品がどこから刊行されたかなど、書誌としての性格が顕著である。しかし年譜に記されているのはそれだけではない。作者の履歴に加えて、結婚、子の誕生、それから強い印象を残した出来事、たとえば三十代初めの大がかりな歯の治療のことから、肉親や知人の葬儀のこと、自身が受けた頸椎や眼の手術のこと、そしてさらには二人の娘の結婚、出産の年月にいたるまで、簡潔に「事実」が記されているのである。伝記作家や研究者によるものではない、単なる著作目録ともはっきり異なる「自筆年譜」の存在は、やはり興味深いものだ。なぜゆえの「自筆年譜」であったか。

結論めいたものから先に述べるなら、「自筆年譜」はまずは誰よりも作者自身にとって、自己を客観するための、大切な役割の一部を果たしていたのではないかと思われる。古井由吉のとりわけ後年の小説では、読みすすめていくとおもむろに時間の前後関係が消え、話の筋や時系列がほどけたようになり、過去の光景が現在とひとつになって現れるということがくりかえし起こる。

これは彼の小説に顕著な特徴のひとつだと言っていいが、一方「自筆年譜」は、当然のことながら、明確な時系列で客観的な事実が書かれている。そのため、それは他者と時間を共有する上での基盤として社会的な意味をもつことができる。そしてこの社会的な時間は、さまざまな世代や年齢の読者との共通の物差しとなり、足場として踏まえることができるだろう。重要なのはしかし、その足場が、「小説」の執筆において作者が、あの錯綜し、重なり合う時間の中へと跳躍するために、ある意味で不可欠なものだったのではないかという点である。

つまり時系列的な時間と、社会的な出来事の推移をひとまず踏まえてこその、あの驚くべき言葉の冒険、時間の探求ではなかったか。仮に、狂気と呼ばれる状態においては時間の継起感が消え去り、過去も未来もほとんど「現在」の反復として、かろうじて生きられるものでしかなくなるのだとすれば、古井由吉が小説の執筆のたびに身を置こうとしていた場所とは、そのような《不断の現在》に近かったのではないかと思われる。いや、小説が書かれるたびに、彼は現にそのような非時間の境に、くりかえし至っていたようなのだ。実際、晩年になされた堀江敏幸との対談の中で、彼は述べていた。「今が何かということですね。「書き始める」「書き終わる」というのは未来現在過去でしょう。書いているかぎりは現在現在現在であって、すべてが現在かもしれない。現在というのは生まれながら死んでいく、死んでいながら生まれるということを含む」（「文学は「辻」で生まれる」二〇一二年、『古井由吉　文学の奇蹟』）。

つまり「書いている」今において立ち現れてくる、もうひとつの時間、生まれることも死んでいくことも、すべてが「現在」のうちでひとつになるような、時系列をほどかれた時間、それこそが、古井文学の本質的な要素のひとつであったとするなら、「自筆年譜」の存在は、明白にそれとは対照的な役割を担っていたことがわかる。そして、いわゆる「エッセイ」や「随筆」もまた、基本的にこの年譜と同じ足場に立って書かれていたのではないかと思われるのだ。「小説」における、錯綜し、重層化していく時間への沈潜にともなって、時系列的な、客観的に記述されうる時間が、軽んじられるようになるわけではない。現代のわれわれの社会が厳格に採用しているこの客観的な時間は、つねにしかるべく重く受けとめられており、そのことを「自筆年譜」は証しているように思われる。

「エッセイ」もそれと同じように、その時々の社会の「現在」を踏まえ、それにある程度より添うかたちで書かれている。一方「小説」には、そうした制約は見られない。あるいは、その時々の社会の「現在」を踏まえたところから出発する場合であっても（実際、そういうケースはかなり多いのだが）、その共通の足場から離脱する瞬間というものがあって、その瞬間エッセイの筆の運びは、小説へとおもむろに変身する。ただしこの場合の小説とは、もはやかならずしも物語そのものを指してはいないのだが、真偽のさだかならぬ記憶や正体の知れない声は、濃厚なまでに含んでいる。

また、さきの同じ対談の中で、次のようにも言われていた。「エッセイというのは雑文とも呼ばれる。小説を書くときは厳しさを覚悟していましたからそれはいいとして、怖いのは雑文だと思ったんですよ。世間に出回るのは雑文のほうではないか」。これなどはあきらかに、「小説」と「エッセイ」をはっきり区別した物言いであるが、続いて古井由吉は述べている。「後年になると、雑文の中で何かの流れを摑んでいく、その流れが小説を呼ぶようになってきました。それがだんだん頻繁になって、特に六十を過ぎてから多くなった。連作を書いていて次の感触が摑めないときに、いわゆる雑文を書いていると、そこの呼吸か、あるいは声が聞こえる。それによって小説の出だしが摑めるんですね。そういうことが多くなって、少なくとも五十半ば過ぎからは雑文と小説は僕にとってはほぼ一体です。ときには雑文のほうが短いながら小説めいていることもあります」（同前）。

この発言は、古井文学の展開をたどるうえで見逃しがたい。もちろん、小説とエッセイの境界が鮮明でない、「エッセイズム」的な資質ないし傾向は、この作家の最初期から一貫して認められるものであった。たとえば、ヘルマン・ブロッホの長篇小説『誘惑者』の翻訳の仕事から派生するようにして書かれた、最も初期の作品のひとつ「先導獣の話」（一九六八年）などは顕著にそうである。だが、たしかに作者が「六十を過ぎ」た頃から、彼の小説は「雑文」、「エッセイ」の趣ではじまり、それがある境まで来るとにわかに、あるいはおもむろに転調し、虚構のなかへと知らぬまに入っていく、というような流れが以前よりもさらに顕著に、自然なものになっていくようである。

それに先行する「五十半ば過ぎ」の時期といえば、作者が頸椎の大きな手術をした前後の時期にあたり、長篇小説『楽天記』（一九九二年）が書かれ、続いて短篇連作エッセイ『魂の日』（一九九三年）、また重要な短篇「背中ばかりが暮れ残る」（一九九四年）と随想「知らぬ翁」（同年）というふうに、相互に深く関連しあう小説とエッセイが交互に、あるいは同時期に生み出されている。

この時期をおおよその境にして、古井由吉の文学は、もうひとつの《始まり》ないし《改まり》を実現させていくように、私には見える。すなわち、老いと病と死に満たされた生、あるいは天象気象の移りかわりに微細に感応する身体の、精緻をきわめた記述とでも呼ぼうか、その後の二〇〇〇年代の連作短篇を予感させるものが、すでにこれらの作品には認められる。ただしこの老い、病、死といったモチーフは、作品の一見した老成、老熟の印象とはむしろ反対に、幼い子供の時の記憶の反復を、童子の年齢のこの《今》への回帰を本質的にともなっている。

三

古井由吉の文学には、近代科学の合理主義の精神と、前近代的とも言えるような一種の神秘主義の精神のようなものとが同時に存在する。とはいえ、両者は仲良く調和共存しているわけではもちろんない。いわば、ぎりぎりの境まで前者が慎重に踏まえられていたかと思うと、ある瞬間にわかに後者が前景化する。そしてそのつかのまも過ぎ去ると、また前者が踏まえられ、後者はふたたび厳しく注視されるべき対象となる。つまりどちらか一方に還元されたり、一元化されたりしてしまうことはなく、両者はつねに拮抗しながら相たずさえて進む。

言いかえるなら、一方に物事を慎重に観察し、実験し、分析し、相対化して捉えようとする、近代科学と批評精神に支えられた「試行主義」が認められ、他方には、これもまた旺盛な、迷信や俗信をともなった前近代的精神に支えられた、広義の「神秘主義」のようなものが認められる。

小説を、幻影を、虚構を発生させる力がもっぱら後者のうちにあるとすれば、エッセイを生起させ、構成しているのは基本的に前者だろう。しかし問題は、そうした区分自体にあるのでは、実はない。

「知性」と「本能」、「理性」と「狂気」といった二項に振りわけて物事を説くことは容易い。だが両者の関係が、綺麗な二分法で片付けられるほど単純なものではないことも、また確かだろう。古井由吉はむしろ、合理的な知性の内奥に、迷信めいた、本能めいたざわめきを聴きとり、純粋な理性の内部から、非理性が、しばしば狂気が顕現するのを見ていた。ちょうど無事のただなかに有事の切迫が、日常のさなかに異様なものの気配が濃く漂うように。つまり究極的には、エッセイズム（試行主義）とそれに対抗するミスティシズム（神秘主義）があるということではない。これはおそらくムージルと古井由吉に共通して言えることなのだが、むしろエッセイズムの内部に一種のミスティシズムがあるのであり、ミスティシズムの中に、その内的要素としてエッセイズムが潜んでいるのである。

同じように、古井文学においては生と死もまた、対立しあうのでも相反するのでもなく、ある瞬間ひとつに重なり合おうとするかのようである。後年の作品のどの一篇を取り上げてみてもいい。生は、ある仕方で死そのものを、その生と同じ瞬間に含むことによってしか存在しようがないかのように、作中では感じられている。ただしそれは、いわゆる思弁として語られることはあまりない。むしろそれは、差しこんでくるような「体感」として作中の人物たちに受けとめられ、しばしば「におい」として感受されているのだが、いわゆるエッセイや随筆は、その問題の内側に一挙に踏み込むことはない。あたかもエッセイズムとしての「小説」の試みだけが、その内部へと分け入って行くことを許されているかのように。

実際、古井由吉はムージルのエッセイズムについて、それは「人が自分の存在のすべてをあげて物事にあたることを可能たらしめる、ある状態の追求である」と述べていた（「エッセイズム」）。また、「エッセイズムの態度を取る以上は、なんらかの未知の境地への運動が伴わなければいけない。そうでなければとりとめのないものになる」と（同前）。だが一体それはどんな「状態」であり、「境地」なのだろうか。ムージルにとってそれは、「神秘的なある境地」（同前）を指し、生と死の両方に深くかかわるものであった。では、作家古井由吉においてはどうであったか。

まず、エッセイズムが追求する、「人が自分の存在のすべてをあげて物事にあたることを可能たらしめる、ある状態」ないしその「前提条件」（同前）とは何か。これは本質的に倫理的な問いである。と同時にそれは、やや別の角度からではあるが、二十世紀の西洋思想史においても、最も重要な問いのひとつであり続けたと考えられる。すなわち生命活動の根源に、哲学者ベルクソンは「生の飛躍」を見たが（『創造的進化』一九〇七年）、その同じ場所に、精神分析の創始者フロイトは、「死の欲動」を見出していた[1]（『快原理の彼岸』一九二〇年）。この、一見して完璧に相反するふたつの見解は、その後もはっきりとした解決を見ぬまま、今日までもち越されてきたのではないだろうか。文学がこの難問の埒外にあるはずはない。むしろその核心をなす。

「エッセイ」として、現実描写や日常の想念の記述として開始されたはずの文章が、どこかから、おそらくは記憶の闇から何かを引き寄せてくる。するとエッセイは、次第に非現実的なものを、虚構を、またはイデアルな何ものかを産みだす母体と化していくかのようである。あるいは反対に、いきなり物語風の情景からはじまり、「小説」だと思って読みすすめていくうちに、それは現実の素描や日常の想念そのものと区別がつかなくなり、随筆のように締めくくられる。古井文学において、小説とエッセイは結局、完全に一致することはないのだが、互いを必要としあうそれぞれの半身ででもあるかのように、ある時は一体化しようとする。「小説」と「エッセイ」はしかし、互いに引きつけ合い、せめぎ合い、牽引し合うことによって、究極的にはどこへ向かおうとしていたのだろうか。

それは「戦争」ではなかったか。戦争とは、まずは第二次世界大戦、太平洋戦争のことであり、満で八歳にもならない幼い古井由吉が身を以て体験した、凄惨な空襲、国土全域におよんだ壮絶な、システマティックな爆撃、敵の殲滅作戦のことを指す。しかしそれだけではない。彼がくりかえし「もうひとつの戦争」と呼んだ、戦後の異様な経済成長期の社会そのもののことでもある。すなわち「子供の俺たちの頭上から降りかかったものを、俺たちはいま足下に踏んで生きているのだ、大量殺戮と大量生産とは同じ方法に成る」(「無音のおとずれ」『白暗淵』)。――「しかしまた考えてみれば、われわれはもうひとつの戦争を経て来た。戦後復興と呼ぼうと、高度経済成長と呼ぼうと、その前の戦争に劣らぬ、徹底ということではそれに勝る、大動員の時代が続いた。破壊も犠牲も数知れない。死屍累々の上に無事平穏がある、と言えるほどのものだ」(「野川をたどる」)。

前者は小説であり、後者はエッセイの一部だが、両者の区別はここでは不可能などころか、無意味である。とにかく、「戦争」をめぐるこのような二重化されたヴィジョンが、古井由吉の作品の基調をなしていた。そして戦後の、今なお打ちつづく終わりのない「もうひとつの戦争」を闘い、燥ぎ立ち、生きようとして病み、狂えないまま狂ってしまった名もなき人々の姿を、声を、そしてその死の、「一回限りの、変更し難い形」を、古井由吉は小説において描きつづけてきた。どの作品もそうだが、『夜明けの家』(一九九八年)などは、そのことを強く感じさせる。だがその根には、やはり「その前の戦争」がある。だから古井文学の本願とは、大戦そのものと戦後の経済戦争、それらふたつの戦争で深刻な深手を負ったまま生きながらえた者たち、また死んでいった者たちの魂を招いて執りおこなう、鎮魂の儀、葬い、野辺送りにあったようにも見える。いや、あくまで《試み》《エッセイ》でしかない、と彼ならばきびしく戒めただろうか。

それにしても、古井由吉とはいったい何者だったのか。偉大な作家には違いないが、ただそう呼んでみただけではまったく十分ではない何かが、彼のうちにはある。それは、彼が彼自身のうちに見出し、そしておそらくは生涯どこかで想いつづけていた、あの淫猥にして純一な、身元不詳の、いかなる公的制度にも属すことのない、墓守の「聖《ひじり》」ではなかったか。生前の古井由吉が、自分の墓を残すことを、あらかじめきっぱりと拒んでひそかに逝かれたのは、この聖《ひじり》としての生涯の必然の帰結だったのではないかとさえ、私には思われる。

激しい空襲の下を母親と姉の三人で逃げまどい、とうにどこかではぐれ、死んでいたかもしれない満で八歳にもならない子供の「私」もまた、聖《ひじり》による招魂の対象のひとりであったはずだ。いや、この行方知れずの子供の「私」こそ、その最も根源的な対象であったかもしれない。生きることも死ぬことも、もはや奇怪な偶然以外の何ものでもなくなり、自分が今こうして生きていることが、赤の他人が死ぬことにおとらず偶然としか、「恣意」としか感じられなくなる境とは、いったい如何なるものだろうか。まともに向き合えば気が狂わずには済まないような、そうした境こそがしかし、古井由吉の文学が不断に発生してくる淵源であったように見える。

のちにムージルから受け継がれることになる「可能性感覚」という概念も、この「恣意」の観念と結びつき、ある独特の意味合いを帯びて、古井文学の核をなすものとなっていった。死んでいながら生きている、生きていながら死んでいる、こう古井由吉は折にふれて書き、また語っていた。しかしそれは、いわゆる文学的な譬喩でも哲学的思弁でもない。それはまず、おそらくはまだ言葉にもならない「体感」として、空襲をかろうじて生きのびた幼い作者のうちに兆したものなのだ。古井文学においては生も死も、つねにふたつにしてひとつ、現在でありかつ過去、過去でありかつ現在である。すべて過ぎ去り、そしてこの《今》に永遠に留まる。

古井由吉が、小説を現在形で書くことに奇妙なまでの執拗なこだわりを見せた作家であったのは、おそらくそのためだ。全般柄をひとまず完結した過去として描いて、はじめて安定感を得るといわれるが、そうした小説作法の基本を犠牲にしてまで、彼は「現在」というものの表現にこだわり続けた。なぜか。さまざまな理由はあるだろうが、つき詰めればそれは、「戦争」が古井由吉にとって、永遠に現在形の出来事だったからではないか。「完全過去に付こうとすると、そのつどそれを制止しようとするものが、私の中にある。戒めに近いものなのだ」(「純文学からの脱出」）と彼が述べていたのも、やはりそのためではなかったか。

つまり「制止しようとするもの」が彼の中にあったのは、過去の出来事が、怖るべき厄災が、今も「未完了」のままで、過ぎ去ったわけではないからだ。現在のわれわれにとって「戦争」、とくに第二次世界大戦は、過去の出来事に属する。だが、古井由吉の眼には、そのようには映っていなかった。古井文学は、戦争を、厄災を、日常のうちに、無事のただなかに、永遠の現在形で描き続けた。この意味においてそれは、おそらくは唯一無二の、誰も書いたことのない、終わりなき永遠の戦争文学であった。そして古井由吉の「エッセイズム」とは、随筆と小説、現実と虚構、リアリズムとイデアリズム、分析と呪術、そして描写と祈りを、切りはなすことなく、両者の差異を肯定しつつ結びつけて表現するための、極限まで自覚された方法であった。

注

1　ベルクソンは、その最後の主著『道徳と宗教の二源泉』（一九三二年）、第三章「動的宗教」の中で、キリスト教神秘主義を「神秘的な人類愛」と「神秘的飛躍」として論じているが、それとムージルの神秘主義（神との神秘的な合一）とは、あるいは通じるものがあるかもしれない。しかし古井由吉は、ムージルについての講演「エッセイズム」の中で、ムージルの「エッセイズム」の孕む「神秘主義」に対して、はっきりと留保する態度を取っている（『ロベルト・ムージル』、一九二～二〇〇頁）。したがって、古井由吉の神秘主義（仮にそのように呼んでみるとして）は、ムージルのそれとは何かが異なるように私には思われる。言いかえるなら、ムージルの「エッセイズム」と古井由吉の「エッセイズム」の間に決定的な差異があるとすれば、それはこの「神秘主義」をめぐる二人の異なる態度、および資質のうちにあることになるだろう。この点については、本書の最後でもう一度触れる。

「見者」という現象——既視感と予言について

一

——「また如何なる折ぞ、ただいま人のいふことも、目に見ゆる物も、わが心のうちも、かかることのいつぞやありしかと覚えて、いつとは思ひ出でねども、まさしくありし心地のするは、我ばかりかく思ふにや」。

これは『徒然草』、第七十一段のなかに見える一節だが、いわゆる「既視感」について語られたものではないかと考えられる。七百年以上も昔の筆者の静かなおどろきと訝りが、いま読んでもそのまま伝わってくるような描写の精確さに、こちらも驚かされる。「デジャヴ」とも呼ばれるこの不思議な現象は、おそらく太古の昔から人間が折にふれて体験してきたことであろうが、それが科学的な考察の対象となったのは、ようやく近代になってからだと思われる。おもに意識や脳に関連した病理学的な現象の一種として分析されるわけだが、今日の科学によって、この現象の孕む意義が完全に解明されたかというと、かならずしもそうとは言いきれないようである。兼好法師のおどろきと訝りの中身については、今なお考えてみるに値するものがありそうである。

ところで現代文学を見渡してみて、古井由吉ほどこの現象に深い関心を寄せ、それを自身の表現の核に据えて作品を展開した者も、ほかにいないように思われる。晩年になされた堀江敏幸との対談の中で、彼はたとえば次のように語っている。

「注意して歩くと「かつてはここが辻だったんだな」とわかることがある。（中略）その土地に流入してきた人間で、そんなに長い年月が経っているわけでもないし土地の由来もよく知らないけれども、かつての辻らしい所に来たと感じるのは、どうも既視感のせいらしい。デジャヴが一瞬、濃厚になるらしい」（「文学は「辻」で生まれる」二〇一二年、『古井由吉　文学の奇蹟』）。

「既視感」を、単なる意識に生じた失調や脳の錯誤とは捉えていないことがわかる。すくなくとも、それらだけとは考えていない。古井由吉はむしろ、そこに何か過剰なものを、いわば個人の生を、記憶を、時間を、はみ出すものを見てとっている。それから彼はこう続けている。「デジャヴというのは、たとえば千年の歳月が経ってもあるものかもしれない。「永劫回帰」というと言葉が難しくなりますけど」（同前）。

断定は控えられているものの、作家晩年の言葉の重みのようなものはしっかりと感じられる。「デジャヴ」のうちには、想像を絶する、はるかな時空にまで通じて行くものがあるのではないか。これを古井由吉による、兼好法師の訝りへのひとつの応答として受けとってみるなら、彼もまた「デジャヴ」のうちに、兼好と同じ驚きを共有していたばかりか、さらにそこに、現代の病理学だけでは説明しきれない何かを、いわばそれを無限にはみ出す過剰なものを認めていたことになる。ただし古井由吉はここで、非科学的な、あるいは反科学的な考えを主張しようとしているわけではない。自身の体験の細部は、いつも慎重に見つめられたうえで相対化される。「既視感」について、彼は別のところでこうも書いている。

「知りもせぬ土地の中へ、既知感あるいは既視感のようなものを踏んで入って行くということはあるものだ。既視感とは、初見のはずの場所や場面、情景や情況がすでに見たもの、どうかするとよくよく馴染んだもの、幾度も反復されるものと感じられることであり、これが昂じて何事にも及んだり、深い倦怠や倦厭、時には恐怖まで伴ったりするようになれば精神の病症のひとつとされ、病理学者によっては、人の感情が未来の方向へ進まなくなったしるしと取るようで、たしかにあまり気味の良いものではないが、私の乏しい体験によれば、人を未知の領域へおもむろに導く手引き、媒介の役もするようだ。未知感も既知感も、根もとにおいてはひとつなのかもしれない。あるいは、知らぬところへ踏みこんだ困惑や不安が、困惑や不安というものはいずれ反復される心理なので、すでに見た、よくよく見馴れた情景として投影されるだけのことなのかもしれない」(「プラハ」一九九一年、『楽天の日々』)。

作者は、自身の既視体験を振りかえりつつ、この不思議な現象について考察しているが、性急に答えを決めてしまおうとはしていない。ひとつの見解は、もうひとつの知見によって保留され、断定はしりぞけられる。しかしまた、そうでありつつも、何かまだそこに割り切れないものが残ることを、しっかりと読み手の印象に残す。だからそれは、しばしば鋭く提起された疑問形や「訝り」となって、彼の作品の中にくりかえし現れることにもなるのだ。

さて、既視感は「人を未知の領域へおもむろに導く手引き、媒介の役もする」と古井由吉は述べているが、それだけではない。彼は、既視感のうちに「永劫回帰」のささやかな顕現を見ていた。つまりそれは、壮大な過去の《反復》を孕んでいると見ていたのだ。

ただもし仮にそうであったとしても、日々の仕事や雑事に追われて暮らす、おおかたの生活者には、ほとんどそれは気のつきようもないことかもしれない。実際「デジャヴ」は、ある不思議な印象を、体験者につかのま残しただけで消え去り、ほとんどの場合、そのまま自然と忘れ去られてしまう。先ほどの兼好の一文は、そのつかのまのおどろきと訝りを、しっかりと摑んで書き残していた。ならば作家や詩人とは、このつかのまの時間の内側にあえてとどまり、さらにその奥へとわけ入って見ようとする者のことを指すとも言えるのではないか。

むろん「既視感」だけにはかぎらないだろう。日常に突如生じた現実の裂け目が、人を未知の領域に連れだしたり、巨大な反復の気味のわるさを、いきなり突きつけてきたりすることは、やはりある。地震や洪水、火事など、別にことさらな例をもちだすまでもない。疲労や発熱などによる、意識や身体機能の一時的な減衰や失調でさえ、いわゆる正常とされる知覚や感覚を奪い、それまでとは何か異質な次元を垣間見せることはある。「既視感」もまた、それが良きものであれ悪しきものであれ、ささやかながらそうした現実の裂け目、破れ目のひとつだと言えるのではないか。つまりそれが、既視感が「人を未知の領域へおもむろに導く手引き、媒介の役もする」と、古井由吉が考える所以ではなかろうか。

こうして、誰にでも何処ででも生じうる「既視感」、「デジャヴ」が、一身を超えた過去の反復への、ささやかだが重要な糸ぐちのひとつとなる。そして普段はかえりみられることなく、意識の外へうち捨てられるはずであったさまざまな外界の物、自然や事物の細部が、この破れ目を通して、突如としておのれを主張してくることになる。およそこういう考え、というよりはある種の実感が、古井由吉にはあったように思われる。

二

くりかえすが、「既視感」にまつわるモチーフは、古井由吉の作品のおよそ隅々にまで及んでおり、それは彼の初期から晩年までを完璧に貫いている。しかし、それについて作者が、ひとつの独立した考察の対象として取り上げ、詳述したものは多くはない。あるいはそれくらいこのモチーフは、彼の書くものの広範に及んでいるとも言えるわけだが、私の見るところでは、長篇『白髪の唄』（一九九六年）の「朱鷺色の道」と題された一篇の中に、「既視感」とそれに関連する問題についての、凝集力の非常に高い思索がふくまれている。もちろんそれは、論文ではなく長篇小説の一部であるが、彼の後期の作品のほぼすべてがそうであるように、それは小説であると同時にエッセイ、試文でもあるという二面性を有している。

では「既視感」のモチーフは、古井文学において一体どのような意味をもち、どのような問題に通じているのだろうか。一言で言えばそれは、「予言」の問題に通じている。実際、古井由吉において、予言、もしくは神の言葉の担い手、預かり手という意味での預言者という主題ほど、重要なものはほとんどないとさえ言えるのだが、こうしたすべてが、実にこの「既視感」をめぐる問題に端を発しているのである。

さきほど挙げた『白髪の唄』の「朱鷺色の道」の中で、作者の位置に近いと思われる作中の「私」が、不思議な「明視感」を体験した時のことが、続けざまにふたつ記されているので、まずはそこから見ていきたい。

「つい先日のこと、たまたま真夏日の遅い到来を待ち受けたかたちになり、日盛りから都心のほうに用があって出かけ、暮れ方に家の最寄りの私鉄の駅から風に吹かれて歩いて帰るその道々、周囲の風景が妙にくっきりと細部まで見えた。家のもう近くの商店街に入っても、日頃見馴れた家並が、見馴れぬものに映るほどの、明視感が続いた」とある。

本文はまだしばらく続くが、これがひとつ目で、もうひとつは、その「三年前の夏のこと」とされ、「これも長年見馴れたはずの地下道をことさらに、めずらしげに見渡したそのとたんに、今の今まで自分でも知らずに苦しめられていた頭痛の影がふいに落ちた気分がまずして、それから明視感の中へ踏みこんだ」とあって、こちらは、さらに以下のように続く。

「あれも実際にいっときの明視だった。人の姿がひとりひとり、大勢ひしめきあっているのにそれぞれくっきりと、やや遠くから浮き出たように見えた。空間も固く張りつめた。まるで舞台だ、と感嘆した。まるで羅漢さんだ、と顔から顔へ目をやった。そのつどその顔があたりの中心となった。無数の中心がうごめいていた。ただ、全体がこころもち右へ傾いでいた。これは私のほうの身体の軸が、やはり筋肉がこわばっているのか、わずかに狂っているせいのようだった。聾啞感が伴ったが、これもあまりの目の明るさのせいのようで、周囲の足音はしっかり聞えていた。本日は静閑なり、と試めしにつぶやくと、声も遠くはなかった」(「朱鷺色の道」『白髪の唄』)。

何気ない日常の中でふいに生じた、いっときの「明視感」の描写ではある。だがそこには鬼気迫るものが伴っており、今まさに生じている「明視」に対する「私」の「感嘆」には、幽かな恐怖すらふくまれているように感じられる。「本日は静閑なり」などという堅い台詞を、不意に声に出してつぶやいてみたのも、たぶんそのしるしで、おそらくそれは、極度に張りつめた、それでいて放心したような、奇妙な、矛盾した状態から解放されるためであった。文章はさらに次のように続いている。

「口から冗談が出たほどだから、異様なものを見たわけではなかった。自分の声を耳にしたのを境に、明視はほぐれて、今しがたのことが、いつだか昔に見た光景のように感じられた。実際に既視感だったのかしら、と振り返りかけた時にしかし、唐突として、予兆ということを思ったものだ」(同前)。

よくよく見馴れたはずの光景が、ふいに見馴れない場所に映り、妙にくっきりと、浮き出たように見えることは確かにある。そのような場合「明視感」は、「既視感」を伴うようだが、あるいはその逆もしかりで、「既視感」は「明視感」をかならず伴うとも考えられる。つまり両者は、つき詰めればひとつなのかもしれない。その一方で、実際に普段から見馴れた町の光景、見知った場所なのだから、《すでに見たことがある》という感じが起こるのは当然だとも言える。しかし、いわゆる「既視感」という特徴的な現象の場合、その《すでに見たことがある》という感じに、どういうわけか、見馴れない、見知らぬ、という矛盾した感じが添う。つまり、互いに相反するはずの感じ方が、そこでは排除しあうことなく同居している。だからこそ、既視感や既視体験と今日呼ばれる現象は、まだそのような呼び名のなかった古い時代から、まれにもせよ人々の関心を惹いてきたわけであろう。

興味深いのはしかし、ここで作中の「私」が、自身の体験した「明視感」に続いた「既視感」から、さらに「予兆ということ」を思っている点である。「既視感」は、文字通りにとれば、過去にのみかかわるはずだが、「予兆」というからには、未来のことでもある。いまだ到来していない、だがやがて起こらんとしている何事か、それもしばしば厄災の予兆を、古来人間は、今現在眺めているもののうちに見出そうとしてきた。人間にとって、あるいはその人間の属する共同体にとって、未来を知ることは、生存に直結する問題でもあったからだ。ならば「既視感」という現象は、人類の遠い過去においては、予言の問題と結びついていたかもしれない。つまりもし、未来を「予兆」というかたちにおいてであれ、今この現在のうちに見ることのできる者がいるとすれば、それは言葉の厳密な意味において《見者》であり、また《予言者》である。「朱鷺色の道」の本文に戻ろう。

「予兆のあらわれる境は、現在がまのあたりに過去と見える境ではないか、と考えた。自分には縁もないようなことだけれど、と払いのけておいてさらに、未来が現在の中へ押し入って来るので現在が過去へ押しやられるのだろうか、それとも、まず現在が過去へ押しやられたその跡に未来は吸い寄せられて来るのだろうか、といよいよ柄にもないことにこだわった。

——俺のことではない。見者という現象のことを考えているのだ。悪いか。

困惑から自己問答へ逃がれた。自己問答ではあったが、そろそろ電話をかけて来るはずの菅池の顔を思い浮かべていた」（同前）。

「菅池」というのは、この小説に登場する人物のひとりで、これが長篇の一部であったことをあらためて思い出させる。しかしこれは、「見者という現象」に関する考察、あるいは「私」の「明視感」の体験を起点として展開された、哲学的な省察のようでもあることから、省察の主体を、仮に作者と受けとってみてもいいはずだ。ただし、同時にそれは小説の話者でもあり、登場人物のひとりでもあって、もちろん一筋縄には行かないのだが。すくなくとも、それら三者を単純にイコールの関係で結ぶことはできないのは、古井由吉において、小説とエッセイの間の距離、あるいは虚構と現実の間の距離は、一個の作品の中でもたえず伸び縮みするかのようであり、さまざまな度合いをゆるすかのようでもあるからだ。ともあれ、ここで展開されている「見者」をめぐる「自己問答」は、自分には縁もない、柄にもないことだと、払いのけようとはされるものの、作中の「私」がくりかえし連れもどされるところから見ても、重要な関心ごとであるのは間違いない。さらに言えばそれは、古井文学の核心に関わるものではないかとさえ、私には思われる。自身の「明視」のこまやかな描写からはじまった思索は、まず「既視感」の問題と重なり、「予兆」をめぐるところから、おもむろに「見者という現象」の考察に踏み入っている。

注目されるのは、やはり「予兆のあらわれる境は、現在がまのあたりに過去と見える境ではないか」という問い、あるいはむしろテーゼである。現在が、あたかも過去のように見えるというのではない、現在が「まのあたり」に、そのまま過去と見える。だからこそ「私」はその「現在」を「いつだか昔に見た光景」のようだと感じ、これから起こる未来のことが予知できるような、あるいはすでにそれを知っているような気がするわけだ。

ここで語られている「見者という現象」は、ほとんど「既視感」と呼ばれる現象一般と重なるようだが、あきらかにそれだけではない。それは、この現象に対する一種の上位の視点の確立であり、「見者」、および時間というものの実相をめぐる、ひとつの認識の試みなのである。そこで「私」は、さらにその試みを押しすすめて行き、想像のうちで、ひとつの行為に変えてみせる。

「――とにかくだ。見者の立場からすれば、神の摂理だろうと何だろうと、未来が現在に押し入って、すると現在は、人も世も、過去へ押しやられ、自身は現在の跡に立つわけだ。しかし無縁の者の立場からこれを眺めさせてもらえば、見者とは現在を過去へ押しつけ押しつけ、現在の現に在るところに力ずくで虚をつくって、未来を招き寄せようとする者のことだ、と見ることもできるわけだ。そうなんだよ、予兆を招来するには、刻々在ることをいっさい既往のものにして、それによって現在を虚白にすることが、大事なんだよ。なぜって……。

そこでふっつりと言葉が跡切れて、相手がとうにそこにいないのに気がついたような間の悪さを覚えた」(同前)。

すさまじい「自己問答」だが、これは、語の厳密な意味で試論であり、そして小説でもある。そうした重層的な構造はしっかりと維持されつつ、目を見張るような「見者」の理論がここに呈示されている。いや、正確には「見者という現象」の発生プロセスを内的に構成し、描写しようと試みたものだと言える。当初、「明視感」をめぐる自身のささやかな体験の描写から始まったが、古井由吉はさらにそこに「見者」を召喚し、その理論を完成させる代わりに、それをめぐる試論を限界まで追いこんで行く。何のためにか。おそらくは、「見者という現象」を決定不可能なまま留め、おのれのうちに永劫にわたって回帰させんがためにである。

三

「見者」とは、「現在の現に在るところに力ずくで虚をつくって、未来を招き寄せようとする者のこと」であると言われていた。だとすれば、それはもはや「既視感」を体験しているだけの、単なる病理学的な存在ではない。見者は力ずくで「現在」を虚白にし、未来を招き寄せようとする。ならば見者とは、ひとたび虚白にされたその「現在」のうちに、「千年の歳月」を招来しようとする者のことでもあるのではないか。言いかえるなら、見者は「現在」そのものを、生きられた現実の現在から解放することによって「未来」を招き寄せ、同時に「千年の歳月」の反復を、過去の「永劫回帰」を、この《今》のうちに招来しようとする。この虚白にされた「現在」、いわば《永遠の現在》において、未来と過去は出会い、ひとつになる。

こう書くと、そのような「現在」とは何か途方もない、われわれの日常とはほとんど何の縁もない、異次元のことのように思われるかもしれないが、おそらくそうではない。それは、書くことにおける「現在」にあっさり通じている。古井由吉は次のように述べていた。——「今が何かということですね。「書き始める」「書き終わる」というのは未来現在過去でしょう。書いているかぎりは現在現在現在であって、すべてが現在かもしれない。現在というのは生まれながら死んでいく、死んでいながら生まれるということを含む」(「文学は「辻」で生まれる」)。

明快にして難解でもあるような一節だが、書くことにおける、あるいは書くことが出現させる「現在」のことを、彼はこのように述べていた。この発言を、これまでの考察と結びつけてみるなら、この「すべてが現在かもしれない」、書くことが生起させる「現在」と、「見者」によって虚白にされた「現在」とは通じているように見える。つまり「見者という現象」は、古井由吉において、書くことそれ自体の問題に通じていくことになるのではないか。

おおよそ『楽天記』や『魂の日』の時期からだと思われるが、古井文学において、次第に前景化してくる「見者」と「予言者」(または神の言葉を預かるという意味での「預言者」)のモチーフは、この特異な「現在」のうちに胚胎していると考えられる。すなわち、ギリシア悲劇の禍《わざわい》を告げる予言者、そして旧約聖書の厄災を告げる預言者やヨハネ黙示録への作者の強い関心は、「見者」をめぐる思索の深まりと、密接に連動しており、「明視」も「既視感」も「予兆」も、すべてこの問題のうちにふくまれることになる。

実際、『楽天記』のなかばあたり、「荒野の花嫁」と題された一篇の冒頭に、作者の位置に近いと見られる「柿原」という男の立場から、「見者」についての次のような想念が記されている。以下は、この篇の冒頭からの引用である。

「そう言えば、あの頃、こんなことがあった、と今現在の、まのあたりの事象なり光景なりを、過去において見すごされていた予兆のごとくに眺《なが》めて、声をひそめんばかりにすることはある。想像の過剰を嫌《きら》う人間でも折りにつけ、そんなふうに今を見るようだ。あるいは誰しも常に、幾分かづつ、そんな目を分有している。目というよりは気分に近い。対象もおよそ些細《ささい》な事どもだ。細事のほうがその気分を呼びやすい。本人はろくに意識に留めない。

何事かの予兆、将来に起るべき事が仮にも、ほんの一端でも、すでに起ったのにひとしく心眼に見えているならば、これは見者である。先の現実がどう逸《そ》れようと、どうはずれようと、現在においてまことに見えているのならば、現在において見者であることに変りはない。実際に通りがかりの、物も思わぬ人間が何かのはずみに、結果として、一時《いっとき》の見者になることがあるそうだが、そんな場合でも、未来が現在の中へ押し入り、現在を過去へ押しやる、予兆の境に踏みこみながら、予言めいたことまで口走りながら、本人は何を見たとも知らず、日々無事退屈の心をまた深くして通り抜けるのだろう。ただ、その時の顔つきはありそうだ」(「荒野の花嫁」『楽天記』)。

ここでも、日常の中でふと目に留めた光景をめぐる想念が、既視感を伴った「予兆」の話へとおもむろに移って行き、それが「一時の見者」の話となり、「予言」の主題につながっている。ともあれこの文章の本意は、何か具体例に付いて見てみないと、漠然としていて摑みがたい。作者はどういう状況を想い描いているのか、それを『楽天記』本文の続きからは一旦離れて、「見者」と「予言」のモチーフの、発想のおおもとのひとつとなったと考えられる、作者自身の古い体験に遡って考えてみたい。引用は『楽天記』のすぐ後になる『魂の日』からである。

「夏のはしりの、よく晴れた朝の濠端である。濠のむこうの城山には、緑の中から小ぢんまりとした天守閣の白壁も見える。大垣の町である。昭和二十年の七月の上旬のことのはずだ。父親がいる。伯父もいる。どちらも四十代なかばになる。今の数え方ではまだ八歳にもならぬ私は大人たちの朝の散歩に従いてきていた。

するとに沿って、駅の方角から、老婆がやって来た。人通りのすくない城下町の朝のことであり、そのせかせかと物に追われるような足取りは、遠くから子供の目にとまった。大人たちもやがて気がついたようで、話し声が跡切れて、怪訝な目をそちらへやった」(「知らない者は、知らない」『魂の日』)。

この見知らぬ老婆との逸話は、実は短篇「赤牛」(一九七七年)の中ですでに触れられているのだが、ここでは、それから約十五年後に、より詳しく取り上げなおされた一篇、「知らない者は、知らない」のほうを見てみる。昭和二十年七月と言えば、終戦のわずかひと月前にあたる。作者は、この年の五月二十四日未明の東京山手空襲で、父親の留守中に母親と姉と三人、家を焼け出され、その後、岐阜県大垣市にある父親の郷里の家に疎開していた。

「その時のことを後年になり私はさまざまなふうに思い出したが、現在の記憶ではこうである。老婆は一人でしきりにぶつぶつとつぶやく声が私たちの耳に聞える近さまで来て、私たちを避けようとした。それからまたいきなり、あたふたと寄って来た。旦那さん、と呼びかけた。そして、大垣の町が近いうちに全滅になるという噂をいま聞いて来たけれど、ほんとうだろうか、という意味のことをたずねた。そんなことはあるものか、と伯父と父親は即座に答えて笑った。老婆もつりこまれてにたっと笑ったが、すぐに真顔にもどり、挨拶もせずにそばを離れて、いっそう物に追われるように濠端を遠ざかって行った。あとに恐怖のにおいがのこった。人の身体の発散する恐怖のにおいというものを、子供はすでに知っていた」(同前)。

当時の戦況の末期的な状況、地方の中小都市にまですでに及んでいた、敵の焦土作戦の進展を考えるなら、この老婆の語ったことなど予言にもならない、と作者はある程度突き放してはいる。しかし、その七月の末には、現実に大垣の町は焼野原となっている。「実際に通りがかりの、物も思わぬ人間が何かのはずみに、結果として、一時の見者になることがある」と、作者は別のところで書いていたが、彼の念頭には、この「せかせかと物に追われるような足取り」でやって来て、未来の町の惨状を噂話に尋ねるようにしては、また物も言わずに去って行った老婆の姿があったと考えられる。

すくなくとも、予言めいたことを自分でも知らずに語る、「一時の見者」と化した人間の、「その時の顔つき」を、伯父と父親と一緒にいた幼い子供は、この見ず知らずの老婆のうちにはっきりと見てとっていた。そのしぐさや表情のひとつひとつ、動作のひとつひとつが放つ、あるまがまがしさのようなものが、まだ八歳にもならない「子供」の「私」には、一緒にいた大人たちなどよりもはるかに、ありありと見えている。すると「見者」とは、一体どちらになるのだろうか。老婆か、子供か。

注目すべきなのは、やはりこの時「子供」が鮮明に感じとっていた「恐怖のにおい」というものだろう。人は、しばしばそうした表現をある種の比喩として使うことがある。だが、ここに言う「恐怖のにおい」はいかなる比喩でもない。あくまで「人の身体の発散する」、生理的、物理的なにおいとして感受されているということに注意しなければならない。子供はそのにおいを、弱い動物の生存本能のように嗅ぎとっていたと考えられる。いや、子供自身もまた、まわりの大人の誰も気がつかなかったとしても、それと同じにおいを発していたはずなのだ。

ところで、大垣の町が本格的に焼き払われるよりも前のある日、「朝のうちにB29が一機だけ迷いこんで来て、警報の発せられると同時ぐらいに、この閑静なる城下町に、一トン爆弾を一発落して行った」ことがあったという。その遠い爆風で、幼い作者のいた家も被害を受けていた。もちろん「爆心地ではかなりの死傷者が出た」。それにつづく箇所で、古井由吉は書いている。「私はと言えばその爆弾投下の以前から子供心に、この城下町もそのうちにかならず焼き払われると思っていた。焼かれるはずもない東京の郊外が焼かれたという体験から来たものだが、しかし「推断」というようなものではなかった。たとえば、閑静な町でもとくに静かな昼さがりの小路を歩いていると、石油《あぶら》のにおいが鼻の奥にふくらみ、両側に軒を並べる家々の炎上する光景が見える」（同前）。

これは、すでに「不眠の祭り」（一九七〇年）でも「赤牛」（一九七七年）でも取り上げられていた場面の反復である。読者は既視感に捕えられるはずだが、重要なのはまさにその反復のうちに身を置き、その反復を見つめ、反復を思考することなのだ。そこにしか古井文学の実相に近づいて行くすべはないと私は思う。既視感は予言の問題に通じているが、「見者という現象」は、作家の発生に、発生の反復に直結している。そしてその核には恐怖がある。

それにしても恐ろしいことだ。あるはずのない「におい」まで伴って家々の炎上する光景が見えるというのだから、まさしく「見者」だ。敵の編隊は当時、擬装コースをとって、毎夜のように大垣の上空を通っては阪神方面へ向かったり、名古屋方面へ向かったりしていたという。「しかし大人たちはたいてい防空壕に入らず、暗くした家の内に居て、頭上から唸りのひくのを待っている。その大人たちに物を言ったわけではないが、予言を聞かれぬ予言者に、子供は遠く似通っていた」（「知らない者は、知らない」『魂の日』）。

くりかえすが、「何事かの予兆、将来に起るべき事が仮にも、ほんの一端でも、すでに起ったのにひとしく心眼に見えているならば、これは見者である。先の現実がどう逸《そ》れようと、どうはずれようと、現在においてまことに見えているのならば、現在において見者であることに変りはない」（「荒野の花嫁」）、というのが古井由吉の動かしがたい考え、いや体験そのものであったのだ。

一方、「知らない者は、知らない」（『魂の日』）のうちには、「予言者であることの悲惨」という言葉が見える。これは、古代ギリシアの詩人アイスキュロスの悲劇『アガメムノン』の中に登場する、女予言者カサンドラーに対して使われた言葉である。彼女は、トロイヤの滅亡を予言しながらも、人から信じられることがない。なぜならカサンドラーには、アポロン神を裏切った罪により、人からの信を奪われた経緯があるからだ。その経緯はともかくとしても、信を奪われた予言者、「予言を聞かれぬ予言者」と、無事平穏の中で、家々の炎上する光景をまざまざと見ている小さな「見者」とは、はるかに通底する。現にそのような予言者に、「幼い子供は遠く似通っていた」と作者は書いていた。だが女予言者と子供は、おそらくただ似通っていただけではない。この徹底して受け身の、唖の状態に置かれたふたりは、神話的時間と実在の時間の差異を水平に越えて、共振れする。

これは、同じ事柄をあつかった前期の短篇「赤牛」にはまだはっきりとは認められなかった、後期古井文学における、重要な時間的ヴィジョンのひとつであると言える。つまり神話と現代、虚構と現実の差異を越えて、カサンドラーと幼い子供のふたりがまのあたりに見たものが、書くことにおける「現在」を通して共振し、ひとつに重なり合う。そこには、厄災の永劫回帰を、出来事の永劫の反復を見つめる「見者」の姿が認められる。歴史的、制度的な時間の観念は消える。

子供は、この時から「見者」であることの運命を定められたことになるか。

見者と聖耳——視覚と聴覚の関係について

一

眼の病の治療のため、作家は数カ月おきに入退院をくりかえしていた。年譜によれば、一九九八年三月から一九九九年五月にかけてのことであり、片方ずつ両眼ともあわせると、手術は五度にもおよんだという。その間約一年二カ月にもなる。視覚とならんで聴覚をめぐる問題が、古井由吉の作品の中で迫りあがるようにして出てくるのは、実にこの一連の眼の手術の行われた頃からだと思われる。

『楽天記』(一九九二年)、『魂の日』(一九九三年)、『白髪の唄』(一九九六年)などでは、「見者」や「予言者」といったモチーフが、「明視感」や「既視感」の問題とともに語られていたが、それに対して『聖耳』(二〇〇〇年)では、視覚と聴覚の間の非常に微妙な関係性が、ひとつの重要な主題となっている。この連作短篇集の連載時の初出は、一九九九年二月から二〇〇〇年七月とあるので、作者の眼の治療が行われていた時期と執筆時期とが一部重なってもおり、それから治療の直後の時期にかけて書き継がれていったことがわかる。

ところで、その『聖耳』刊行時の対談の中で、批評家の山城むつみは、「古井さんは明視感ということをいわれるので、僕は、明視の人だと思っていたけれども、耳の人だなと思ったんですよ」、という発言をしている（「静まりと煽動の言語」二〇〇〇年、『連れ連れに文学を語る　古井由吉対談集成』）。たしかにこれは、ひとつの捉え方ではある。だが、果たしてそうだろうか。作者の眼の病は、視覚の正常な機能を奪ったことで、聴覚へと、それまでになかったような意識を、おのずと向けさせることにはなったようである。だが、その事実が視覚の問題を後退させることにはならない。「見者」をめぐる問題は続いている。つまり「明視感」もふくめて、《見ること》をめぐる問題は、むしろ作者の眼の病の経験を通じて、よりいっそうの深まりと陰影を見せるようになっていったのではないかと、私には思われるのだ。『聖耳』の執筆が始まる前年、一九九八年八月七日の日付のある、作家佐伯一麦との間で交わされた往復書簡の中に、その点で注目すべき次のような言葉が記されている。

「見ることを学ばなくてはならない。私もひきつづきそうなんですが、眼を病んでから、あまり眼にたよらずに、という要請がつけ加わりました」（「「時」を見る」『遠くからの声』）。

これは、リルケの『マルテの手記』の有名な言葉「見ることから学んでゆく」を踏まえた、古井由吉による返信の一節なのだが、端的にそのことを示唆している。つまり視覚か聴覚か、眼か耳か、といった二者択一で考えることはけっしてできない。「見ること」をめぐる問題意識は、古井文学において一貫している。ただし、だからといって古井文学において、視覚と聴覚とでは、前者の方に比重が置かれているなどと単純に見なしてもならない。眼と耳は、とりわけ『聖耳』において調和した関係にはなく、正常に連動して働くことも、同期もしないばかりか、はっきりと分離され、奇妙な、非対応の関係に置かれている。しかし、むしろだからこそいっそう両者は、複雑かつ微妙な仕方で関係しあうようになるとも言えるのである。

要するに『聖耳』は、古井由吉の文学において、視覚的なものから聴覚的なものへと関心の比重が移った最初の作品などではなく、むしろ視覚と聴覚の乖離を極限までおしすすめることで、あらためて両者の奇妙に嚙み合わない、不均衡な関係性を見つめ直そうとした重要な作品なのである。ここで「あらためて」と補足したのも、のちほど触れるように、この作品がそうした関係性を記述した、完全に最初の作品というわけではないからだ。すべては反復の相のもとで検討される必要がある。ただすくなくとも、作者の五度にわたる眼の手術が、視覚と聴覚の間の奇妙な関係を見つめ直す、その重要なきっかけとなったことは間違いない。

だがここで次のような疑問も浮かんでくる。つまり眼の病も手術も、文学とは直接的な関連性はないはずである。それどころか、普通に考えるなら、小説を書く上でそれは大きな障碍でしかないだろう。ならばなぜ、また具体的には一体どのようにして、作者の眼の病とその一連の治療の体験は、視覚と聴覚をめぐる新しい文学的問題に変換されたのだろうか。

こうした点に関しては、『聖耳』刊行に合わせて行われた対談における、作家自身の言葉を聞いてみるにこしたことはない。古井由吉は、対談相手をつとめた山城むつみから、『聖耳』の中に頻出する、空襲下の記憶の話を念頭に、「戦争体験」と作品との関係について質問を受けて、次のように答えている。

「空襲体験も戦争体験には違いはないけれども、空襲は一方的に空から攻められることであり、しかも、そのもとにいるのは小児でしたから、ほかの戦争体験と違って、徹底的に受け身の体験です。小児は何をもってこの空襲を受けとめるかというと、感覚知覚でしか受けとめられないんです」(「静まりと煽動の言語」)。

まずは、この徹底的に受け身の体験が、作者の「空襲体験」の基層にあったということが語られている。そしてその徹底的に受け身の「感覚知覚」の中でも、さらにいっそう受け身にならざるを得ないのが「聴覚と嗅覚」なのだと、作者は続けて述べている。それに比べれば、「視覚」はまだしも能動的であると言える。しかし――

「聴覚で受けとめられる衝撃には限度がある。だから、肝心なところは知覚の外に置かれる。空襲体験というのは、肝心なところが空白なんじゃないか。ところが、その後、一応の無事平穏の中で暮らすようになっても、その空白の部分は空白ながらに生き続ける。記憶に始末されないことですから、それだけに長いこと尾を引く。その空白らしきものの内に、何か大きな衝撃の後遺がひそんでいるように感じられる。それ自体が漠とした危機感です。しかも、過去のことなのに、未来のほうへ投じられる。

それを何とか追体験できるのが、自分の肉体が危機にさらされたときです。病気の状態で、不自然な格好を守らされて夜を過ごすと、無事平穏の病院の中に保護されているにもかかわらず、空間があの空襲の夜と同じものをもってのしかかってくる。それに対して徹底的に受け身である。そのときに触発される感覚は、まだ『夜明けの家』では十分に感知されていなかった」(同前)。

長めに引用したのは、この一連の発言には、熟考すべき問題が出そろっているからだ。まず、なぜ眼の病気の体験が、空襲の記憶につながっていくのかがはっきりとここで語られている。つまりそれは、病気によって生じた現在の《自分の肉体の危機》を通して、空襲の夜の小児の体感が反復され、「追体験」されるからなのだ。古井文学にとって、病の体験が重要な意味を持つことになるのは、それが、健康なときに知覚していた時空を一変させ、現在の体感と、空襲下の身動きもできずに徹底的に受け身の状態に置かれていた小児の体感とを、ひとつに重ね合わせてしまうからにほかならない。いや、それどころか古井由吉は、もっと単刀直入に次のように述べてさえいる。自分が書いている小説の、「その源をたどりたかった。それはどうも空襲のときの小児の徹底的に受け身のあの体験にあるんじゃないか。それが病気のときの受け身の体験と重なるので、表現しやすくなった」と(同前)。

空襲下の徹底的に受け身の体験と、病気のときの受け身の体験の重なりという点で言えば、一九九一年の作者の頸椎の病の手術後、五十日間にも及んだという入院時の体験がまず思い起こされる。しかし、退院してすぐ後に書かれた『魂の日』を読むかぎり、その当時はまだ、聴覚的な問題が前面に迫り出してくるということはなかったように思われる。

やはり、左右両眼にそれぞれ時差をおいて生じた病による入院時の体感が、作者の空襲下の体験の中にひそむ聴覚的な「空白」を、視覚的なものとともにあらためて呼び醒したのだと考えられる。それは「視覚」の障害によって「聴覚」が研ぎ澄まされるといった話ではないし、作者が「明視の人」から、「耳の人」になるといった単純な話でもない。それはもっとはるかに微妙なことなのだ。実際、『聖耳』二篇目の作品「晴れた眼」には次のようにある。

「さしあたり聴覚のほうに異常らしいものはなくて、眼を病んでから人の声の、とかく喉を詰めて絞るような甲高さが神経に障るようにはなったものの、耳は格別聡くなったわけでなかったが、どうかすると明聴感へ通じる眼の見え方だった」。

これは右眼の手術を終えた後のこととして書かれているのだが、ここでは、見ること、見えることが、「明聴感」へとつながって行くような不思議な、また微妙な感覚が問題となっていることがよくわかる。あたかも聴覚と視覚が互いを横断しあうかのような、互いに浸蝕しあうかのような、新しい関係に入っているようなのだが、実はこの「明聴感」は、何かの拍子に一気に反転して、「聾唖感」になり得るものでもあるのだ。別の一篇からは、次のようなつぶやきが聞える。――「子供たちの賑やかな声が、喜々とした叫びが、遠くなった。聞えにくくなったのではない。むしろ不思議な明聴感を覚えた。それがそのまま、聾唖の感じにつながった」(「初時雨」『聖耳』)。あるいは「物音は聞えていながら、聾唖感が残る。その中で何かがかすかに振れ動く」(「知らぬ唄」『聖耳』)。

このように、明聴感は、聾唖感と表裏一体をなしており、それがやがて、空襲下の記憶の中にひそむ空白、無音、静まりへと、吸いこまれるように、くりかえし回帰して行くことになるのだ。聾唖感の中でかすかに振れ動くと言われていた、その「何か」も、おそらくこの記憶の空白に、静まりに関係している。実際『聖耳』は、『魂の日』以来、最も多く作中で空襲下の記憶を招来している連作短篇集でもあるのだが、その意味でも、二〇〇〇年以降の古井文学の幕開けを飾っていると言っていい。ただしそれは、単に言及される頻度の問題としてではなく、眼と耳、明視と明聴といった、視覚と聴覚の間の複雑かつ繊細な交通、遮断、乖離、または融合といった新しい問題を通して言えることなのであり、それは作者が述べていたように、「まだ『夜明けの家』では十分に感知されていなかった」。『聖耳』が感知してみせた、その明視と明聴の芯にはしかし、奇妙な聾啞感が、無音が、空白が、静まりがある。

「あの未明、敵の爆音の接近に息を凝らす壕の内へ閃光が射して、夜叉のような、肉親の女たちの顔が浮かんだ時、半鐘が鳴り出しはしなかったか。焼夷弾の入った家を捨てて煙の中を走る間も、鐘の乱打は続いていたのではないか。覚えはない。鳴ってはいなかったはずだ。しかし火に追われて駆ける記憶に、遠く近くの人の叫びは聞えているが、なにか無音のような感じの伴うのは怪しい。たしかに恐怖の記憶からは聴覚が落ちやすい。閃光や火炎は今でも鮮明に浮かぶのに、焼夷弾の着弾と炸裂の音は、それなりの衝撃であっただろうに、記憶にない。頭上から迫る弾の、空気を擦る落下音は壕の底からそのつど耳にしていたが、切迫に耐えられなくなったところで、聞えなくなる。恐怖の明視は聾啞に通じる。あちこちで立った人の声も、今から考えれば、あのような危急の場にしては緩慢すぎる」(「火の手」『聖耳』)。

語り手は、執拗に、粘るように、「あの未明」を、つまり五月二十四日の未明、すでに火の入った家を捨てて、防空壕から母親と姉との三人で走った時の記憶をこの今に喚び起こしては、光景から欠落した音の記憶に、あったはずの聴覚の空白に迫ろうとする。「その空白らしきものの内に、何か大きな衝撃の後遺がひそんでいるように感じられる」から、その内を懸命に探ろうとする。しかし、そもそも空白である以上は、内も外もない、本来探ってはならないものであるはずなのだ、それは。人間の感受しうる限界を実際に超えていたから、身体が防禦のために本能的に遮断し、消していたはずの音の「空白」である。それをあらためて記憶のうちに探ろうというのだから、そんなことが成就すれば、それこそ発狂してしまいかねない。つまり空襲下の記憶の欠落を想起し、「追体験」することは、みずから進んで狂おうとしていることに等しいのではないかという疑いすらでてくる。現に作者自身がそのことを、過去にさかのぼって予感しているような一節がある。

「閃光の中に女たちの、夜叉のような顔が浮かんだ。しかし焼夷弾の落ちた音は記憶にまるでない。音がまともに残ったなら、少年は後から気が振れていたかもしれない」（「白い糸杉」『聖耳』）。

　ならば結局紙一重なのではないか、あるいは紙一重どころかひとつなのではないか、「音」を光景とともに今に甦えらせ、記憶の欠落を塞ごうとする生の衝動と、死への衝動とは。そして「恐怖の明視」が必然的に「聾唖」に通じているのだとすれば、「聾唖」は空白を、無音を、沈黙を、静まりそのものを聞くことのできる「明聴」に、「聖耳」に通じてもいるのではないか。「聞えない、何も聞えない、聞えるわけがない、とつぶやいて、よれよれの足取りながら、あとは脇目も振らず、まっすぐに道を遠ざかって行く」（「聖耳」『聖耳』）。しかし音はけっして絶えきりにならない、静まりは無限に音を湛えている。

二

古井由吉にとって「静まり」は、「恐怖」と最初からひとつであった。すこし広く取れば初期に属すると言っていい短篇「赤牛」（一九七七年）の中で彼は、「恐怖のことは、身体しか知らない」と断言していた。「恐怖」は、心や精神などと呼ばれるもののあずかり知るところのものではない、と。しかしそれだけではない。

「身動きのならないところでは、恐怖は恐怖のまま静まるようだ。身体で暴れ回れなくては、空しい足掻きでもできなくては、恐怖は溢れ出ない。意識を押し流しはしない。吠え叫ぶだけでは、逆に冷く沈んでいく、透明に結晶していく。そして残された唯一の行為である自分自身の叫びを、遠吠えのように聞く。今は隔てられていて、助けとはならない日常が、鮮かに見えてくる。この取りとめもない明視も、ひとつの恐慌なのだ」（「赤牛」『哀原』）。

この「身動きのならないところ」とは防空壕の中であり、それは梁を軋ませる敵機の爆音の轟の中で、また敵弾の落下の切迫の中で、動くこともならず、ただじっと天上に耳を澄ましているほかなかった時のことを指していると考えて間違いない。この意味で、古井文学における「静まり」という言葉は、実のところはじめから聴覚の問題を超えていたと言っていい。恐怖の静まりは、あらゆる感覚知覚を未分化のままひとつに含んで、すでに「赤牛」の中に現れている。

人はそこに、またしても古井文学の《反復》の源泉のひとつを目の当たりにすることになるわけだが、『聖耳』を含む、古井由吉の後期の作品でくりかえし現れる、空襲下の静まり、明視と聾唖に関する描写もすでにそこにある。「恐怖」の正体を、あるいは「恐怖」という現象を、自分の身体を通して認識しようという苛烈な試みとして。だがその恐怖の静まりは、たしかに身体のものではあるとしても、一個人のものではない。重要なのはまさにそのことなのだ。彼は続けて書いている。

「大勢のいる静かさだった。大勢が息をひそめて、生温い匂いを暗闇の底にひろげて、ことさら日常のことをひそひそと話している。

私ひとりの、怯えの静かさではなかった」（同前）。

古井由吉の文学の底にひそむ深い静まりの正体とは、この、もはや一個の人間のものではない恐怖の静まり、この、もはや私ひとりのものではない、大勢の怯えの静かさなのではないか。ただし、空襲の記憶から物音の記憶が完全に落ちているわけではない。たとえば避難者たちの足音が聞える。「かなりの早足で、ザッザッザと音を立てて歩いていた」。また、「空から敵機の爆音が消えていた。そして私たちの逃げてきた高台のほうで、家々の炎上する音がターンターンと空へ昇りはじめた」とあって、ありふれた擬音語が奇妙な喚起力をもってそのことを伝えている。あるいはまた、「あちこちで火柱がむしろのどかな感じで上がった。大勢の男たちの歓声に似たざわめきが聞えて、火の粉が勢いよく舞い上がるのは、棟の焼け落ちる音だ」（同前）ともあって、聴覚の記憶はむしろ、ある意味で不気味なほど鮮明にも感じられる。

だがそのまた一方では、「人の話し声の記憶がない」とある。道にはかなりの数の避難者たちがいて、「あれだけ大勢の、しかもまだ興奮醒めやらぬはずの人間たちが流れを堰き止められて中途半端な状態の中にしゃがみこんでいるのだから、重い声のざわめきが道路を覆っていてもよいはずなのに、その感じが私の記憶にまるで残っていない」（同前）。つまり、空襲をめぐる古井由吉の記憶の中には、奇妙な、聞えながらの聾啞感のようなものがつねに濃くただよっていて、視覚と聴覚は不自然にずれ、不均衡なまま、どうしても同期しないようなのだ。

ただ、これまでの引用は、作者が東京で罹災した時の話で、そのあとさらにまた、疎開先の岐阜県大垣の町でふたたび空襲に遭うことになるわけだが、作者自身の述懐によれば、本当に恐い思いをしたのはむしろこちらのほうであったという。

「私たちがこの町に来てからはじめての空襲らしい空襲で、頭上にふっと生じる切迫感がやがてザザザッとずり落ちるような音に変り、キューンと甲高い唸りを立て、こちらをまっしぐらに目指して落ちてくる。爆弾だ、いや焼夷弾だ、と伯父と私の父親がそのつど押し殺した声で叫び、祖母が念仏の声を張り上げるが、落下音はそのつど途中で消えてしまう。しかし次にまた始まると、真上から落ちて来るようにしか聞えない。爆弾なら、次の瞬間にはもう生命がない。私は膝をきつく抱えこんで、今の今の瞬間の中へうずくまりこんだ」（同前）。

ここでも単純な擬音語が、異様な印象を添えている。親族一同が防空壕の暗闇の中にかたまっており、これこそ極限の状態としか言いようのない凄まじい場面だが、それでも音の記憶は、むしろかなりはっきりとある。それはそうだろう、ここでは全身が、全神経が、暗闇の中で研ぎすまされた耳と化しているのだから。いや、より正確に言えば、音が感受されるのと感受の限界を超えるのとは、かわるがわるやって来る。持続と切断、生起と消滅、瞬間と永遠が、恐怖の中で入れかわり立ちかわり現れ、反復のふたつの相が剝き出しになる。感受の限界を超えても、何ものかが執拗に存続する……。

記憶の中の聴覚的な空白は、いわばこのようにして生じたのではないか。そしてその空白は、怯えの静かさ、それも「私」ひとりのものではない、大勢の恐怖の静まり、叫びならぬ叫びが、透明に結晶したものと聞える。

「赤牛」のこれらの描写を読むなら、この作家の視覚と聴覚の異常な感受性が、見者と聖耳が、この一連の空襲下の体験との深い関係のもとに生じていることは間違いないように思われる。古井文学は、単一に流れる時間の観念をしりぞけ、それを多層化された反復によって置きかえてしまう。しかしそれによって何か新しいものが生まれることが否定されるわけではない。それどころか、よりいっそう微妙で捉えがたい、反復の反復によって生じる微細な差異の運動を全面に押しだしてくる。

「こんなにも耳が聞えないのは、もう死ぬのだな、と子供は思った。背後にあたるはずの、塀の上に咲き盛る花が、うつけた聾啞の中で、ひとひらずつちらちらと震えるのが、いま一度見えた。門のほうで家の名を呼ぶ女の声が聞えた」。

これは『仮往生伝試文』（一九八九年）の最後の一篇「また明後日ばかりまゐるべきよし」から引いた、空襲下で防空壕にうずくまっている時の描写の一部だが、これもまた反復の反復であり、そこでも子供の目は、聴覚の失調を横断するようにして、見えるはずのないものを見つめている。

では『魂の日』（一九九三年）はどうか。その中に収められた「知らない者は、知らない」でも「生存者」でも、「雨の夜の小豆」でも、戦時下の記憶がこまやかに辿られており、「赤牛」から引いたのと同じ時の模様が、少しずつ異なる言葉やニュアンスで詳しく語られている。ただ、『魂の日』の中の各篇での作者の関心は、明視と予言のほうにあって、視覚と聴覚の関係そのものではなかったように思われる。

やはり視覚と聴覚の関係が、特別に問題化されることになるのは、『白髪の唄』、『夜明けの家』と続いたそのあと、五度にわたる眼の手術という作者の現実の体験を経て上梓された、『聖耳』を待たなければならない。つまり眼の病の治療とそれからの回復期は、作者にとって《聴覚的なもの》をめぐる問題を、あらためて深く考えさせる重要な契機となったことは間違いない。実際それを裏づけるかのように、古井由吉は、『聖耳』刊行直後の二〇〇〇年十一月から、新宿の酒場「風花」で朗読会を定期的に行うようになり、それは二〇一〇年四月まで続くことになった。また、二〇〇四年に上梓された随想『ひととせの　東京の声と音』が執筆された時期も、おもに二〇〇〇年から二〇〇三年にかけてであり、この時期以降の古井文学における《声》と《音》へのいっそうの関心の高まりを示唆している。

三

《エッセイズム》は、ある種の自由連想法として働く。しかもそこにおいては、あらゆる言葉は空襲下の視覚と聴覚、また嗅覚や触覚へとくりかえし収斂して行き、それらを無限に反復し、それらの間を旋回することになるのだから、たしかに反復強迫ではある。恐怖だけでなく、美も性も死も、その中に一切がつつみこまれているかのようなのだ。したがって、エロティシズムを死と区別して考えることはできない。また古井由吉が、こうした意味でのフロイト主義者であったことを否定することもできないし、実際彼はフロイトを詳しく読んでいた。[1] と同時に、その限界を端的に指摘してもいたのである。

「記憶下にひそむものを引き出して本人に「再体験」させることによって病いをほどくという療法は、個人のことか、家族親族の間か、せいぜい階層の内にかかわることなら、まだしも有効なのだろうが、あたり一帯を壊滅させた圧倒的な力をわずかな差でのがれ、それまでの日常を一度に断ち切られた人間の、記憶の底に触れるのは剣呑に過ぎる」。

これは二〇一一年に上梓された『蜩の声』の最後の一篇「子供の行方」の中にある一節だが、古井由吉の作品は晩年へと近づいて行くにつれていよいよ、この「病いをほどく」ためには完全に無効な、「剣呑に過ぎる」ことに、つまり空襲下の「記憶の底に触れる」ことに向かい続けた。

だが、作者の根本の欲求は、初期から晩年まで実は何ひとつ変わっていないとも言える。古井由吉は以前、「凝滞を得心するまで写すことへの欲求と、流れにやすらかに運ばれることへの願望が、どこかでひとつにつながる」と語っていたことがある（「中間報告ひとつ」一九八七年）。要するにそれは、過ぎ去ることのない空襲の記憶の空白を、何とかして記憶に変換することによって、やすらかに流れさせたいという、ある種の衝迫のように見える。しかしそれは、作者自身がほとんど認めてもいるように、最初から無効なことであり、その試みによって「病いをほどく」ことなど不可能なのだ。だから問題は別のところにある。

まず、記憶の「凝滞を得心するまで写すこと」には、あらかじめ果てしもない徒労感が厳然と伴っている。しかしそのまた一方で、記憶とはならない記憶の中の「空白」から、「恐怖の明視」と「聾啞」からなる無音の光景、その静まり、その沈黙から、古井文学はすべての力を引きだして来ているとも言える。だからこそその言葉は、ある時は、神なき世界における黙示録のごとき、暗い、しかしあくまでも静かな、聞えるか聞えないかの声で、現代の都市の炎上を、破滅を、厄災の到来を、呪いのようにつぶやく預言のようにも聞えるのだ。

「わたしには、もしもほんとうの名を知ったとしたら、町の燃え上がるのが見える、と言った。人も家も無事のまま、すこしも気づかれずに、町じゅうがゆらゆらと、炎を天へあげている」(「聖耳」『聖耳』)。

ならばこれが、古井由吉における「見者」、または「預言者」の最終的な意味なのだろうか。つまり古井文学とは、すでに到来した厄災と、来たるべき厄災とをこの現在において二重写しのごとく幻視し、そのことをえさとらぬ民にくりかえし告げ知らせようとする、黙示録的な文学なのだろうか。最後にそれを見ておかなければならない。

さきほど引いた古井由吉との対談の中で、山城むつみは、『聖耳』を念頭に、「言語の持っている意味に還元されない、ある呪術性みたいなもの」、また「エッセイズムの厳密さの果てに透過されて出てくるある呪術性みたいなもの」について指摘し、「一見したところ、どう見ても全然煽動的ではない文章が情念を煽動する」と述べていた（「静まりと煽動の言語」）。これは、私が読んだかぎりでは、古井文学について語られた最も鋭い批評のひとつではないかと思われる。

山城氏はさらに、『聖耳』の中にある「静まり」や、「街のあちこちからおのずと火の手があがるかもしれない」、あるいは「火の手はとうに、夜ごとに上がっているぞ」（「聖耳」）などといった作中の言葉を念頭において、こうも述べている。「戦後の社会は、空襲下にあった静まりに蓋をして築かれてきたけれども、欺瞞的な言語の横行する現代の日本の社会の板一枚下には、その静まりが今もある。現代の社会よ、その静まりのうちへ崩れ落ちよ、火の手よ上がれ、誇張して言うと、そういう耳に訴える煽動のメッセージを僕は感じました」と（同前）。

鋭い感想だと思われる。すくなくとも山城氏の批評は、古井文学について幾度もくりかえされてきた、生と死のあわいを細やかに描いた云々の類の評言では摑むことの絶対に不可能な、その文学がうちに秘めた、ある恐るべき側面を言い当てているとは、断言できる。たしかにそうかもしれない、とほとんど肯きそうになるものが私の中にもある。と同時に、それを半分否定しようとするものも、やはりある。つまりその批評の重要性を認めた上での話だが、山城氏のこの評は、何かを掠めたまま外しているとも感じられる。問題はそれが何かだ。

もちろん山城氏の評は、対談というものの性格上、どうしても単純化されているはずであり、その点で細かいところで揚げ足を取ろうとするのは正当なことではない。ただ、やはりどうしても、ひとつそれにつけ加えて指摘しておかなければならないと私に思われるのは、古井文学は、ふたつの相反するはずの事柄を同時に肯定する、パラドックスの文学でもあるという点である。

たとえば生きていることと死んでいること、上昇と下降、快癒と衰弱、楽天と絶望は、同時に、一度に定立される。ということは、「煽動のメッセージ」や厄災の到来を告げる預言の言葉もまた、同時にそれとは対極のものを、あるいはそれに対する強烈な《禁忌》をかならず伴っているはずなのだ。

対談の中で古井由吉は、山城氏の発言を受けるかたちで、古来あるふたつのタイプの煽動者の存在について述べている。ひとつは、行動力があり、積極的な言語力があって、他者に対する働きかけが強い、通常考えられるタイプ、それともうひとつは、「まったく反対の性格の煽動者も考えられる。あくまでもパッシブ、受け身であって、あくまでも感性に支配され、あくまでも虚弱であって、しかし何かを受信して叫ぶと周りが反応する」、そのようなタイプだ。古来の煽動者は、その両方の性格を持っていたと考えられるという。そう述べた上で、次のように続ける。「文学の場合に、後者の煽動にちょっとかかわっている。叫ばなくても、つぶやくということで。自分はその点でいかに無実、無罪だといっても駄目なところがあるわけです」(同前)。

ここでは「文学の場合に」、と一般化されてはいるものの、これは古井由吉自身の文学について語っているものと見てもいいだろう。というのも彼は、最初期の短篇「先導獣の話」(一九六八年)の中で、まさに「後者」のような、徹底して受け身のタイプの煽動者について、詳しく考察していたからだ。すると古井由吉はここで、山城氏の評を受けいれ、認めているように見える。しかし、続けてこうも述べている。「いっそアジテートに走った文学なら、限界が見えるでしょう。ところが、後者の立場を徹底した場合に、誰もこれに応じなくても、誰も感応しなくても、煽動そのものの潜在力をためることになりかねません。そのとき、その方面に関する倫理というのはあるはずなんです」。

「後者の立場」とはもちろん、あくまでも受け身の「煽動者」のことを指している。引用の最後のところで、古井由吉が自身の文学の立場、姿勢、あり方、つまりは「倫理」の存在を示唆しているのがわかるだろうか。彼は、「煽動」についての山城氏の評言を、「潜在力」という形で受けいれながらも、最後にその批評に欠けているもうひとつの側面について語ろうとしているのだ。つまりある種の「煽動」は、「呪術」は、たしかに作品のうちに潜在しており、作者である「自分はその点でいかに無実、無罪だといっても駄目」で、そこに弁解の余地などない。しかし同時にそこには、いわばもうひとつの眼があって、その眼が、自身の内なる「煽動者」を、「呪術」の言葉をたえず注視し、戒めてもいる。すなわち「呪術があれば、それに対する禁忌から発する倫理的な記述がある」（同前）。いや、絶対になければならない、というのが古井由吉の文学の立場なのだ。このふたつの側面を同時に評価し、見ようとするのでなければ、古井文学の核心を摑みそこねてしまうだろう。

山城氏は、古井由吉を「明視の人」ではなく「耳の人」と捉えることで、問題を一元化してしまっていたのと同じように、古井文学における「煽動のメッセージ」や言葉の「呪術性」に関して、非常にすぐれた考察をしていながら、そのもう一方に厳然としてある、それらに対する「禁忌」、あるいは「倫理的な記述」というものを摑みそこねていたのではないかと、私には思われる。古井由吉はそれを、「絶対的な禁忌の心」（同前）とも呼んでおり、それなくしては文章は書けないのではないか、とまで言っているのである。そしてそれは、「何の倫理か、内容は欠いても、とにかく倫理的な情念です。文章を組み立てるというのは本来、倫理的な行為じゃないかと僕は思っているんです」、と(同前)。

要するに、一方には煽動が、言葉の呪術が、滅亡を告げんとする預言の言葉が、あるいは現代文明への激烈な弾劾が一種の「潜在力」としてあり、そして他方には、それらすべてに対する「絶対的な禁忌の心」としての「倫理」が、「倫理的な情念」がある。[2] そしてこれらふたつの項が互いをきびしく牽引しあい、戒めあうことで形成される、異様な緊張関係こそが、古井文学をまさに、古井文学たらしめているのである。[3] この意味で古井文学は、あれほど黙示録への、古代の預言者たち、見者たちへの関心や共感に満ち満ちていながらも、ある意味では、黙示録からも預言の書からも最も遠く離れていると言える。[4] たしかに彼の文学の中には、鋭い予言の数々が含まれており、戦争、疫病、飢饉の三位一体を、厄災の回帰を、くりかえしくりかえしその文学の静まりのうちに、沈黙のうちに示しつづけた。それはまさに《黙示》であり、これは確かなことだ。だが同時にそこには、黙示録的な、終末論的な情念に対する、あるいは禍《わざわい》を告げんとする預言や言葉の呪術に対する、「絶対的な禁忌の心」がある。

未来の、来たるべき厄災やカタストロフを描いた、いわゆる黙示録的な表現などは、文学、映画、漫画等々を問わず、今日ではそれこそ溢れかえっている。それらを読んだり観たりして、予言が当たっただとか当たらなかっただとか騒ぐことには、ほとんど何の意味もない。古井由吉の文学は、言うまでもなく、そうした現代風の黙示録的な、終末論的な情念の産物とは本質的に異なっている。彼の作品は、古代の予言者や旧約の預言の書を扱いつつも、それを現代においてふたたび書くことが不可能であること、いやむしろそれを書いてはならぬ、書けてしまえてもならないという禁忌の心に、倫理につらぬかれていた。重要なのは、そのことであるはずなのだ。

しかしなぜ、現代において黙示録を、預言の書を、終末論を書くことが禁忌の対象となるのか。それらが、今やあまりにもありふれているから、というのでは十分な理由にならない。あるいはそれらが、結局はすべてニヒリズムとルサンチマンの産物でしかないから、というのもやはり十分ではない。おそらくそれは、それらが結局は、この世界の本物の静まりを覆いかくしてしまうことになるからなのだ。しかもその静まり、沈黙のうちにこそ、ある絶対的な「倫理」が、その内容を示すことのほとんど不可能な、「倫理的な情念」がふくまれている。おそらくそこには、無数の、膨大な数の死者たちの声ならぬ声が、叫びならぬ叫びが、ひそんでいる、ひしめいている。

「無数の人間の死後を、自分はまだわずかに生きている。際限もない闇の中の一点の灯ほどの存在になる」（「森の中」『野川』）。

「沈黙こそ、言葉の兆すところです」（『言葉の兆し』）。

これは、先の東日本大震災に触れての古井由吉の言葉である。沈黙とは、ならば生者たちのものであるだけでなく、震災で亡くなった人たちのものでもあるはずだ。沈黙は、死者たちの声ならぬ声に、ささやきに満たされている。仮に死者たちの沈黙を聞くことができる存在のことを

「聖耳」と呼ぶとするなら、何も聞こえないまま、何も語れないまま、その声に、その沈黙に耳を澄ましつづける者こそが、それに通じているのではないか。

古井由吉が生前刊行した最後の作品集『この道』（二〇一九年）の中に、こんな一節がある。

「何をする心あてもすっかりなくなれば、時間も空間もうながさなくなるので、何時何処にあるともつかぬようになる。それにつれて不思議な明視と明聴とが、これも実の用をなさなくなったところで、どこやらから降りてくる。何も見えない明視と、何も聞こえない明聴とが」（「花の咲く頃には」『この道』）。

見ることと聞くこと、視覚と聴覚とは、あらゆる生物にとって本来、実用のために備わっている能力であり、生きて行くために必須の機能である。ところが、見ることも聞くことも実の用をなさなくなったところから、生きていながら死んでいるようになったところから、不思議な明視と明聴が降りてくる。眼も耳も、おのれ一個の生存のための道具であることをやめたとき、何もかもを見、何もかもを聞く。しかしいずれも実の用をなさないのであるから、見者と聖耳は、盲者と聾者とひとつ、表裏一体である。ならば古井由吉の文学は、この「何も見えない明視と、何も聞こえない明聴」にきわまるのではないか。

では、それについて語る「言葉」はどうなるのか。文学の立つ瀬はどこにあることになるのか。古井由吉は、「言葉の意味の光の射さぬ混沌《カオス》」について語っていたことがある（「言葉の薄氷を踏んで」『始まりの言葉』）。それは、「非言語の境」とも呼ばれていたが、その「混沌《カオス》」は、この作家にとっては空襲下の静まりと聾唖に、おそらく極限において通じている。「その極度の境では、魂が宙に浮いて、恐怖に竦む我が身を、静まり返って見ている。そして物は言えなくても、言葉はある。これこそ恐ろしい。言葉は永劫の域に入りかける。永劫は空無ながらの切迫と感じられる」(「行方知れず」『この道』)。空襲によって破壊され失われたのは、家屋や日常の生活環境ばかりではむろんない。作家は、「言葉のあることがすでに、途方もない恣意に感じられる」(「生存者」『魂の日』)、そのような絶対的な言語喪失の中で、はじめの言葉が兆すのを待った。「沈黙こそ、言葉の兆すところです」と言われたその「沈黙」とは、死者たちのものであると同時に、その「混沌《カオス》」でもあるのだ。

古井由吉の言葉は、その静まり、沈黙からくりかえし汲みあげられ、それからまたその静まり、沈黙のうちへと、永劫へと回帰して行くようである。もちろんわれわれは、作者の体験した空襲下の静まりを本当には何も知らないし、知ることもできない。しかし、その静まりから言葉へと至る思考の長大なプロセスのうちには、「言語にならぬ混沌から内なる音声へ、音声から言葉へ、そして意味へと、言語の長大な発世史が、瞬時のうちにふくまれ」ているはずなのだ(「言葉の薄氷を踏んで」)。だからこそ古井由吉の言葉は、敵機の爆音も、爆音が去ったあとの無音のおとずれも、すべてを等しく内にふくむこの世界そのものの静まりを、ということはまた言葉の兆しを、くりかえしわれわれに聞かせてくれているのではないか。

注

1 『招魂のささやき』に収められた、一九八三年の文芸時評の中で、古井由吉は、批評家小林秀雄の絶筆となった「正宗白鳥の作について」を取り上げているのだが、その中で展開されていたフロイト論に触れた際に、「フロイトに親しんだ者」という自身への言及が見られる（三八四頁）。しかし、こんな指摘をまつまでもなく、古井由吉の一九七〇年代から八〇年代にかけての小説、たとえば『栖』や『親』を読むなら、彼が精神分析に通暁していたことがわかる。そのあたりの分析においては、佐々木中の次の論考を超えるものはおそらく書かれていないと思われる。「解説　古井由吉、災厄の後の永遠」『古井由吉自撰作品四』二〇一二年、河出書房新社。

2 それゆえ、初期の短篇「先導獣の話」で描かれていたような、群衆をおもむろに狂奔へと駆りたてる、没個性的で、大人しい「先導獣」という形象が、古井文学から完全に姿を消してしまうわけではない、と言うことはできる。「私は《先導獣》という言葉のもとに、まだ無邪気な媚をふくんだ、それでいてどこか物狂わしい、小児の目を思い浮べていた」と「先導獣の話」の中にはあったが、その「小児の目」はやがて、《見者》の目へと形を変えて、後期の作品に回帰することになるからだ。もちろん《見者》の目には、もはや先導獣ないし煽動者の色は認められない。しかしその目は、群衆のパニックや狂奔を、潜在的に映しだしていたということはできる。なぜなら、空襲下の人間たちの群れの姿を、見者はその目の奥に宿しているからである。

3 興味深いのは、古井由吉が同じ対談の中で、「これはよけいなことだけど」と断った上で次のように述べている事実である。「僕は保田與重郎がわからないのは、あれだけ呪術に対する感覚があって、あれだけ書いていながら、それに対する禁忌の念が薄いといえないか。いえるでしょう」。つまり、保田には呪術や煽動はあるが、それらに対する禁忌の念が欠けているというのだ。「わからない」というのは、つまり共感できないということだろう。まさにこの点こそが、古井文学と、あらゆるタイプの煽動の文学、日本主義や原理主義とを分かつことになる。

4

評論家の富岡幸一郎は、古井文学を「文学の黙示録」ないし「黙示としての文学」と捉え、作者のことを「預言者としての小説家」と呼んでいるが、以上の点において私は、そのように規定してしまうことに躊躇を覚える（富岡幸一郎『古井由吉論　文学の衝撃力』アーツアンドクラフツ、二〇二〇年、第三章、第四章参照）。富岡氏がそのように評する気持ちは理解できるのだが、それでは、古井文学において最も捉えがたい、預言と倫理、呪術と禁忌の緊張関係を捉えそこなうことになるように思われる。

先祖になること

一

自分では知らないと思っていることを、実は知っていた、たとえばこの《身体》がひそかに知っていたというようなことは、おそらくある。家の習慣として行われてきた振舞いや所作などが思い浮かぶが、その意味を知りもしないで、ただ見よう見まねでくりかえしていただけの行為や、ちょっとした所作のうちに、自分の知らない過去が保存されていて、累代の知を身体から身体へともち伝えている、ということは考えられる。

そうなると、知る知らないを、頭脳や認識の範疇だけに限定してしまってもよいものかどうか疑われてくる。いわゆる知識や知性のものではない、身体だけに属する《知》があるのではないか。古井由吉の文学においてたえず問われてきたのは、かえりみられることの甚だすくない、この身体の《知》なのではないか。自分は知らないが、どうもこの身体が何もかも知っているとでもいうようなところが、彼の作品にはある。

「人は、何を知っているか何を知らないか、自分でわからない。知っているつもりで知らないことはいくらでもあるけど、知らないつもりで本当は知っていることがあってね。このへんが僕のものを書く場所になっているんじゃないかと思うんです」(「40年の試行と思考」『古井由吉　文学の奇蹟』)。

晩年の作者のこんな言葉が聞かれる。そうなると、やはり「知っている」と「知らない」とは、そうはっきり線引きできることではなくなる。古井文学においては、「知っている」と「知らない」を転倒すること、あるいはむしろ、両者を同時に肯定することが問題となっているのではないか。よくよく知っているようで、いよいよまったく知らないという、完全に相反する感じが同時に引きおこされるということは、現実にある。たとえば古い能面を目にしたときの印象などがそうだ。初めて見るにもかかわらず、そこでは既知と未知とが奇妙に同居しているとでもいおうか、知ると知らないとが、互いに排除し合わずに同時に併存している。同じようなことが、現実の人に対して生じることも、まれにだがやはりあると思われる。たとえば自分が一度も会った覚えのない、縁者を名のる老人が、ある日ふいに自宅をおとずれて来たとする。そのとき人は、その顔に何を認めるだろうか。会ったことがないのだから、むろん知らない人と思うわけだが、それでもその顔に、何か深い既知感を覚えることに、やはりなるのではないか。自分と面影がどこか似ているという以上に、自分の知らないもうひとりの、年老いた自分の姿をその顔に認めるとでもいうような、奇怪な印象を受けるかもしれない。あるいは、その老人は自分のけっして知らない自分のことを知っていて、それをいまにも自分に向かって告げるかもしれない、そのことを恐れ、拒むような気持ちが起こることはないだろうか。

古井由吉のエッセイ、「知らぬ翁」(一九九四年、『私のエッセイズム』)であつかわれているのが、まさにそのような事態なのである。後年の彼の作品には、「老い」をめぐって、あるいは人が歳を積み重ねるということの実相をめぐって、すぐれたとか、卓越したとかいった形容では追いつかないような、凄まじい洞察がそこかしこに認められるが、同作は疑いなくそのひとつであると言える。つまりそこには、「老い」という現象に作者がじかに触れたところから来る、生々しい言葉がある。ではそうした感触は、具体的にはどのような場合に生じるのだろうか。それが、今しがた述べた、《既知》と《未知》とがつかのまひとつに合わさる瞬間であり、「老い」というモチーフをめぐって、その舞台となるのは、ほかならぬ自分自身の顔なのだ。

そこで、ためしに作家古井由吉の年譜をさらってみると、中高年期に、ひとつ大きな転機があったように思われる。作品においてというよりもまずは、身体において。のちに四肢不随意の一歩手前まで行ったと作家自身が語った、最初の頸椎の手術の前後がそれで、一九九一年、作者が五十四歳になる年から五十代後半にかけての頃である。身体とその諸感覚をきわめて重視したこの作家にとって、この一連の出来事が、その後の生涯にわたって非常に重い意味を持つことになったことは、彼のそれ以後の作品を読めば瞭然としている。たとえば、いわゆる生老病死をめぐる思索は、この時期に初めて現れるわけではないのだが、やはりこの時期以降、とりわけ老いと病と死は、生そのものを強く照らすものとして、以前よりもはるかに増して身近な、また切実な話題になっていくように見える。エッセイ「知らぬ翁」が書かれたのもちょうどその時期にあたり、一九九四年に発表された同作でも、入院時の体験が大きく取り上げられている。

そこで「知らぬ翁」の基調となるのが次の和歌である。

――ますかがみ　そこなる影に　むかひ居て
　見る時にこそ　知らぬおきなに　逢ふここちすれ

「平安王朝期の「拾遺和歌集」の中に見える。旋頭歌《せどうか》というものである。鏡に向かって坐り、そこに映る姿を見る時こそ、見知らぬ翁に逢う心持がすることだ、というほどの意味である」、と古井由吉は簡単な解説を加え、改行の後、次のように続けている。「自分の老いの姿を見る心はたいていこんなものだろう。しかもこの感慨は、私の体験によれば、思いのほか早い時期に、まだ壮健な年齢のうちに訪れるものだ」(「知らぬ翁」)。

作者自身の「体験」によれば、まだ壮年期にある人が、鏡の中に「自分の老いの姿」を見出すことがあるという。実際に年老いた自分が、鏡の中にふと見知らぬ年寄りを見るように自分を見る、というのではない、まだ壮健な年齢の自分が、鏡の中に見知らぬ年寄りの姿を認めるのである。だからそれは、本来なら将来の老いの姿だと受けとるべきはずなのに、奇妙なことに、それが今、現に目の前の鏡の中にある。

作者によれば、そのような体験を初めてしたのは、彼がまだ三十代のころである。夜明け近くに小用に立つことがあり、洗面所の鏡の前を通りすぎ、おやと首をかしげたそのあとのこと、手洗いから出て、また鏡の前に立って自分の顔を眺めた。「初めに鏡をのぞいた時には、酔いざめの起き抜けのひどい面相ではあるが、つくづく見飽きた日常の顔よりほかに映らなかったが、ためしに目をはりつめ、じわじわと睨むにつれて、鏡の中の睨みづらの奥から、荒涼の極みで泣き笑いするような、皺々にしかめた顔が、あきらかに年寄りの顔が浮きあがってきた」。その時の気持ちがどんなものだったかと言えば、「私にとっては、例の旋頭歌の中の、《知らぬ》という言葉にまさる表現はない。知らぬ年寄りがそこにいる、という驚きであった」とある。「女親を亡くした直後だった」という(同前)。

これだけでも、十分に強い印象を読者に与えるはずだが、作者はさらに、次のような異論をあえて持ち出してきて、話を続けている。

「それにたいして首をかしげる人もあるに違いない。そしてこう言うだろう。自分にも同じ体験があるが、自分の場合は、高齢で亡くなった血縁者たちの面立ちを鏡の中にはっきりと見た、誰とも完全には重ならなかったがすでによくよく見馴れた顔だった、と。しかしこの《よくよく見馴れた》ということと、《知らぬ》ということは、お互いを排除しない。むしろお互いに、正反対であるはずの印象を強めあう。根はひとつなのだ。《知らぬ》と眺める心は、同時に深い既知感にともなわれている。さらにあまりにも深い既知感の中からは、《知らぬ》という驚きがひろがる」(同前)。

この、既知感と未知感の「根はひとつ」だという指摘は、古井文学の秘密を解く重要な鍵だ、と私は見る。ともかくここでは、そこに、ある「恐怖」が混じるのではないかと作者はさらに問うている。それは、「この体験がやがて自分の老いた先の、とくにボケてしまって思慮分別につつまれずにただあらわになる自分の存在にたいする、恐怖となってふくれあがってくる」のではないかと疑われるからだ(同前)。つまり、鏡の中の「知らぬ翁」とは、自分がよくよく見馴れているのと同時に、およそ知らない「自分の存在」であって、この鏡の体験には、未知なる自分にたいする恐怖がひそんでいるのではないか、ということである。

　人はたいてい、自分のことは自分が一番よく知っていると考えている。ある程度まではそう信じていてさしつかえないし、そうあってもらわないと困る場合さえあるだろう。だが自身の老い先を想う時、いや、想うどころか、目の前にその姿をまざまざと認めてしまった時はどうか。鏡を前にして、この男ははて一体誰であろうか、とつかのま訝る心の内から、もし自分が思慮分別にもつつまれず、ただあらわになって人前に現れるとしたら、誰よりもよく知るはずのその自分とは、さてどんなものかという疑いが、恐怖とともに萌してくる。

　後年、古井由吉は対談の中で、「とにかく人間としてもそうだけど、作家としてもいちばんわからないのは自分の本質なんですね」と述べていたことがあるし（「文学は「辻」で生まれる」）、「自身の内に何者がいることか」というつぶやきが、『蜩の声』（二〇一一年）の中の一篇「明後日になれば」のうちには見える。ほかにも彼は、同じような感慨を折にふれて漏らしているのだが、これは、自己同一性なるものを自明のこととして、それを自他にたえず証明することが求められる社会上の立場からすれば、なかなか受け入れがたい自己認識であろう。だがそのまた一方で、ひとたび社会的な約束事、取り決めとしての自己同一性を離れるなら、むしろ人間の《実相》は、そちら側にあるのではないかとも思われてくる。

「知らぬおきな」に逢う心地とは、この人間の実相に、自身の「老い」を通じて、つかのまにせよじかに触れることであるのかもしれない。自分の内に、自分の知らない自分が存在するということは、一見異様なことのようだが、もう一方では、むろんそうだろうという思いもどこかに、やはり誰のうちにもあるのではないか。しかもその知らぬ自分は、一人、単数とはかぎらない。それを恐れるというのは、自己としての「個」を最後まで頼みとしなければならないように定められた現代のような社会では、ある意味で必然的なことなのかもしれない。
しかしその知らぬ自分とは誰なのだろう。あるいは、誰であり得るのだろうか。知らないとはいえ、自身の内の者であるからには、やはり血縁者だとは考えねばなるまい。古井由吉は書いている。

「また私事にもどるが、自分の老いさらばえた面相が、鏡の内どころか、この顔にじかに浮き出てくるのが、大病の時である。それもやや回復へ向かう頃である。つかのま浮かぶなどというものではない。半日もそんな顔のまま寝ていることがある。或る日、午後の三時頃だったか、白い天井を眺めながら、もう十年ほども前に八十で亡くなった父親の、老齢の顔に自分がなっているのに気がついた。(中略)いまさら驚きもなかった。母親や姉の、亡くなる頃の面立ちを、自分の顔面に感じていることもあった。女人の顔が、このむさくるしい五十男のつらにも重なるものなんだな、とただ感心していた」(「知らぬ翁」)。

これは、作者が頸椎の手術の後、その回復を待って長期入院していた病室でのことである。これを読んで、一連の出来事を心理的にばかり解してしまう読者は、やはり多いかもしれない。つまり、鏡を見ているのでもないのに、どうして自分の顔が今、亡くなった父親の顔や、母親、姉の顔になっているなどとわかるのか。これは、そうした心理が働いていたためだと考えるほかない、というわけだ。しかし《なる》とは、単なる心理現象ではないはずだ、それは身体の生成そのものである。もし第三者にも検証可能な事象でないかぎり、実在とは認められないとするなら、それはある意味であまりにも狭量な科学主義、心理主義ということになるのではないか。しかも、この一節をどう読むかによって、古井文学の意味合いはがらりと変わってくる。

ここに出てくる、《なる》や《重なる》、あるいは《感じる》といった表現を、ただ心理的、主観的な意味に読むだけだと、どうしても肝心なものを摑みそこねる、と私は見る。これはそのまま、身体的かつ心的な出来事として、生成として率直に受けとったほうがいい。そうでないと、「いまさら驚きもなかった」や「ただ感心していた」などの、作者のきわめて沈着な自己客観の態度は、意味をなさないことになるはずだ。すくなくとも、ひとまずはそう受けとった上で読まなければ、次の一節の凄まじさは伝わってこないと思う。作者は、入院時の早い消灯時刻の後の、長い、永遠のような不眠の夜について、こう記している。

「潮に逃げられて露呈してしまった岩礁のような、くっきりとした不眠である。そうして深夜におよぶと、およそさまざまな《知らぬ》顔が、かわるがわる私の顔に現われては消える。知らぬ血縁者たちが、さかのぼれば、たくさんいるわけだからな、と自分の顔面を《彼ら》の出没にまかせて、他人事のようにつぶやいている。今から思えば凄惨なことだが、凄惨そのものになった人間は、その凄惨さをことさら感じないようだ。戦慄も、自他の隔たりがよほどあってこそ、走るのだろう。すくなくとも言えることは、日頃は私の内でかなり盛んな、将来の老耄、ボケへの恐怖が、あの時期にはすっかり落ちていたということだ」(同前)。

何度読んでみても、凄まじい印象を受ける。つき放した自己客観の精確さは怖いほどで、これを読んでいると、ほとんどそれは古井由吉の小説の精髄ではないかとさえ思われてくる。つまり、自分の知りもしないさまざまな他者が、死者たちが、自分の顔面に現れてはまた去って行くというのだから、そこはたいへんな往来、それこそ辻ではないか。しかもこの異様とも言える出来事が自身に生じている間は、普段は旺盛だという「ボケへの恐怖」がすっかり落ちているという。これは、小説を書いている「現在」にも通じるものなのではないか。つまり、作品というひとつの純粋意識の中では、ボケへの、老耄への、狂気への恐怖は存在し得ない。なぜならそこは、主体も客体もない、ボケ、老耄、狂気、あるいは夢の内部そのものでもあるからだ（純粋な内在性）。

　しかしそれも、ひとたび外部から、ということは、生活する者の立場から眺めれば、様相は一変する。誰もが多かれ少なかれ、自身の「ボケ」を、「老耄」を恐れる、自分の知らない自分が、今にも自分の居場所を脅かしに来ることを恐れるようにして。

「ボケとはそのような見知らぬ老縁者が或る日、たずねて来るようなものだ。そう考えると、ボケへの恐怖の正体があらわれるのではないか。家の者のためにそれを恐れている、と本人は思っているが、まず何よりも、自分の知らぬ自分を恐れているのだ。自分自身であり、しかも遠い近い縁者たちの影のようでもある、《知らぬおきな》が訪ねて来る」（同前）。

　そしてエッセイは最後にこう結ばれている。「しかし、この《知らぬおきな》がそばに来ている時には、心の陰翳こそ深まるが、ボケへの恐怖は消えている」。

　くりかえすが、《知らぬおきな》のおとずれとは、死者のおとずれである。また《知らぬおきな》とは「自分の知らぬ自分」でもあるのだから、それは自分の内なる死者たちということになる。つまりそれは、さかのぼればたくさんいる血縁者であり、要するに先祖であるが、かならずしも血を分けた者たちだけとはかぎらないのではないかとも思われる。あらわに言ってしまえば、空襲で行方不明となった者たち、尋ね人、あるいは幼くして空襲で親を失い、恐怖のあまり自分がどこの誰かもわからなくなってしまった無縁の子供たち、要するに古井文学にたびたび現れる、自己同一性の根源的な喪失者たちも、そこに含まれるのではないか。作家晩年の作品の中に、たとえばこんな一節が見える。

「しかしまた、無縁のものがかりにも、見知った覚えをほのめかせるとしたら、無縁ということもじつは奥の知れぬことではないのか、と人通りを避けて道端に立ち、往来の顔を眺めた。通りがかりの赤の他人の内にも、この自分と因縁の浅からぬ、何者かがひそんでいるか、わかったものではない」(「尋ね人」『蜩の声』)。

不眠の夜に、古井由吉の顔をおとずれる者たちとは、かならずしも血縁者だけではない、「無縁のもの」たち、また厄災を背負って生きるほかなかった者たちでもあるはずだ。そしてそうした死者たち、他者たちのおとずれは、くっきりとした不眠とともに、あたりの異様な静まりとともに生じる。古井由吉は眠りの中で死者たちの夢を見るのではない、不眠のかたわらで死者たちに成るのだ。もう一度問うが、だとすればそれは、彼の文学で生じていることに、深く通じているのではないか。

二

柳田國男の『先祖の話』（一九四六年）という有名な本に書かれていることで、今では比較的よく知られていることと思われるが、人は亡くなると魂となって、自分の生まれ故郷を見渡すことのできる山へと登って行き、そこに留まるという。そして子や孫たちから供養されて、ある年限が過ぎると祖霊となる。しかしそれからまた、農事のはじまる春になれば山から麓へと降りてきて、今度は田の神となって子孫たちの営みを近くから見守る。収穫も済んだ秋には、子孫たちから新穀をもって饗応をうけ、ふたたび山へと帰って行く。翌年にはまた、春の初めに年の神として子孫たちに迎えられて、饗宴をともにする……。

柳田は、日本各地の農村で行われていた多種多様な民間信仰を注意ぶかく見つめ、その類似点を照合し、こうした考えを導きだしたのだが、それは柳田民俗学のひとつの到達点とも考えられている。つまりそれによると、われわれの先祖の霊は一年のうちにもたびたび里の家へとやって来ては、また里からほど遠からぬ山へと帰って行くというのだから、死後の世界との距離はむかしはずいぶんと近く、生と死の間の往来はなかなか繁かったようである。

ところで柳田のこの本は、昭和二十年春、四月上旬から五月の終わりにかけて、連日の空襲警報のもとで書かれたという。この頃はもう敗戦の色もかなり濃くなってきており、この同じ五月二十四日の未明に、七歳の古井由吉は東京の生家を空襲で焼け出されている。『先祖の話』が上梓されたのは、諸事情から終戦の翌年のこととなったが、すでに戦後の読者のことを予期して書いたとも、昭和二十年十月の日付のある「自序」の冒頭にはある（『柳田國男全集13』ちくま文庫、九頁）。戦争で命を落とした大勢の若者のことも想われていたようであり、のちの著者自身の回想を見ると、「実は自分は『先祖の話』を書き上げた頃には、まだ長命して第二第三の書が、著わし得られるという自信をもたなかった」とあるから、これが最後の本になるかもしれぬと考えてもいたようで、そう思って読むと、どこか遺言のような趣きすら感じられる（『柳田國男全集14』、四九四頁）。

だが、なぜ連日空襲警報が鳴り響く激戦の最中に、このようなテーマの本が意を決するようにして書かれたのだろうか。柳田は『先祖の話』の中で次のように書いている。

「私がこの本の中で力を入れて説きたいと思う一つの点は、日本人の死後の観念、すなわち霊は永久にこの国土のうちに留まって、そう遠方へは行ってしまわないという信仰が、おそらくは世の始めから、少なくとも今日まで、かなり根強くまだ持ち続けられているということである」（『先祖の話』二三）。

強い決意のようなものが文章から感じられるが、戦禍のさなか、柳田が何としても明らかにしておきたいと願ったものとは、ほかならぬわれわれ日本人が、「おそらくは世の始めから、少なくとも今日まで」持ち続けてきたという「信仰」、「日本人の死後の観念」であった。そしてその信仰に基づいて、「祖霊を神と祭ること」（『先祖の話』二二）が、今もこの国のあちこちでごく当たり前に行われているというのである。それが今後、とくに敗戦後どうなってしまうのか、という強い危機の意識が、急速に悪化していく戦況の中で『先祖の話』を書いた、柳田國男の内にはあったものと思われる。

ところで柳田が述べる以上のような「日本人の死後の観念」と祖霊信仰は、あきらかに土地に根ざした暮らしの中から育まれてきたはずのものである。だがその一方で、すでに明治の頃から、多くの日本人の暮らしは激しく変化してきてもいた。つまり、農村からの都市への流入者の数は増えつづけ、それに伴う人々の暮らしの変化は、土地の暮らしに根づいた古い観念も、それと結ばれた「信仰」も、維持することを日増しに困難にしていた。その意味では、このたびの戦争だけが、「日本人の死後の観念」およびそれと結ばれた「信仰」をめぐる危機の唯一の原因ではない。むしろそれは、日本における近代化の過程そのもの、より具体的には都市流入者の異常な増加のうちに、すでにあらかじめふくまれていたと言える。

とはいえ、柳田國男の文章の力点が、引用の最後の部分、そうした死後の観念や信仰が、全国の農村では「少なくとも今日まで、かなり根強くまだ持ち続けられている」という点に置かれていたことは間違いない。きっぱりと《現在形》で書かれているように、この本は、過去の民俗、すでになかば失われてしまった日本人の死後観念や信仰を惜しんで、人々に忘れさられる前に、せめて記録しておこうとして書かれたのではない。柳田によればそれは、今日まで根強く持ち続けられている、確かな現実なのだ。

その後、日本人の死後の観念とそれに基づく信仰がどう変化していったか、もしくはそうした観念自体がすっかり消滅してしまったのかどうかは、さしあたり問わなくてもいい。ただ、柳田が言うような「世の始めから」でなくとも、それが相当に古く、われわれにとって久しく、また親しい観念であったとするなら、それがたとえば人々の習慣ないし習性の中に、何らかの形で残るということもあり得るのではないか。

ともあれ、この本の中で柳田は、毎年春の初めに家々を訪れるとされる「年の神」とは、我々の先祖であったろうと述べ、「そうして我々がこれを白髪の翁媼《おきなおうな》と想像したことも、また決して不自然ではないと思う」と書いている。そしてその背景には、「霊融合の思想、すなわち多くの先祖たちが一体となって、子孫後裔《こうえい》を助け護《まも》ろうとしているという信仰」があったと考えられるという（『先祖の話』二二）。つまり、先祖の中には若くして亡くなった者も当然あっただろうが、死後長い年月とともに先祖たちの顔かたちは忘れさられ、やがて融合し、一体となって、子孫の者たちからは、その姿が白髪の翁媼のように想像されるようになっていったのは、ほとんど自然の成り行きだっただろうというわけである。

この「霊融合の思想」というのは、やはり特質すべき点であり、また重要でもあるため、柳田は次のように捕捉して、強調している。「人は亡くなってある年限を過ぎると、それから後は御先祖さま、またはみたま様という一つの尊い霊体に、融け込んでしまうものとしていたようである。これは神様にも人格を説こうとする今日の人には解しにくいことであり、またいくらでも議論になる点であろうが、少なくともかつてそういう事実があったことだけは、私にはほぼ証明し得られる」（『先祖の話』二五）。

たしかに『古事記』や『日本書紀』などを見ると、個々の神様にはそれぞれ「人格」らしきものも名前もあるし、また、外来宗教の神についての知識に照らしてみても、柳田の言う「霊融合の思想」は、一見理解しにくいことのようにも見える。だが、実はこうした考え方と日本神話は矛盾しない、それればかりか、おそらくこの考え方なしには神話も成立しないと、柳田は考えていた。というのも彼の言うように、人が亡くなってある年限が過ぎると、それからさきは、個別の人格をほどかれて他の先祖たちと融合し、一体となって、それぞれの家の神、氏の神となると考えられていたのだとすれば、それら祖霊であり、家の神であるところの霊体は、もとは「人格」をそなえた人であったことにもなるはずだからだ。融合した霊体と個別の人格とは、ただどちらが先というものではなく、いわば循環するような関係にあると考えられる。

これを、もうひとつ進めて言えば、神はもとは人であったというだけでなく、人はもともと神であったということにもなるだろう。「七歳までは子供は神だという諺《ことわざ》が、今もほぼ全国に行われている」(『先祖の話』七八)というのも、おそらくはそのことと関連している。つまり神と人は分かちがたく、循環するような関係にあったと考えられ、神と人との間はけっして隔絶したものではなく、どこか近接していると感じられていたようなのだ。今でも幼い子供を神と見る心と、白髪のめでたい翁媼を神と見る心には、どこか相通じるものがあるように思われ、また実際に、神社などで行われる祭に、それは慣習として残っている。

三

柳田國男が自身の民俗学を通して導きだしてみせた、以上のような「日本人の死後の観念」および「霊融合の思想」は、古井由吉の文学における死の観念と近く、親しいものがあるように、私には思われる。古井由吉は、昭和五十年、一九七五年に「日本人の宗教心について」(『言葉の呪術　全エッセイII』所収)という題で行なった講演の中で、たとえばこんなふうに述べている。

「(前略)われわれ日本人の場合は恐らく死というものは無は無であっても、力に満ちた無であって、生以前のもの、生まれてくる前の闇と一緒のものというイメージが潜在しているのではないか。死後の闇と誕生前の闇はつながっていて、たえずその力を短い生に及ぼしている。人の一生にも穀物の稔りにも及ぼしている。草木の成長にも及ぼしている。だからそれに対して何らかの祭りをするということは、その力のよりよい影響を短い生へ招きよせることになると昔の日本人は考えたんではないかと思います」。

古井由吉が、日本人のいだく死のイメージや死後の観念について、これほど正面から自身の見解を語ってみせたことは、おそらくあとにもさきにもない。その意味でこれは、貴重な証言だと言える。そこで彼はまず、「死」を「無」の観念に結びつけて述べている。一般に「無」は、ないこと、存在の欠如、有ることの否定を意味するはずだから、「死」の観念と結びつきやすい。だが、かならずしもネガティヴ一方ではない。彼によれば「死」は、無は無でも「力に満ちた無」であって、たえずその力を短い生に及ぼしているという。やはり目を引くのは、この生まれてくる以前と死後の闇とがつながっている、「一緒のもの」であるという視座である。これは、いわば過去と未来とを永劫回帰によって結びつけるものであり、古井文学における死生観のもといとして、のちに作者が西洋のキリスト教神秘主義における《超越》への関心を深めてから以後も、結局最後まで変わることはなかったように思われる。

では古井由吉の考える「昔の日本人」と、「現代人」の考え方とでは、「死」をめぐって、一体どこがどう根本的に異なってきているのだろうか。もう少し詳しく、「死」について彼が語るところを聞いておきたい。

「死というものを個別にあつかわない。死によって人間は個から全体に融け合ってしまう。おそらく霊魂というのも個々のものとして想像されているのではなくて、何か死後の力、生の前と後に満ち満ちた力としてイメージされていたのではないか、とわたしは考えるものなのです。たとえば、葬式の時に、これは必ずしも悲しむべきことではないんだという感覚がどこかにあります。ご長命で亡くなった方はむしろおめでたいことだとさえいいます。現代人の思考だと、一つの個体が永遠に消滅してしまったと考えるわけですが……。これはつまり、死ということは一つの集合的な力の中に帰って、またいつか別の個体となって生まれかわってくることだ、という考え方です。いわばその循環する力がたえず生へ流れこんで、生を繁栄させる。それを促すために死者をまつる。そういうところから陽気さが出てくるんではないだろうか」(同前)。

古井由吉はここで、誰かの学説を参照しながら自身の見解を述べているのではない。おそらく彼はここで、古典を含むおよそさまざまな読書と、自身の経験や見聞、感覚などを照らしあわせて至った考えを、自分の言葉で述べている。それが結果的に、柳田の明らかにしたような日本人の死後の観念、「霊融合の思想」に通じるものであったと見るべきだろう。

現代人のように、「死」を個体の消滅と捉えるのではなく、「一つの集合的な力」への回帰と捉え、生まれかわりを肯定する、このようなどこか楽観的な精神性は、現代においても完全に消えてしまったわけではないようである。その幽かな具体例のひとつを、古井由吉は日本の「葬式」のうちに認めていた。ただしそれは、一歩間違えれば、全体のためにやすやすと命を投げ捨てることを「個」に強いかねない、危険な思想を孕んでもいるということを、古井由吉は見抜いてもいた。だから彼は、「一つの集合的な力」を肯定する考えのうちにひそむ全体主義の、ファシズムの危険を、この講演の最後に次のような言葉ではっきりと指摘し、批判していたのである。

「近代世界の中にあるわれわれは、しょせん個として生きるよりほかありません。自分の個としての存在から逃げてもならないし、他人の個としての存在を虐げてもならない。すくなくともわたしは個を集合へ返そうとする強制をすべてファシズムと見なし、はげしく忌み嫌います。個を集合としてしか扱わない政治人間には我慢がなりません。しかしそれだから、それだからこそ、われわれ個々の存在の底を不可避的に貫いて流れる集合的な生を、集合的な生の必要を、自分自身のふるまいの節々において意識することが大切ではないか、と思うのです」[1]（同前）。

古井由吉は、自身が語る日本人の死のイメージや観念を、手放しで肯定していたわけではないのだ。そこにはたえず、きびしい自己客観にもとづく批判の眼がそそがれていたのであり、またそれこそが、後年の彼をして、西洋文学の源流の探索へと向かわせることになったとも考えられるのだ。

ちなみに作家になる以前の古井由吉が、ファシズムへと至る群集心理を描いたとされる、ヘルマン・ブロッホの長篇『誘惑者』を翻訳していたことはよく知られている。古井由吉の最初期の短篇「先導獣の話」(一九六八年)は、ブロッホのこの翻訳の仕事から派生するようにして書かれたものだが、それは現代の大都市東京の駅に殺到する、不気味なほど静かな「朝の群衆」の姿を、一種の身体生理学と政治力学的な関心との交点において描きだしていた。

ところが「先導獣の話」に認められたような、都市の群衆をめぐる社会学や文明批評的な明確な特徴は、後期の作品では、消え去らないまでも、後景にしりぞくことになる。それはその後の古井由吉の関心が、群れから個人の内面へと移っていったこと、いわば内向していった事実を反映しているのだろうか。そうではない。実のところ、群れと個体、共同体と個人、集合性と個別性をめぐる問題系が、彼の作品から消え去ることはけっしてないのだ。むしろこう言うべきだろう。《群れ》は、現実的な、現代都市生活者のそれから、不可視の、死者たちの群れ、ひしめきに、次第に取って代わられるようになるのだ、と。言いかえれば、「先導獣の話」において問題となっていたのは、それがどれほど抽象的な様相を呈していたとしても、やはりあくまでも現実の群衆であった。しかしそれは、やがて死者たちの群れへと姿を変えて、後期の作品のうちに回帰することになるのである。

ただ、ここでひとつ注意すべきなのは、それら目には見えない死者たちの存在が、都市の群衆のような集合的な力を形成することはもはやないという点である。「知らぬ翁」がまさにそうであったように、後年の古井由吉の作品において、死者たちは決定不可能で、またしばしば同定不可能でさえありながら、それぞれの特異性をはっきりと帯びており、全体化できない部分 - 集合として現れては消える。したがってそれは、柳田國男の示した「霊融合の思想」や、古井由吉自身が語っていたような、「一つの集合的な力」を肯定する古典的な日本の思想が孕む、ファシズムや全体主義へと通じて行く危険をかわすことになる。それは、パニックや殺到、狂奔へと通じる群衆の全体主義のかわりに、作家自身がある時、すこしの諧謔を交えて語っていた、「死者たちの民主主義」へと場所をゆずることになるのである(「「私」と「言語」の間で」)。

講演「日本人の宗教心について」に話を戻すが、その中で触れられていた「陽気さ」というのは、日本の「葬式」のうちに認められる、悲しみや辛さを踏まえつつも、「死」を絶対視しない態度というか、人々の感じ方のうちのどこかにある、生と死の「循環する力」への肯定、ないし無意識の信頼に由来するもののことを指していると考えられる。興味深いのは、古井由吉がそれを、個々人の信仰の現れ、つまり内面性の表現にではなく、「葬式」のような、個人を超えた集団的な営み、儀礼、慣習、行為の《反復》のうちに認め、人々に深く染みついた「習慣」という面から捉えようとしていた点である。次の発言は、その意味で非常に重要なものと思われる。

「古い発想が、意識の中からは消えても、細々とした具体的な習慣の中に残る、ということはあります。そして人がその習慣をたいして重んじていないとしても、もしも人生の具体的な必要事において、たとえば死者の送りにおいて、その習慣に頼るならば、あるいは前々から心の底でそれを頼みにしているとすれば、人は平生の物の感じ方あるいはふるまい方の端々で、おのずと、その習慣の中に潜んでいるものに影響されることになる。つまり、習慣は習性ともなるわけです」(同前)。

この一節は、作家古井由吉が物事を見る際の基本的な姿勢を、端的かつ明瞭に語っている。「身は習わしもの」という言葉を、この作家はしばしば好んで口にしていたが、「習慣」、つまり《反復》への視座の堅固さと一貫性をこの一節は示しており、それが彼の小説において顕著な、非心理主義とでも呼ぶべきものを特徴づけている。[2] つまり、そこには一貫して「習慣」や「習性」を通して、言いかえれば身体的な《反復》を通して物事を見、感じ、そして把握しようとする傾向が認められ、それは、「宗教」ないし「宗教心」について考える場合も例外ではないのである。いや、むしろ「宗教」について考える場合などはいっそう、そのような視座が重視されることになる。

したがって、後年の古井由吉の、キリスト教神秘主義にたいする強い関心も、こうした自身の素地をもとにしていたということは、頭に入れておくべきである。おそらく彼は、西洋に普遍的に認められる《超越》への志向に対する関心を生涯にわたって持ち続けた。しかし彼は結局最後まで、超越性とは異質な、生前の闇と死後の闇をつないで「循環する力」、永劫回帰を肯定する立場にとどまり続けたように見えるのだが、それについてはまたあらためて述べる。さしあたってここでは、古井由吉の考える「日本人の宗教心」には、柳田國男が自身の民俗学の方法によって到達した、「日本人の死後の観念」と通じあい、響きあう側面があるということを確認できれば十分である。

四

「何事かを熟知するということは、一個人の体験では間に合わない、つまり、一代の知には余ることなのではないか。そのような累代の熟知が本来、小説には要求されているように思われます。すくなくとも熟知の幻想、書き手と読み手の分かちあえるその幻想こそ、小説の生命なのではないか、と。

ところが、近代日本文学は大半が都市人の、都市流入者たちの文学です。同じ都市に生まれ育った人でも、移動がはげしく、新規開発も急であり、土地の者とはなかなか言えない。流入者の大半は土地ばかりか親兄弟からも、親類からも、離れて暮らしている。まして、祖先の臨在などは、日常の感覚にない」(「「私」の現在」)。

これは、作家佐伯一麦との間で交わされた、往復書簡『遠くからの声』(一九九九年)の中にある、古井由吉の言葉である。その中で彼は、小説というものが成立する条件について語り、そのことと関連づけて、「都市流入者」二世としての自己自身について語っている。まず何事かをただ知るだけであれば、一個人の体験で間に合う。しかし「熟知」となるとそうは行かないという。古井由吉はここで、個人によって習得される「知」と、一個人を超えた「累代の熟知」とをはっきり区別し、小説には本来そのような熟知、あるいはすくなくとも「熟知の幻想」が要求されるのではないかと述べている。それこそが「小説の生命」ではないかと。

それに続いて語られているのは、作家の眼に映る「近代日本文学」の実像である。「近代日本文学」は、その大半が都市流入者たちによって築かれてきたものであるという事実が、あらためて確認される。そしてそれは、おのずとこの作家自身のことを指すことにもなる。つまり、書き手と読み手が分かちあえる「熟知」はおろか、「熟知の幻想」さえ共有することの難しいスタート地点に、現代の作家は皆立たされている。このような自己および時代認識は、一九八四年に刊行された『東京物語考』で、近代日本文学の実像が都市流入者たちの文学であることが明らかにされて以来、あるいはそれ以前から、古井由吉の中で基本的に変わることはなかった。

要するに「小説の生命」をあらかじめ断たれたところから、現代の作家はくりかえし始めるよりほかないということだ。そしてこの現実から、古井由吉は片時も眼をそらすことはなかった。続けて彼は書いている。

「それでも作家たちは流入した土地での生活を、人生を物語ろうとする。当然の欲求です。知らぬ土地の、知らぬ人の間でも、それなりの熟知はある。ただしその熟知は何分にも、歳月の厚みに欠ける。自分の生まれる以前の歴史や、親たちや祖先の体験に支えられるには、そこからあまりにも隔たった自分の現在である。その現在の環境ものべつ変化する。環境が変われば心境も移る。一篇の作品に没頭する間にも、時代の現実が違ってしまうということになりかねない」（同前）。

くりかえし語られるのは、祖先の土地を離れて「知らぬ土地」に流入してきた者たちの暮らしの実情であり、そのような作家たちが必然的に直面する困難な情況である。しかし重要なのはそれが、そっくりそのままこの作家の苦い反省であり、自己客観であり、自己認識でもあるということだ。このような不安定きわまりない「自分の現在」、自分の置かれた現在地の認識をはぐらかしてものを書くことを、古井由吉は生涯拒絶した。ならば彼は、何を自分の置かれている状況の向こう側に見ていたのだろうか。というのも、彼のこの拒絶は、なおもひとつの憧憬を、不可能なものへの志向を、そのうちに秘めているように思われるからだ。

古井由吉が「近代日本文学」を「都市流入者たちの文学」と定義する以上、彼は、「近代日本文学」の向こう側、近代よりも以前の文学に、以上とは異なる文学の条件が、あるいは「小説の生命」と呼べるようなものがあった、と考えていたことになるはずなのだ。ではそれは、一体どのようなものであったか。「累代の熟知」と呼ばれていたものが、おそらくはそれに当たる。要するにそれは、近代都市への流出以前の、先祖伝来の、土地についた暮らしのことではないか。歳月の厚みに支えられた、つまりは自分の生まれる以前の、親たちや祖先たちの体験に支えられた日常の反復、そしてその反復によって伝えられてきた身体の《知》のことではないか。この反復はしかし、土地について生きる者のきわめて陰惨な掟や慣習や習性を当然ふくんでもいる。だがそのような暮らしの中でこそ、「祖先の臨在」は生き生きと感じられる。柳田國男は、『先祖の話』のおよそ三年後に発表された「魂の行くえ」という文章の中で、こう書いていた。

「日本を囲繞《いにょう》したさまざまの民族でも、死ねば途方もなく遠い遠い処へ、旅立ってしまうという思想が、精粗幾通りもの形をもって、おおよそは行きわたっている。ひとりこういう中においてこの島々にのみ、死んでも死んでも同じ国土を離れず、しかも故郷の山の高みから、永く子孫の生業を見守り、その繁栄と勤勉とを顧念しているものと考え出したことは、いつの世の文化の所産であるかは知らず、限りもなくなつかしいことである。それが誤ったる思想であるかどうか、信じてよいかどうかはこれからの人がきめてよい。（中略）魂になってもなお生涯の地に留まるという想像は、自分も日本人であるゆえか、私には至極楽しく感じられる。できるものならば、いつまでもこの国にいたい。そうして一つの文化のもう少し美しく開展し、一つの学問のもう少し世の中に寄与するようになることを、どこかささやかな丘の上からでも、見守っていたいものだと思う」。

最後の箇所は、これを書いている柳田自身が、すでに「先祖」になっているようにすら感じられる、おおらかな国土への愛情と期待が伝わってくる名文である。

ところで、近代以降の都市流入者たちから、ということは「近代日本文学」から、ほとんど決定的に失われていったのが、このような死後の観念であり、先祖の姿であり、信仰だったのではないか。作家古井由吉が生きたのも、まさしく「祖先の臨在などは、日常の感覚にない」そのような場所であり、殺風景であり、時代であった。その作家が、あるところで柳田國男のことを、「最後の文人の一人と見ている」と書いていたことがある（『馬の文化叢書　第九巻　文学　馬と近代文学』「解題」）。民俗学者ではなく、最後の文人とある。つまり自身の大先輩のひとりと見ていたわけで、深い尊敬の念が込められている。だがその一方で、「最後の」という呼び方には、柳田田のように書いたり考えたり感じたりすることが、もはや不可能になった世界に自分は生きているということの、険しい自覚が含まれてもいたはずなのだ。

では古井由吉の文学は、柳田が最後に示したような死後の魂の観念や、祖先の臨在の感覚から完全に断絶していたのだろうか。古井由吉が、一方ではこの断絶を意識のうちでたえず反芻し、確認していたことは間違いない。しかしもう一方で彼は、文学の呪術的な力を、熟知の幻想を、その淵からくりかえし汲みあげようともしてきたのではなかったか。

自身の内なる「知らぬ翁」の存在、それは、まずは自身の遠い近い血縁者である、ということはつまり「先祖」である。古井由吉の晩年の作品、『やすらい花』(二〇一〇年)の中の第一篇「やすみしほどを」には、作中の老いた「私」が、孫の姿を見まもりながら、生きたまま、居ながらにして、いきなり先祖になっているような一節がある。それは作者が、子やその孫たちと連れだって蛍を見に出掛けた先でのことである。当時、作者は二度目の頸椎の手術の必要を診断されていたものの、まだ入院の予定などは決まっておらず、外泊もなんとか可能な時期であったのだろう。「一泊の旅先で沢の闇に蛍の飛び交うのを眺めた」という。

「暗がりを行く人の流れに付いて、蛍の領分も過ぎ、帰りのバスを待つ見物客でごったがえす暗い広場のようなところに出た。土産物を売る露店が並んでいる。そのうちのひとつの店先に、蛍のこころらしく、どういう仕掛けになるのか、青と赤の光の点滅する玩具が出ていた。それを目にとめた私の孫の、四歳の男の子がついと親たちの手もとを離れ、人込みをくぐって、その店に駆け寄った。親たちは気がついていないらしい。私はすぐに後を追って子供の傍に黙って立った。

子供はけばけばしく乱射する「蛍」を一心に見つめた。すっかり惹き込まれていた。傍に立つ祖父の影も眼中にないばかりか、親たちのことも忘れている。山中の雑踏の中にはぐれかけているのも知らぬその横顔を、私は憐れと眺めた。自身の孫であることも、いとけなき幼児であることも超えて、いつなんどき無心に迷い出かねない人の憐れを覚えた。それと同時に、子供を見まもる自分自身を、蛍の舞うのを目で追っていた時よりも、この世をはずれかけた者に感じていた」。

旅先での出来事を、その時の心境と合わせて記す言葉が、散文でありながらいつしかそのまま詩となっている。と同時にその言葉は、作中の「私」をほとんどあの世の者にしている。「この世をはずれかけた者」とあるが、やはり一瞬本当にはずれていたとも受けとれる。そのような眼、生前と死後をひとつに重ねあわせるような眼がここにはある。同じ作品にもう一箇所、「私」が、居ながらにして「先祖」となっているような場面がある。

今度は入院の直前のこととある。住まいの近所の並木路と馬術の公苑で区の夏祭りがひらかれていて、その催しのひとつであろう、蛇皮線と唄と、沖縄の民謡が、午後になって家にいる「私」のところまで伝わって聞こえてくる。男が歌うのに両側から女の声が相の手を入れる。「午前中に孫たちと一緒に屋台の並ぶ人の賑わいの中を歩くうちに目にしたところでは、男性は中年の、その道に長けた様子だった。女性は二人、土地の装束に赤い前垂れをかけて蛇皮線を提げているが、どう見ても今風の、ジーンズのほうが似合いそうな若い娘たちで、またそんなふうな喋り方をしていた。それが並木の繁りを越して伝わって来るのを聞けば、まさに女人と言うべきか、家事に野良に、そして男にも熟した声になっている。実直に揚がる男の声の間に割り込んで囃し、どこか笑ってなぶるふうに駆り立てる。あの娘たちはいま、立てる声のかぎり、すっかり女になっていることを、自分で知っているのだろうか。囃しの声はさながら女人を、時代に留まらぬ女人の存在を出現させるものか。あからさまに弾ける声ながら、なにか夜の影を引いて来る。それに耳から惹かれている私自身は、病いも済んでいよいよ老いさらばえ、ようやく果てようとする一生を自分で偲んでいる、見知らぬ年寄りになった」。

先ほどの「蛍」の場面が視覚を通してであったのに対して、こちらは聴覚を通して、「私」はおもむろに「見知らぬ年寄り」になっている。ここでも、聞こえて来るのは土地とのかかわりなど何もない、祭りの出し物の沖縄民謡である。しかし、並木の繁りを越して伝わって来るのは、ありきたりなものでも、陳腐なものでもない。そこには、くりかえされてきた、土地の独特の調べの反復から立ちのぼる、過去の無数の女たちにそっくり通じた、熟れた囃しの声がある。その声が、時代に留まらぬ、幾世代にもわたる女人の存在を出現させ、それに耳から惹かれて聴いているのは、もはや一個の「私」ではない。

そこにいるのは「見知らぬ年寄り」、いや、子を見まもるうちに、おもむろに先祖とひとつになった者と同じ誰かである。それは、柳田國男が語った意味での《神》と言っても、《先祖》と言っても、あるいはただ、非人称の《人》と言ってみても、もはや同じことであろう。常識が、「先祖」を遠い過去の人と見なすのにたいして、古井由吉はその作品の中で、この現在今において、居ながらにして「先祖」となる、その瞬間をはっきりと定着してみせている。

注

1 講演の中ではっきりとは述べられていないものの、戦時下の日本流の全体主義や特攻隊の精神的背景に、こうした、どこか楽観的な死の観念がひそんでいたと、古井由吉は考えていたのではないかと思われる。その一方で、二〇〇一年になされた、哲学者木田元との対談の中に、次のような発言がある。「もう一つ決意・決断です。これをハイデガーの文脈に沿ってできるだけ私情を交えずにつきつめていこうとするんですが、「死への存在」という言葉を聞かされると、非常に唐突ですが、特攻隊の青年の最期を思ってしまうんです。(中略)一方では中世神秘主義の極致を思い、一方では特攻隊の青年の最期の気持を思う。特攻隊の青年の気持を思いながら読むと結構わかるところがあったりして……」(「ハイデガーの魔力」『連れ連れに文学を語る』)。これは「死への存在」をめぐる、超越性(中世神秘主義)と内在性(特攻隊)という二つの対極的な解釈として見ることもできるかもしれない。

2 作家平野啓一郎は、『古井由吉自撰作品二』河出書房新社、二〇一二年の解説「個体、存在、「身理」」の中で、それを「身体の理」という意味での「身理主義」と名づけて、古井文学はいわゆる心理主義とは明確に異なるものだと述べている。

永劫回帰の倫理

一

テーマなどは一切もうけず、心に浮かんできた事柄について、それがどれほど些細なことであっても躊躇わず、包みかくさず、文字通り連想の赴くまま自由に語る、ごく簡単に言えばそれが《自由連想法》というもので、フロイトの発明のひとつとして知られている。この方法の利点は、どんなにとりとめのない話、あるいはそれぞれ互いに関連性のないか、きわめて薄いはずの事柄や挿話であろうと、それについて話しているうちに、結局、話している本人にとって重大な意義をもつと考えられる、同じモチーフのようなものにくりかえし収斂して行くとされる点にある。

だからそのモチーフは、話者にとって、くりかえし連れ戻される根源的な何かだと推測されるわけだが、ある意味で古井由吉ほど、この方法ならぬ方法を十全に展開して小説を書いた者もいないのではないか、と私には思われる。つまり古井由吉にとってその何かとは、空襲にまつわる記憶、またその記憶の孕む空白であったと考えられるが、その点において彼は、自由連想法をほとんど完全に自前のものとして再発明してさえいると言える。彼の唱えたエッセイズム、「試行主義」は、広い意味での自由連想法と一体をなしていたと言えるし、また間接話法をさらに間接化して用いるといった、後年の古井由吉のきわめて独特な話法のひとつも、それらと密接に連動していた。

さきほど、自由連想法がおのずと向かう先を、話者にとっての根源的な何か、とひとまず呼んでみたが、そもそもそれは反復の力を条件としている。つまり反復こそが、その根源的とされる何かを、たえず現在のうちへと回帰させ、更新し続けている。ということはまた、反復には起源の同一性を無効にしていくと同時に、出来事を、いよいよ何ものにも還元不可能な、出来事たらしめる力があると考えられる。

その反復のうちに含まれるわずかな更新、改まりに、作者が繊細なまなざしを向けるようになるのは、おおよそ『夜明けの家』(一九九八年)あたりからではないかと思われる。

「人の臨界域とは喩えてみれば、夜のしらじらと明けかけるようなものだ。じつは危い刻限でもあるのだ。長い夜を堪えてきたあげく、しらじら明けに至って、そこで絶望するという、いたましい例もある。夜が明けても何ひとつ改まらず、無意味な一日がまた始まることに、心がくだけるのではないか。しかしたいていの人間は、夜が明けて何かが改まるとは思わなくても、とにかく明けたということに、それだけでも元気を持ち直す。つまりは、何かしらが改まっているということだ。

夜が明けるたびに、人は老いて、そして改まる」(「つねに更《か》わる年」二〇〇八年)。

日々の反復は、感じられるか感じられないかの、微細な改まりを含んでいるという。それが永劫にわたる反復ともなれば、文字通り果てしがない、終わりというものがない。しかし何かしらが改まっている。このことは、古井由吉にとっての《永劫回帰》の観念が、ニーチェに由来し、ほとんどすぐにニーチェを超えることを示唆してもいるはずである。ただし超えると言っても、まさか勝敗や優劣の話ではない。彼は、エッセイズムの実践を通して、「既視感」や「反復」、あるいは「改まり」といった、ごくありふれた諸観念を取り上げては、自身の身体を通した認識をくりかえし試み、ほとんど彼独自の概念と呼んでいいものにまで鍛えあげていった。その過程で彼は、《永劫回帰》の観念を再発見しており、それが古井由吉の作品群を、哲学的な思考、試論へと、ある面においていちじるしく接近させることにもなったのである。

ニーチェとのアナロジーをさらに挙げるなら、古井由吉には、現代という時代の《症候学者》という側面があった。いかなる病の症候、危機の兆候のうちにわれわれがあるか、ということについてのこの上なく鋭利な診断が、彼の文学には含まれている。とはいえ、それは外側から眺めてあれこれの症状を言いたてるようなものではなく、ニーチェがそうであったように、それは病の内側から、危機の内部からなされる診断であり、それによって彼は、現代という時代の症候学を、おそらく他の誰よりも深く行ってみせたのである。

とはいえ古井文学は、自分の身体を離れた純粋に概念的な思考とは、あくまでも無縁であった。永劫の反復や永劫回帰のような遠大な観念が問題となる場合も、彼のスタンスが変わることはけっしてなかった。かならず現実を具体的に見ていた。たとえば、先の大震災による津波と土地への甚大な被害を念頭において、「徒労であればこそ努めるという逆説」について、次のような例を持ちだして作家は語っていたことがある。

「昔の農民はこんなことを言ったらしいです。田植えというのは大変な苦労だよね。細かい神経も使う。でも、植え終わった後に、すべて蹴飛ばしたくなるんだって。大水が来たり干ばつが来たら、何の甲斐もなくなるから」(「生と死の境、「この道」を歩く」『連れ連れに文学を語る』)。それでも、農民は翌年の田植えをやめない。明日も喰わねばならないのだから、それよりほかにしようがないわけだが、どうもそればかりではない。何もかもが徒労かもしれない、しかしまた、そうであればこそ努めるという逆説を人類は生きてきた、その反復に堪えてきた。だから今があるとも言える。つまり徒労であるにもかかわらず、というのをもう一歩踏み込んで、徒労であればこそ努める。「この苦い逆説を現代人がどう呑み込むか。これはいかにも苦い」(同前)。

これは作家最晩年の、おそらくは最後の発言のひとつなのだが、そこには気休めの楽観論も、文学者風の穿った見解もない。田植えの話など持ちだされても、今どき本当の意味で共感を得ることも難しいのではないかとさえ思われるほどだ。要するにこの逆説を、果たして現代人であるわれわれが、骨身に染みて感じられるか、呑み込めるかどうか、という話になる。しかし、また考えてみればこの「苦い逆説」は、作家古井由吉が五十年以上にわたって文章を書き続けてきた、その根本のところにあったものだとも言えるのではないか。つまり結局は何の甲斐もないかもしれない、すべては徒労かもしれない、しかし「徒労であればこそ努めるという逆説」、これは、厄災の《永劫回帰》を本当に知る人間の、反ルサンチマンの営為でもあるのではないか。

社会や共同体を形成して生きるほかない人間にとって、絶対に避けることのできない世の《反復》の実相とは何だろうか。過去から未来永劫にわたって、疑いようもなく、必然的に回帰するであろうもの、しかしそれが何時かだけはわからないものとは、一体何であろうか。ひとつは《死》である。だが、さらに考えてみるなら、われわれの先祖たちが生き抜いてきた数々の《厄災》こそ、そうではないか。地震、洪水、旱魃、火災、飢饉、戦乱、疫病等々……そうした突如身に降りかかって来る厄災こそ、その中に無数の死を巻きこんで、われわれの日常とつねに背中合わせになった、《永劫回帰》の実相をなしていると言えるのではないか。

「一度では済まぬということは、二度とは限らない。しかしそれでもやりきれぬような気持にならないところでは、自分はよほど反復に堪えるように慣らわされて来た者らしい、とこれまでの幾度もの入院の時のことから、二十四時間あまりも不断の苦悶に呻いていた十五歳の少年のことも思い合わせ、さらには防空壕の底から頭上をしきりに低く掠める敵機の爆音に刻々と耳をやっていた七歳の幼年のことに及んで、永劫の反復、反復の永劫を早くに知ったか、だとすればしかしその後、どんな時間を生きて来たことになるのだろう、と考えかけて投げ出した」(「その日暮らし」『ゆらぐ玉の緒』二〇一七年)。

最晩年の短篇にある一節だが、やはり「永劫の反復、反復の永劫」という言葉に、作者の万感がこもっているようで惹きつけられる。古井由吉の生涯がこうした意味での「反復」であったように、彼の作品もまた、たび重なる厄災の、病苦の「反復」に貫かれていた。

そして二〇一一年三月十一日の東日本大震災に触れて書かれた作家の言葉に、次のようなものがある。

「震災の犠牲者を通して、幾多の厄災の中で生きた古人たちの心へ、あらためてつながることが、大切なことかと思われます」(『言葉の兆し』)。

これは作家佐伯一麦との間で交わされた往復書簡のうちの、最初の一通の最後の一節だが、古井由吉の文学は、実際に最後の作の最後の一行に至るまで、「厄災の中で生きた古人たち」の記憶と、深く、分かちがたく結びついていた。ではその最後の作の最後の一行には、何が書かれていたか。未完の「遺稿」として残された作品の最後のところに、作者の本籍地のあたり、江戸期の西美濃で起こったという甚大な水害のことが記されている。古くから水害に苦しめられてきた土地であったそうで、治水工事に当たって遠く薩摩から遠征して来た武士および大勢の地元の民が犠牲となり、その結果、五十人にも及ぶ指揮者らが、責任を取って割腹したという。その話を知った時のこととして、「土地について生きるとはこういうまがまがしいものも負うことかと、私のような都会の人のうちにも、重い感動があった」とある。これは世に言う偉大な作家の言葉というより、歴史の暗い実相を見つめる現代のひとりの人間の、率直な畏れと感動である。しかしそのすぐ後、一段改行がなされ、最後にただひと言こう書かれている。これは、まぎれもない、現代最高の作家が書き遺した、最後の言葉である。

「自分が何処の何者であるかは、先祖たちに起こった厄災を我身内に負うことではないのか」
(「遺稿」『われもまた天に』二〇二〇年)。

これにつけ加えることのできる言葉はない。ただし、先の大震災の直後に書かれた九年前の言葉と、その心は何ひとつ変わっていないとは言えるはずである。そしてこの作家がその生涯を通して身内に負い続けたものも、我身一個の生死を超えた、一国の存亡にかかわる史上類例を見ない空襲という名の大厄災であった。つまり、一個人が体験した空襲の記憶が、ただそれだけが問題となっていたのではけっしてなかった。そうではなく、同様の体験を共有する者たちがついに自他のへだてをなくし、集合体として感じ、生きた体験の記憶こそが、古井文学における最大の問題だったのである。すなわち「一夜のうちにあたり一帯を焼き払われ、所の境は失せて、時の境も紛らわしくなったところでは、人は個々人としてではなく、集合体として物を感じるよりほかになかったとすれば、積年の記憶も我ひとりの意識のことではなくなる」(「年の坂」二〇一六年)。

またたがらこそ古井由吉は、「昭和二十年三月十日の東京下町大空襲」について、次のように書いていたのだ。

「一夜の死者が十万に及ぶと数えられ、史上最も凄惨な大空襲である。その夜、満で八歳にもならぬ私は西南の郊外から、頭上に満ちた敵機の爆音に怯えて防空壕の底にうずくまり、爆音が止むと外へ出て、紅く焼けた空に目を瞠った。現場にいた者ではない。しかしそれから、五月の末に家を焼かれて走るまで、遠く近くの空襲を防空壕の闇の中からただ耳だけになって聞くたびに、三月十日の恐怖を思った。三月十日を、幾度にもわたって、分有したことになる。作家というものになってから、自分に課せられた物語はこの「三月十日」よりほかになく、これが書けずにいるとは、何を書いても徒労のように思われることもあった。しかし生涯、できそうにもない」(「野川をたどる」二〇〇四年)。

ここにははっきりと、作家としての自己の存在証明にかかわる出来事として、「三月十日」の大空襲のことが書かれている。「震災の犠牲者を通して、幾多の厄災の中で生きた古人たちの心へ、あらためてつながることが、大切なこと」ではないかと言われていたのも、やはりそれが、自身が分有する、集合体としての厄災の記憶につながっていくからだろう。ならば、われわれが現に、過去の幾多の厄災の生き残りであること、その裔《すえ》であることを、おのれ自身のこととして知ることができるのは、古人たちの心へあらためてつながることによってではないか。いや、ただ知るのではない、「我身内に負うこと」、生涯負い続けることだけが、いわゆる制度的な自己同一性とはまったく関係なく、「自分が何処の何者であるか」、という「我」をめぐる最初にして最後の問いに対する、本当の答えとなるはずなのだ。

永劫回帰の倫理とは、これではないか。つまり作家古井由吉が生涯一身に負い続けた空襲体験が、戦争が、その文学の最も深い源泉であったとするなら、またその空襲によってほとんど焼き尽くされた国土と、そこに今も眠る死者たちが、その後この国に生を受けた者たちにも、何らかの仕方で関係しているほかないとするなら、われわれのごく近い先祖たちの身に起こったこの未曾有の厄災が、ということは古井由吉の文学が、今を生きるわれわれに、どうして無縁であることがあろうか。

だがこの永劫回帰の倫理における、その倫理は、より直接的には何に由来するのだろう。それは《恐怖》ではないかと思われる。人々の身体の底に沈んでひとたび忘れさられた恐怖が、言葉や習慣の中に保存され、知らぬまに身体から身体へと伝えられ、受け継がれて、それが一種の呪《のろ》いや呪《まじな》いのようなものとなって表出する、もしくは正体の知れない戒めや禁忌の念となって効力を発揮しもする。そうしたことを、作家はいたるところで書いていたはずである。つまり人々の情念を駆りたて、集団的なパニックや熱狂を作り出す呪術や煽動といったものの淵源にあるのも、やはりつき詰めれば恐怖ではないか。

「恐怖が実相であり、平穏は有難い仮象にすぎない。何も変わりはしない」(「永劫回帰」二〇一二年)。これが、変わることのない古井文学における根本命題であった。畏怖という言葉があるが、恐怖と畏怖はもちろん同じではない。畏怖は、あくまで恐怖にとっては二次的なもの、派生的なものに過ぎない。そのことを古井由吉ははっきりと述べてさえいた。

「畏怖の前にはまず恐怖があると思われる。そしてこの恐怖の本来は、個別の人間の、個別の事柄へのおそれよりも先に、人知を超える力を目の前にした時に、人を一斉に襲う、ふるえおののき、すくみこみ、そして逃げまどいのことであったらしい。

しかしまた、この恐怖につねに面と向かわされては、人は生きられない。人としてのぎりぎりの尊厳も保ちにくい。そこで恐怖を畏怖へと昇華させる。遜《へりくだ》りと祈りには応答があると信じる」(『言葉の兆し』二〇一二年)。

つまり「恐怖」は、途方もない力の現前に対する人間の極限的な反応であり、情動であって、この時点では、人はふるえおののき、すくみこみ、逃げまどうといったことのほか、一切なすすべを知らない。ほとんど完全なる無力の状態に置かれており、それは小児の徹底的な受動性にも通じるところがある。しかしその恐怖が、とにかくうわべのことにもせよ過ぎ去る、しずまる時はおとずれる。あるいは「畏怖」へと昇華されて、どうにかそれは生きられるものとなる。だが「恐怖」が消えてなくなるわけではない。それはどこにもいかない。恐怖は身体の底に鎮まり、静まる。

それにしても、「恐怖」というものを、あらゆる感覚、あらゆる情動、あらゆる認識の淵源として、これほど精密に、詳細に、また執拗に示してみせた者もいないのではないか。死者たちの現存や回帰も、その「恐怖」と関係のないものではない。つまり「恐怖」は、いわゆる自然災害や疫病、空襲爆撃などの人知を超えた大厄災とだけ結びついているわけではない。われわれにとって、「先祖」という存在もまた、原初的には「恐怖」の対象であったはずである。それは祭祀の反復を通して、次第に「畏怖」されるものへと昇華されて、われわれに懲罰や禍をもたらす恐怖の存在から、幸福や庇護をもたらす恩寵的な存在となっていったと考えられる。[1] だが「先祖」とは、祓っても祓っても執拗に取り憑いてくる、呪いのごとく永劫にわたって回帰し続ける死者たちのことでもある。

柳田國男の語った「先祖」も、やはり恐るべき永劫回帰を宿している。しかしわれわれは、もはやそのような死者たち、縁者たちを宥め、歓待する作法も知らなければ、そもそも死者たちを容れる場所としては、現代の建物も街もほとんど作られていない。そのようなところに自分は住まっているのだという実感ならぬ実感から、古井由吉の言葉は終生はなれることがなかった。これは、柳田國男のあずかり知らぬ、戦後の断絶のひとつでもある。

それにもかかわらず死者たちは回帰してくる。未来永劫にわたって回帰し続けることをやめない。だとすれば、永劫回帰の倫理とは、こうした有縁無縁の死者たちにかかわるものでもあるのではないか。死者たちの到来を受けとめ、その声に耳を澄まさなければならない。かつて文学とは、そのための神聖なる儀式でもあったのではないか。

二

「個人を超えた、非常に力強い、天に通じるようなものを感じるという境地。どうも西洋の文学はそれを目指しているようでね。神秘的な合一といったものを求めるところがありますね。日本の文学、古典にそれはあまりないんじゃないかと思う。むしろ自然と一つになるとか、それから空《くう》を見るとかです。しかも、空の中に四季を見るという、そういう安らぎ方が多いですね。高く舞い上がるという動きはないかもね。要するに、日本の文学は上昇的な志向が少ない。平面的な志向になる。この違いが大きいよね」(「読むことと書くことの共振れ」二〇一九年、『連れ連れに文学を語る』)。

これは最晩年になされた対談のひとつの中で、古井由吉が、西洋文学と日本の古典文学を比較して語っていたことである。対話の相手をつとめたすんみに平易に語って聞かせる言葉に、含むところは少しもなく、西洋文学における垂直方向への「上昇的な志向」に対する、日本の古典文学の水平方向へと広がる「平面的な志向」という区別にもとづく、東西の文学観の差異が示されている。穿った見解を求めたがる読者など、いささか拍子抜けしてしまうのではないかとさえ思われるほどだが、続けて彼は、日本の古典文学の中でもとくに「歌」について次のように述べている。

「微妙なあらわし方だけど、読んでいる心は遠くまでいくような歌があるんですよ。それは西洋の文学と違って、かならずしも上のほうに行くんじゃない。地平にあまねくひろがるような……。これはなかなか豪気なものですよ」(同前)。

くりかえし古井由吉が指摘しているのは、垂直的な上昇志向とは方向性の異なる、日本文学における「平面的な志向」である。言いかえればそれは、超越的な境地で「神秘的な合一」を求めるのではなく、あくまでも内在的に、「地平にあまねくひろがるような」感覚であり、そこで「自然と一つになる」ことを志向する。いや、志向すると言っても、かならずしも書き手が志向するのではない。日本語そのものが、ある意味でそうした志向性を秘めており、書き手はそれにただ従うことでおのずと導かれるのだと、彼は考えていたようである。そこで、作家の死後上梓された題名のない「遺稿」に、次のような一節があったことが思い出される。入院先の病院でのことである。

「夜半近くに寝覚めしてまた手洗いに立つと、いま台風の眼に入っている、と看護婦に知らされた。部屋にもどって窓からのぞけば、上空をあまねく覆って動かぬ暗雲のもとで、地表がほの白く、みずからかすかな光を放つように、遠くまで見渡せる。その全体の静まりのほかはどこと摑みどころもない風景だが、惹きこまれて眺めた。時間もしばし停まっているように感じられた。長年、時間に追い立てられるような、追い立てられるでもないのにその先を走ろうとするような、そんなふうにしてきたあげくに、ようやく、時間の停滞に消耗させられずに折り合っている自身を見た。あるいは寿命の境に入ったしるしかとも疑ったが、自己感は乱れず、子供の腰掛けのような小さな木の椅子にいつまでも坐りこんでいた」(「遺稿」『われもまた天に』)。

もちろんこれは、日本文学の「歌」ではない。だが、あきらかにそれと心を一つにしている。現代の口語散文でありながら、その言葉のつらなりから「歌」が、詩が滲むようにして浮きだしてくる。「地表がほの白く、みずからかすかな光を放つように」しているのを、惹きこまれて眺めている「私」がそこにいる。だが、それでいてその「私」は、どこにもおらず、「その全体の静まり」の中ですでに地平にあまねくひろがりわたってもいる、そのような感覚をおぼえもする。生涯の自足、自足のきわまりのようなものが、ほの白く光る地表から四方へと、満ちわたって行くように感じられるのだ。つまり対談の中で語られていた「日本の文学」のうちに、あれほど西洋における超越性やキリスト教神秘主義に深い関心を抱きつづけ、それについて書いてもきた作家古井由吉自身もまた、含まれると考えられる。したがって、ロベルト・ムージルの「神秘主義」と、古井由吉のそれとを、最終的に分かつことになるのも、やはりこうした垂直性と水平性、超越性と内在性の間の差異ではないかと思われる[2]。

だからもし、古井文学をこうした視点からあえて定義しようとするなら、それは、あくまで内在的な、神即自然の神秘主義のようなものにおそらくなるだろう。だが、もちろん、こうした定義は、言ったはなからくつがえすようだが、ほとんどどうでもいいことかもしれない。というのも、具体的な身体感覚を離れた定義や概念そのものに、この作家は生涯を通して関心を示さなかったからだ。また、超越的で垂直的なものとは異なる、内在的な文学や哲学は、もちろん西洋のうちにも、望むなら見出すことができるはずだからだ。このことを、古井由吉が知らなかったはずはない。

ともかく、巨大な台風に通り抜けられるがままになっている病院の夜を、子供の腰掛けのような小さな木の椅子に坐りこんで過ごしている最晩年の作者の姿を想うと、おのずと年寄りの姿と小さな子供の姿とが重なり合うようにも感じられてくる。「物言わぬ小さな予言者」、ということを古井由吉はくりかえし語っていた。この物言わぬ子供ということでは、それは古井由吉の生涯の関心であった《言語》の発生の問題にも通じている。

まず言語は、人が話し始める以前から先験的なもの、アプリオリなものとしてある。つまり誰でも気がついた時にはもう言葉を話しており、人はすでに、そしてつねに言語の中にいる。だからその起源や成立ちについて直接的に知ること、認識することはできないと、ひとまずは考えられる。それに対して古井由吉は、藤沢周との対談の中でこう述べていた。

「ただ、われわれには発生期の体験があります。母親の中で受胎されてから、生み出され、だんだんに言葉を覚えていく歴史があるわけです。これは言語の歴史でもあるし、文章の歴史でもある。乳児や幼児がだんだんに言葉を覚えていく、そのプロセスは現在の僕の中にもあるはずで、文章を書くことは、もう一度この発生期のことを繰り返すことじゃないか。そんな気持がある。だから、自分を最初に「あー、あー」の状態に置きたい」(「対談　書くことがエロス……」『國文学』二〇〇〇年五月号、學燈社)。

これはやはり、いわゆる小説家の言語観というより、詩人のそれであり、ある意味ではこれ以上の詩論も言語論もありえないとすら感じられる。そして古井由吉の考えによれば、そうした「発生期」の子どもの感覚や認識は、大人の言葉をまだ持ち合わせていないというだけで、普通考えられているようには、未熟でも未発達でもない。それどころか、「子どものそういう感覚とか認識とかを、もしも十全なる大人の言葉に翻訳したらすごい。実存哲学であり言語哲学であり、芸術としては最高のものです。ああいう状態に押し戻さなくてはいけない」(同前)。

何と簡明にして、畏ろしい発言だろうか。詩人が、作家が目指すべき究極の状態は、未来にではなく、みずからの過去に、それも忘却してしまった自分自身の過去のうちにあると彼は言っているのである。そこにすでに、哲学においても芸術においても「最高のもの」がそっくりある。文章の熟達や洗練などといったものなど、それに比べれば取るに足りない、まさに枝葉末節に属する。したがって、こうした言語観、芸術観を、今度は人類の長大な言語の発生史にまで拡張して眺めるなら、次のようになる。

「そもそも言葉はどういうふうに発生してきたのかというと、伝達のためばかりじゃないんです。喚起のはたらきのほうが先かもしれない。「ああ」とか「おお」とかね。書くというのは、描写することなのか、それとも何かを呼び出すことなのか、そういう問いの立て方もあるんです」(同前)。これはまさに、古井文学の核心にもかかわるような「問い」ではないか。彼の作品は、初期から異様なほど精細な「描写」をその特徴のひとつとしていたが、そうした描写の先には、さらに「喚起」の働きがある。ただし「描写」が「喚起」に席をゆずるというのではない。そうではなく、「描写」がまさにそれ自体を通して、何かを呼び出そうとする、あるいはまた、何かを嗅ぎ分けようとするかのようなのだ。

「古代の人間はいちいちの言葉に、これが吉か不吉かという嗅ぎ分けをしていたと思うのです。それにひきかえ近代から現代にかけてわれわれはそんなことにそうとう鈍くなっているんじゃないか」（同前）。近代における言葉の合理化、抽象化、そしてその果ての記号化の過程と関連して、言葉それ自体の与える吉凶の感覚、そういったものが鈍麻していったということは、大いにあり得ることだろう。古井由吉は、そのことを自身の創作に関連づけ、こう続けている。

「何でもない言葉が吉兆に聞こえたり、凶兆に聞こえたり。古い文学はその感覚がとても強いんですね。そんなところからまた言葉に活を入れる道筋を見つけたい気がする。言葉が呪術的なものであることは確かで、呪術は神やデーモンを呼び出すとともに、人間の存在の底からも何かを引っ張ってくる、あるいは呼び出してくる」（同前）。

古井文学における「描写」は、たしかにドイツ表現主義文学からの影響を通じて、現象学、あるいは現象学的な記述と、ある種の強い親和性を有してはいる。だが最終的にはそれらから袂を分かつ。なぜならそれは、言葉の原初的な、古代的な働きである喚起へと、「呪術的なもの」へとさらに二重化していくことになるからだ。しかもその「言葉」の呪術によって呼び出されるのは、「神」や「デーモン」ばかりではないという。「人間の存在の底からも何かを引っ張ってくる、あるいは呼び出してくる」。

三

こうした言葉における呪術的な要素は、作者の後年に及んで、次第に明らかになっていったものではない。古井文学におけるある種の呪術性を、初期の作品のうちにすでにはっきりと認めていた思想家がいる。吉本隆明である。

吉本氏は、古井文学の一種の呪術性を露わにして見せようとするかのように、あえて片仮名を交えて、たとえばこんな風に書いていた。「倫理も論理も無化されて、生理ガソノヨウニ感受サレルトキハ、ジッサイニソノ通リノ状態ナノダという世界が実現される。いわば世界の〈意味〉が身体的な生理の状態や動作に粘りついたときだけ形成される」(「古井由吉について」『古井由吉作品一』月報、一九八二年、『古井由吉　文学の奇蹟』に再録)。

これは、古井由吉の特異な身体生理学を、上手く捉えた評だと思われる。そこには、心理に対する「身体的な生理」の絶対的な優位性とでも呼ぶべき思考が認められる。重要なのはしかし、その身体生理学が、無機物も含めた外界のあらゆる対象間では、つねに一種の生理学的な交感が生じている、あるいは生じ得るといった、呪術的とも言える世界観への反転可能性を秘めているという点である。男女関係とはその重要な一例にほかならず、だから吉本氏は、「この作家」には、「男ガ女ヲソウ思ウト、女モカナラズソウ応エルモノダと信じている」(同前)と思われるようなところがあると言うのだ。たしかにそのような、ほとんど呪術的な交感が、古井文学の男女関係のうちにはしばしば生じる。つまり古井由吉における《エロティシズム》は、こうした呪術的かつ身体生理学的な思考をうちに秘めている。

だがそれだけではない。上述した一種独特な身体生理学と関連して興味深いのは、古井由吉が、男女間の相性のようなものまで、ウイルスのバランスや細菌の交換といった作用のもとにあると見ていたことだ。そのことを示す面白い一節が、『楽天記』の中の「雨夜の説教」という題の一篇のうちにある。すこしく諧謔を含ませた、次のような問答がそれだ。

「それはともかく、ひとつの危機ではあるだろう、危機のはずだろう、男女の相接するということは」

「妊娠のことですか、性病のことですか」

「いやいや、悪菌と言わず、あらゆる持合わせの細菌を交換しあうようなものだから。もちろんウイルスもふくめて。双方がそれぞれ日常の、いわば細菌群の系の、微妙なバランスを保って生きている、それがひとたび、揺らぐわけだ」

「つらいのは、そのせいですか」

「ひかれるのも、そのせいだろう」

「なれるというのは、系がまた安定するということですか」

「両者をつつんだ系がね。肌が馴染《なじ》むというやつだ。しかしそうなると、その系はつねに更新されなくてはならない。系そのものが、存続のために、更新をもとめるわけだ。すると今度は外にたいするバランスが揺らぐ。困ったことで……」

笑いの気配を含ませてはいるものの、作者は相応の真剣さでこの説を持ち出してきていると取っていい。というのも、このような視点は、身体の側から、われわれ人間の諸関係を新しく照らしだすと同時に、作者の特異な身体生理学を、ある意味で科学的な方面から裏付けることにもなるはずだからだ。そしてまさにこうした視座から、《感染性》という、厄災につながるもうひとつの問題系も出てくることになるのである。

つまり、近代よりも以前にくりかえし暴威をふるった種々さまざまな疫病、伝染病、ウイルス、細菌等々、文字通り目に見えない、当時はまだその個別具体的な原因もほとんど知られていなかった数々の悪疫への作者の強い関心が、『楽天記』のあたりから、はっきりと前景化してくることになる。ただしそれは、過去の膨大な数の人間の死因となったものへの単なる歴史的な興味から来たのではない。それは、おおよそ一九八〇年代以降、世界中で大きな話題となり、流行し、大いに騒がれもしたエイズ、すなわち「後天性免疫不全症」への、作者のある独特な関心ともかかわっていた。すなわち、過去の疫病流行への関心は、当時の天象気象への関心と結びつくだけでなく、人の免疫系統への関心を伴うものでもあって、「後天性免疫不全症」が、もしかすると免疫系そのものの現代の人間におけるある種の脆弱化と関係しているのではないかという、作者の疑いと一体をなしてもいたのである。『楽天記』冒頭の一篇の最後で、作者は登場人物の若者に、次のような気味のわるい言葉を語らせている。

「僕らはもしかすると、知らずに、死なずに、凄惨《せいさん》な疫病の厲気《れいき》の中をすでに潜ってきた跡、跡そのものなのではないのか、大量死の影か脱《ぬ》け殻《がら》みたいなものではないかと。年ごとに新らたに、知らず死なず……」(「息子」『楽天記』)。

くりかえすが、古井文学において、戦争だけが問題であったわけではない。古井由吉は、疫病の流行と飢饉を一体と見ていただけでなく、戦争も含めてそれら三つを、一体をなす厄災と見ていた。すなわち「飢饉と疫病と戦争は三位一体のように見えます。まず前提に天象、地象の異変があるんじゃないか」(「生と死の境、「この道」を歩く」)。

今や、その予言がすべて現実のものとなったなどとは言わない。ただし、これが永劫回帰を見つめ続けてきた者の言葉だということは、何度でも述べておく必要がある。

古井文学における《言葉の呪術》が、これまで述べてきたような意味での、身体の生理学と深くかかわるものであることは間違いない。《招魂としての表現》という一種の呪術的な問題系が、古井文学において次第に重い意味をもつようになっていくのも、言葉の発生プロセスへの視座、またそれと関連した身体生理学との結びつきにおいてである。古代的、呪術的なニュアンスを含むこの「招魂」という観念への作者の関心は、たとえば『招魂のささやき』(一九八四年)や『招魂としての表現』(一九九二年)といった著作の表題などからも見てとれるが、それは絶えることなく晩年まで静かに続いていたことが、漱石の漢詩についての連続講演の中の次の一節から窺うことができる。

「中国の古い詩には、「招魂」、魂を招くという考え方があります。この「招魂」とは、三つの面から考えなければならないようです。死者の魂を招くということが一つ。中国のいにしえの儀式に、人が亡くなると高い棟に上がって呼び返すというのがあったそうです。日本にもありました。日本の場合、そのようにして亡くなった死者を呼び返しておきながら、野辺送りのときには、お墓におさめてしまうと、後ろを振り向かずに帰ってくると言います。死者がついてきたら困る。人間の弔いの制度、葬送儀礼には、矛盾した二つの面がある。死んだ人を呼び戻したいということと、死んだ人に帰ってきてもらっては困るということと。

招魂の、招く相手は、一つは死者の魂です。そして、もう一つは生者の魂。何かしら逆境に遭う、失脚する、あるいは追放される。その悲しみからその人の魂が身から離れてしまう。離魂と言います。その魂を呼び戻そうとする。他者がです。これはですから、生者の魂を招くということになります。それともう一つ、自分の魂を招くということがある。自分の体を離れて、宙に舞う魂を呼び戻す」(『漱石の漢詩を読む』二〇〇八年)。

このように「招魂」という観念には、「死者の魂」を呼び戻そうとしながら、同時にそれを封じようともする、「矛盾した二つの面」があるという。したがって「招魂」はまた、おのずから「鎮魂」の観念を含むことになる。古井由吉はそれについても、別のところで次のように書いていた。「たとえば鎮魂とは死者の魂を、なぐさめ、宥めることばかりでなく、封じる、押しこめる、追い戻す、ときには脅すこともふくむ」[3](「醜の四股」『魂の日』)。つまり、「招魂」と広い意味で一体をなすと考えられる「鎮魂」の観念にもまた、矛盾するような二つの面が認められるのである。

ともあれ興味深いのは、「招魂」には「死者の魂」だけでなく、「生者の魂」を招くことも含まれ、さらには、自分で「自分の魂を招く」という意味まであるとされる点である。しかもこれらすべては、「中国の古い詩」や漱石の漢詩のうちに認められるだけでなく、古井由吉の小説にも間違いなく当てはまる。「虚構」と「招魂」を結びつけて、晩年の作家は次のように書いていた。

「自分がたどたどしくも書き綴っていることは所詮虚構であり、あるいは虚妄であるかもしれず、そのことは片時も忘れてはならないが、虚構とはつまるところ何なのか、と作品を進める間に訝って筆の止まることがあった。虚構とは招魂のための、姑息ながらの、呪術みたいなものではないか、とある時唐突として考えた。招魂と言っても、その招くべき魂のことは、知れぬことにしている。魂と言うからには不死でなくてはならず、その不死というところで思案は足止めをくらう。紛れ失せた記憶を招こうとする、というほどのことを考えたまでである」(「年の坂」二〇一六年)。

あくまで疑問形による認識の試み、つまり仮説ではあるものの、「虚構」と呼ばれるものが、招魂のための呪術みたいなものだというのは、古井由吉による小説の最後の定義であると同時に、彼の作品の精髄を示すものだと、やはり言えるのではないか。「魂」という言葉に、ことさら怯む必要はない。というのもそれは、彼によれば「記憶」と言いかえてみてもいいようにも見えるからだ。まただとすれば、紛れ失せた魂、すなわち「紛れ失せた記憶」とは、「不死」だと考えてもいいのではないか。なぜなら、記憶はうすれてやがて消えてしまうのではなく、それ自体の生をもつのではないかと、古井由吉は考えていたからだ。すなわち「記憶は年を取るにつれて末端から枯れて行くが、根もとのあたりからふくらみ返しても来る。それ自体が生き物であり、あるいは記憶の主《ぬし》よりも、その認識よりも、生長力があるのかもしれない」(「もう半分だけ」『半自叙伝』)。

記憶が、かならずしも個体に、さらに言えば脳に従属したものではないと作者が考えていたことを、この一節ははっきりと示している。記憶はひとつの独立した「生き物」のように見られており、ここでは植物の生長するさまになぞらえられている。

古井文学は、相入れないはずの「矛盾した二つの面」を一挙に肯定することからなる、ということはすでに述べた。生きていくために人は、死者に別れを告げ、生の側を見る必要がどうしてもある。だが同時に、死者をわが身の内に招来しなければ、あるいは死者と通じなければ、人は本当には生きることが、また何事かを為すことができないとも考えられると、古井由吉は言う。つまり「死者と通じた、それが非難として当たっていることもある。けれども、死者と通じなきゃ何ができるかという気持もある」(「明快にして難解な言葉」『文学の淵を渡る』)。

要するに生者の魂と死者の魂をめぐる、先述したようなパラドクシカルな二つの面、二つの思想は、人類が共同体として存続していくために、不可欠なものだったのではないか。詩も歌も舞も、「招魂」のためにこそ必要とされたのではないか。作者が生前に刊行した最後の作品集、『この道』(二〇一九年)の最後の一篇「行方知れず」の中の次の一節が、あらためて思い起こされる。「しかし、霊魂という観念の起源はおそらく太古にさかのぼる。人類が原初の社会を営み出した頃にはすでに、一身を超えた共同体の存続を願って、あるいはその存続の前提として精霊、先祖の霊という観念が求められたと思われる。精霊は不滅でなくてはならない。観念があれば言葉もある」。

「霊魂という観念」には、「一身を超えた共同体の存続」への願いが深く刻み込まれているのではないか、と古井由吉は見ていた。それだけではない。「もしも魂という観念をすっかり否定したら、言語は成り立つものだろうか、というようなことも考えさせられた」と、彼は別のところで書いていた(「魂の緒」『半自叙伝』)。つまり「魂」ないし「魂という観念」は、言語の成立する本質的な条件であるかもしれないということだ。

後年の作品の中で古井由吉は、《言葉の呪術》を通して、過去の幼い「自分の魂」を招こうとして、その「紛れ失せた記憶」をくりかえし呼びおこそうとしていた。

「暮れなずむ道をたったひとり、リヤカーのうしろにのせられてひかれて行く子供の姿が見える」(「子供の行方」『蜩の声』)。これは、終戦の年、再三の空襲により疎開先の岐阜県大垣の町も罹災し、そこからさらにまた奥のほうへと、リヤカーにひかれたったひとり向かう光景である。古井由吉には、過去の自分自身である幼い子供の姿が見えている。

「いずれまた出会うことになるだろう、とその頃から、暮れ時にリヤカーにひかれて行った子のことを、今では暗い土をひたひたと踏む足の気配しか伝わって来ないが、振り返るようになった。とにかく無事だった子供の身にいつまでこだわっているのか、何の悔いのあることか、と訝りながら年を取ってきたけれど、この年になれば、ひとりきりになって行った子を、それこそいつまでも、放っておけるものではない、というような気もしてきた。記憶はいよいよ声や音を消されて、いたずらに鮮明なようになって遠ざかるそのかわりに、静かな夜明けの、ふっと耳についてる静まりをさらに深める木の葉の、一葉ずつのさやぎの内から、これを限りの切迫が兆しかけるように、聞こえることがある。それが天地に満ちて、身の内にも満ちきる時、そばに子供がいるか。黙って手を引いてやらなくてはならない。手を引いて、そこから先はもう一本道になり、その涯までつれて行く」(同前)。

過去の幼い子供の自分の手を、現在の老いた自分が引いている。手を引いて向かう、その一本道の涯とは、おそらくは未来であるが、それらすべてが《永遠の現在》のうちでひとつになる。またこの「子供」は自分であるが、我が子でも孫でもあり、親でもあるかもしれず、あるいはさらにずっと昔の、もしくはずっと先の誰かかもしれない。すでに人称も時制も消えさって、永劫回帰の時間を経めぐっている。

たび重なる空襲や厄災によって一家が離散し、どこかへたったひとりひかれて行った子供というのは、幼い日の作者に限らずあったことなのだろう。知らぬままに誰かが誰かの身代わりとなって死んでいったということもあったはずだ。あるいは何とか生き延びることはできたものの、自分がもはやどこの誰かもわからなくなり、深い傷を負ってその後生きねばならなかった者もあったはずだ。それは男でも女でも子供でも年寄りでもあり、複数であり同時にひとりでもある。聖《ひじり》とは、魂呼ばいと野辺送りとを合わせ執り行う者のことであった。

もはや誰のものとも知れなくなった魂の発する声に、耳を澄ましつづけようとする、純一な祈りのような何かが、古井由吉の小説をひとすじに貫いている。

四

古井由吉には、戦禍をぎりぎりのところで逃れて、何とか生きのびたはずの子供の自分が、実はとうに死んでいるのではないか、という不可能なはずの感じ方が、終生どこかにあったように思われる。もちろん幼年期の自分が本当に死んでいたなら、その後の自分というものはない、よってそれは、本来あり得ない感覚のはずである。にもかかわらず、そうした一種独特な「可能性感覚」があったから、彼は、「完全過去」に属する「死んだ」ではなくて、その感覚をかろうじて表すことのできる「死んでいる」(「デッド」)という現在形に、生涯、執拗なまでにこだわることになったのではないかと考えられる。

また、それとどこかで関係すると思われるが、古井由吉がエッセイズムの手法によって書き続けてきた膨大な数の作品は、彼自身の手になる「自筆年譜」(こちらも疑いなく彼の重要な作品である)と、およそ対照的な性質をそなえている。つまり年譜が編年体で、「完全過去の精神」によって書かれているのに対して、小説のほうは、いわば《永遠の現在の精神》によって書かれていると言える。古井由吉は、書くことにおいてその両方を必要としたことになるが、彼自身の感性は、やはり後者の「現在」のほうにあった。過去が完全に過去とはなりきらずに、現在とくりかえしひとつになろうとする、あるいは過去が反復して、現在へと永劫にわたって回帰する、いや、それどころか未来さえもが現在に吸い寄せられ重なろうとする、そのような特異な時間を、作家古井由吉は生きた。

それをここで、永劫回帰の時間と呼んでみるとするなら、そのような時間を生き通すためには、やはり特別な何かが、ある種の倫理のようなものが求められたはずである。ただしそれは、これと明示することのできないような何かで、だからこそ古井由吉の作品では、由来の知れない「戒め」や「訝り」といった、行為や認識、判断などに対する禁忌の念がしばしば生じることになったのではないかと思われる。ただ、そうした得体の知れない禁忌の念が、厄災の記憶に、それも単に作者個人のものではない、集合的な記憶に関係していたことは、たぶん間違いない。そしてそれは、死者たちの沈黙とこの世界の静まりにも、おそらくは深く結びついていた。古井由吉の言葉は、その沈黙へと無限に接近し続けたのであり、その静まりの中から、くりかえし汲みあげられてきたのである。

だがそれにしても、作家古井由吉が、五十年以上にもわたって、ほとんど途切れることなく、あれほど密度の高い作品を書き続けることができたのはなぜだろうか。何がその原動力となっていたのか。その力の源のひとつに、広い意味での、戦争による死者たちへの供養の想いがあったことは間違いない。招魂、また鎮魂のモチーフは明らかにそれに連なるものである。しかしそれともうひとつ、あるいはそれと密接につながるものとして、エロスがあったと考えられる。作家の晩年に近い時期に上梓された『人生の色気』(二〇〇九年)の中に、次のような一節がある。

「表現というのはエロティックな行為ではありませんか。同種ではなくて、異種交配を求めてしまうんです。最初のうちは、読者も想定できるし、ある一つのイメージに導かれて、筆は進みます。ところが、ある節目があって、イメージも絶えてしまえば、読者も思い浮かべられないところに来る。いったい、何に向かって自分は書いているのか。その節目で次に突っ込んでいく原動力が、エロティックな異種交配への欲望かもしれません」。

この「異種交配への欲望」は、単なる性欲のことではない。それはまず、生物としての生存の問題に通じている。すなわち「野生の動物でも、異種交配が絶えれば絶滅していきます。エロスの道理も同じことで、同じ人間だけれど、異種のものが引き合うわけです」(同前)。

古井由吉が、「エロス」というものを、人間的なレヴェルを無限にはみ出す、生物的なものとして見ていたことがよくわかる。とはいえ、彼がいわゆる正則的な異性愛主義の信奉者であったと考えることは、おそらくできない。古井由吉は初期のころから、他者への、他なるものへの生成を、くりかえし描いてきたからだ。男性の女性への生成、女性になることというモチーフは、初期の代表作「杳子」にも、それ以降の数多くの作品の中にも見出される。それだけではない。彼は、そもそも男性性と女性性を決定されたものとは考えておらず、むしろ前個体的な流動性、変身性、交代可能性のもとに見ていた。すなわち「ここにいる男女二人は、前世でも結ばれていたかもしれないし、業罰として、敵同士が交わっているかもしれない。あるいは、男と女が交代しているかもしれません。どんな因縁で人と人がこの世で会って、交わっているのか。いくら考えても、よくわからないものです」(同前)。

どこかボルヘスの「八岐の園」を思わせるようなしかたで、ここにも単なる判断の保留とは異なる、この作家の《決定不可能なもの》への静かな肯定が見てとれる。しかしここでもうひとつ興味深いのは、「異種交配」を求めるエロスの力が、言葉による「表現」にまで、断絶することなく通じているという、古井由吉の視座である。彼は、さきほどと同じところで次のようにも述べていた。「異種交配は、生存への欲求です。生存というのは、自分の個体を超えた生存ですよ。高度経済社会の人間が、どこまで生存欲を保てるのか。動物としての本能のところまで掘り下げていけないのかもしれません。これが文学と社会のつながる接点だと思っています」（同前）。

つまり一般に作家は、言葉によってさまざまな社会的、心理的事柄を表現しようとするわけだが、それもつき詰めれば、言葉の運動を通して、「動物としての本能のところ」まで、おのれの存在を掘り下げていくことになるのではないか、その可能性が、ここでは問われているのである。もちろん容易なことではない。だがもし言葉によって、そこまで掘り下げていくことができるなら、文学は、そこで摑みとった何かを引っさげて、高度経済社会のただ中に、自分という個体を超えた生存への欲求、異種交配への鮮烈な欲望を、あらためて注入することができるかもしれない。それこそがエロスの、怪物的ですらある力ではないか。またそこに、文学と社会がつながる新たな接点が生じる可能性があると、古井由吉は考えていたのではないかと思われる。

エロスは、根源的な「生存への欲求」とひとつである以上、おのずから死を濃厚なまでに含んでいるとも言える。つまり個体の死を本質的な条件としているからこそ、個体を超えた強い生存への欲求としての、エロスの力も生じると考えられる。だがエロスはそもそも、タナトスと対立するものですらない。それらはむしろ、お互いを半身とする、本来一体のものであるようなのだ。

古井由吉は、「色欲と死を一つと見るような陰影」(同前)を、人は今もどこかで持っていると信じていた。またたからこそ彼の小説の中では、「男女の交わりの場だけ、死んだ人間が身近に出てきたり、生きている人間が死んだ人間と入れかわったりする」(同前)とされるのだ。

永劫回帰とエロスが重なり合うのも、まさにそこである。つまり永劫回帰としての時間は、生も死もひとつのものとして含んでおり、生存への欲求、エロティックな異種交配への欲望は、単に人間的な性の問題であることも、生物学的な種の保存の問題であることも超えて、遠大な時間の問題でもあるということを示唆している。「男女のことは、一万年とか二万年、いや、もっとすごいサイクルの時間を内包している」(同前)。古井由吉にとって、「反復」は永劫にわたるものであったが、それは自然のサイクルのことだけではなく、男女のことでもあるのだ。彼はさらにこうも述べている。「魂は不滅であり、何度も生まれ変わるもの、と昔は考えられていた。そして、この世で交わる二人は、どこかの世で知り合っていたのかもしれない……。性欲の発生も、どこかで生まれ変わりを前提とした感覚を含んでいるのかもしれません」(同前)。

性欲の、あるいはむしろエロスの発生が、どこかで生まれ変わりを前提としているとするなら、それは永劫回帰としての時間が、個体の生死を超えたところで、更新の、更生の力を、みずからのうちに宿しているということでもあるだろう。永劫回帰は、同一性ではなく差異の力を、言いかえれば「エロティックな異種交配への欲望」を内包しており、それは、個体を超えた生存への意志である。したがって古井由吉の文学が、おそらくはそれ自体が同質的な社会におけるひとつの症候に過ぎない、人間の多様化する性の肯定であったことは一度もない。われわれの性は、最初から多数多様であるからだ。ましてそれは、老いや衰弱をテーマにしていたのでも、生と死のあわいを描き続けたのでもない。古井文学は、無限の生まれ変わりと生成の肯定そのものとなる。その意味でそれは、ひとつの究極の楽天、黙示録的な世界を目の前にした、生涯の哄笑でもあるのだ。

注

1 五来重『先祖供養と墓』角川選書、一九九二年を参照。
また、古井由吉は別のところで、ギリシア悲劇の復讐の女神たちの例を挙げている。すなわち「その復讐の女神に対して人間が屈服すると、最後には慈《めぐ》みの女神に変わる」。そしてその変化を次のように評している。「これはどうも、社会の成立の一つのポイントじゃないかと思います。先に恐怖があり、それが畏怖や信仰に変わっていく」(「わが人生最高の十冊」『書く、読む、生きる』)。

2 こうした意味において、古井由吉の文学が、松浦寿輝の言うような「ブランショ的な否定神学に近いもの」(『古井由吉　文学の奇蹟』一六頁)だとは、私には思えない。それはムージルには当てはまるかもしれないが、古井由吉には当てはまらないと私は思う。それは否定神学というより、永劫回帰の倫理学とでも呼ぶべきものなのではないか。

3 「鎮魂」をめぐるこうした矛盾する二つの面への考え方を、作者がひとつには民俗学者五来重から得ていたことは、『魂の日』に収められた「醜の四股」の中の記述からわかる。ちなみに五来にとって「鎮魂」というテーマは、きわめて重要なものであり、彼は自身の考えを複数の著書の中で、折口信夫の主要な考えと対立させてさえいる。

出典

以下に、本文中で引用した古井由吉の文章の出典を記す。古井由吉の作品は、初出（雑誌掲載時など）と、単行本刊行時、文庫版刊行時、作品集収録時などとで、文章に細かい異同がある場合がある。そのため本書で引用した文章が、どの版のものであるかを明記しておく。

「その他」の項に、合わせて本文で引用した、主要な関連文献を記している。

「もう半分だけ」『半自叙伝』河出文庫、二〇一七年
「吉と凶と」同前
「「私」と「言語」の間で」『小説家の帰還』講談社、一九九三年
『山躁賦』講談社文芸文庫、二〇〇六年
『聖』、『古井由吉自撰作品一』所収、河出書房新社、二〇一二年
「聖の祟り」『半自叙伝』河出文庫、二〇一七年
『人生の色気』新潮社、二〇〇九年
「醜の四股」『魂の日』福武書店、一九九三年
「馬の文化叢書　第九巻「文学　馬と近代文学」解題」『書く、読む、生きる』草思社、二〇二〇年
「行方知れず」『この道』講談社、二〇一九年
「赤牛」『哀原』文藝春秋、一九七七年
「円陣を組む女たち」、『古井由吉作品一』所収、河出書房新社、一九八二年

「私の小説の中の女性」『言葉の呪術　全エッセイⅡ』作品社、一九八〇年
「不眠の祭り」、『古井由吉作品一』所収、河出書房新社、一九八二年
「作家渡世三十余年」『書く、読む、生きる』草思社、二〇二〇年
「中間報告ひとつ」『私のエッセイズム』河出書房新社、二〇二一年
「ゆらぐ玉の緒」『ゆらぐ玉の緒』新潮社、二〇一七年
「文体について」『私のエッセイズム』河出書房新社、二〇二一年
「ドイツ文学から作家へ」『書く、読む、生きる』草思社、二〇二〇年
「純文学からの脱出」『私のエッセイズム』河出書房新社、二〇二一年
『東京物語考』講談社文芸文庫、二〇二一年
「いま文学の美は何処にあるか」『色と空のあわいで』講談社、二〇〇七年
「「楽天」を生きる」『小説家の帰還』講談社、一九九三年
「詩を読む、時を眺める」『文学の淵を渡る』新潮社、二〇一五年
「年を取る」『日や月や』福武書店、一九八八年
「魂の日」『魂の日』福武書店、一九九三年
「文学の伝承」『文学の淵を渡る』新潮社、二〇一五年
「言葉の宙に迷い、カオスを渡る」『文学の淵を渡る』同前
「百年の短篇小説を読む」『文学の淵を渡る』同前
「無限追求の船を見送る時」『色と空のあわいで』講談社、二〇〇七
「言葉について」『書く、読む、生きる』草思社、二〇二〇年
「翻訳と創作と」『書く、読む、生きる』同前
「文学は「辻」で生まれる」『古井由吉　文学の奇蹟』河出書房新社、二〇二〇年

「翻訳から創作へ」『私のエッセイズム』河出書房新社、二〇二一年
『詩への小路』書肆山田、二〇〇五年
「40年の試行と思考」『古井由吉　文学の奇蹟』河出書房新社、二〇二〇年
「実体のない影」『古井由吉全エッセイII　言葉の呪術』作品社、一九八〇年
「年の坂」『白暗淵』講談社文芸文庫、二〇一六年
「やや鬱の頃」『半自叙伝』河出文庫、二〇一七年
「背中ばかりが暮れ残る」『木犀の日』講談社文芸文庫、一九九八年
「躁がしい徒然」『雨の裾』講談社、二〇一五年
「戦災下の幼年」『半自叙伝』河出文庫、二〇一七年
「野川をたどる」『野川』講談社文芸文庫、二〇二〇年
「春の坂道」『雨の裾』講談社、二〇一五年
「「かのように」の試み」『ロベルト・ムージル』岩波書店、二〇〇八年
『「私」という白道』トレヴィル、一九八六年
「明快にして難解な言葉」『文学の淵を渡る』新潮社、二〇一五年
「私のエッセイズム」『私のエッセイズム』河出書房新社、二〇二一年
「エッセイズム」『特性のない男』」『ロベルト・ムージル』岩波書店、二〇〇八年
「無音のおとずれ」『白暗淵』講談社文芸文庫、二〇一六年
「プラハ」『楽天の日々』キノブックス、二〇一七年
「朱鷺色の道」『白髪の唄』新潮社、一九九六年
「荒野の花嫁」『楽天記』新潮文庫、一九九五年
「知らない者は、知らない」『魂の日』福武書店、一九九三年

「静まりと煽動の言語」『連れ連れに文学を語る　古井由吉対談集成』草思社、二〇二二年
「「時」を見る」『遠くからの声』新潮社、一九九九年
『聖耳』講談社文芸文庫、二〇一三年
「また明後日ばかりまゐるべきよし」『仮往生伝試文』、『古井由吉自撰作品六』所収、河出書房新社、二〇一二年
「子供の行方」『蜩の声』講談社、二〇一一年
「先導獣の話」『木犀の日』講談社文芸文庫、一九九八年
『招魂のささやき』福武書店、一九八四年
「森の中」『野川』講談社文芸文庫、二〇二〇年
『言葉の兆し』朝日新聞出版、二〇一二年
「花の咲く頃には」『この道』講談社、二〇一九年
「言葉の薄氷を踏んで」『始まりの言葉』岩波書店、二〇〇七年
「生存者」『魂の日』福武書店、一九九三年
「知らぬ翁」『私のエッセイズム』河出書房新社、二〇二一年
「明後日になれば」『蜩の声』講談社、二〇一一年
「尋ね人」『蜩の声』同前
「日本人の宗教心について」『古井由吉全エッセイII　言葉の呪術』作品社、一九八〇年
「ハイデガーの魔力」『連れ連れに文学を語る　古井由吉対談集成』草思社、二〇二二年
「「私」の現在」『遠くからの声』新潮社、一九九九年
「やすみしほどを」『やすらい花』新潮社、二〇一〇年
「つねに更わる年」『夜明けの家』講談社文芸文庫、二〇〇八年
「生と死の境、「この道」を歩く」『連れ連れに文学を語る　古井由吉対談集成』草思社、二〇二二年

「その日暮らし」『ゆらぐ玉の緒』新潮社、二〇一七年
「遺稿」『われもまた天に』新潮社、二〇二〇年
「年の坂」『白暗淵』講談社文芸文庫、二〇一六年
「永劫回帰」『私のエッセイズム』河出書房新社、二〇二一年
「わが人生最高の十冊」『書く、読む、生きる』草思社、二〇二〇年
「読むことと書くことの共振れ」『連れ連れに文学を語る　古井由吉対談集成』草思社、二〇二二年
「対談　書くことがエロス……」『國文学』第45巻6号、學燈社、二〇〇〇年五月号
「雨夜の説教」『楽天記』新潮文庫、一九九五年
「息子」『楽天記』同前
『漱石の漢詩を読む』岩波書店、二〇〇八年
「魂の緒」『半自叙伝』河出文庫、二〇一七年

その他
柳田國男「毛坊主考」、『柳田國男全集11』所収、ちくま文庫、一九九〇年
柳田國男「俗聖沿革史」同前
柳田國男『先祖の話』、『柳田國男全集13』所収、ちくま文庫、一九九〇年
柳田國男『山宮考』、『柳田國男全集14』所収、ちくま文庫、一九九〇年
柳田國男「魂の行くえ」、『柳田國男全集13』所収、ちくま文庫、一九九〇年
原田敏明『宗教と民俗』東海大学出版会、一九七〇年
原田敏明『宗教と社会』東海大学出版会、一九七二年
五来重『先祖供養と墓』角川選書、一九九三年

五来重「遍路と巡礼と遊行聖」『仏教と民俗　仏教民俗学入門』角川選書、一九七六年
五来重「僧侶の肉食妻帯」『日本の庶民仏教』角川選書、一九八五年
吉本隆明「古井由吉について」『古井由吉　文学の奇蹟』河出書房新社、二〇二〇年
柄谷行人「閉ざされたる熱狂　古井由吉論」『畏怖する人間』講談社学芸文庫、一九九〇年
佐々木中「解説　古井由吉、災厄の後の永遠」、『古井由吉自撰作品四』所収、河出書房新社、二〇一二年
安藤礼二「境界を生き抜いた人　古井由吉試論」、『文學界』所収、文藝春秋、二〇二〇年五月号
堀江敏幸「解説　かぶるかぶるかぶる」『山躁賦』講談社文芸文庫、二〇〇六年
松浦寿輝「もはや年齢がない」『古井由吉　文学の奇蹟』河出書房新社、二〇二〇年
松浦寿輝「解説　時空の迷路を内包する」『東京物語考』講談社文芸文庫、二〇二一年
松浦寿輝・堀江敏幸「禍々しき静まりの反復」『古井由吉　文学の奇蹟』河出書房新社、二〇二〇年
富岡幸一郎『古井由吉論　文学の衝撃力』アーツアンドクラフツ、二〇二〇年
平野啓一郎「解説　個体、存在、「身理」」、『古井由吉自撰作品二』所収、河出書房新社、二〇一二年

あとがき

古井由吉逝去の報を記事で知った時は、やはり強いショックを受けた。悲しみが静かに込みあげてきた。二〇二〇年二月のことになるが、今年はもう作家の三回忌の年にあたる。はやいものだ。あれからまる二年半というもの、私はこの作家についてひたすら書き綴ってきた。仏前に手を合わせるような気持ちで書いていた。

それにしてもあの年の春は、世界的な疫病流行の始まりでもあった。何もかもが初めての事態で、誰もがどうしていいのかわからず右往左往していた。もちろん私もだ。その同じ年の夏に娘が生まれた。病院ではしかし面会も禁止されていた。妻と子が無事に退院すると、慣れない赤子の世話をしながら、家族が寝静まったあとにせっせと文章を書いていたこともあった。一時期は街も閑散としていたので公園の森の中を散歩し、そのほかは終日家で過ごして仕事も家で行なっていた。今もそう変わりはない。しかしそうこうするうちに、子供ももう二歳をすぎて、いろいろな言葉も覚えて話すようになっているのだから、不思議でもある。

現行の小説に対する興味を、私はあまり持ちあわせていなかった。その私のうちに、自分と同時代に書かれている小説への興味関心を、ほとんどまったく新たに創りだしたのが、古井由吉の小説であった。何だこれは、小説か？　というのが、偽らざる最初の印象であった。その印象はどこか変わらずに今もあるようだ。つまりそこには、いわゆる「小説」というジャンルにおさまりきらない、まったく驚くべき言葉の世界がある。物語も、随想も、批評も、哲学も、法も、歌も、詩も、舞もある。さらに言えば、言葉の生まれ来たる源泉のようなものから、現在われわれが普通に使っている口語散文に至るまでの、言語の長大な歴史のようなものまで、古井文学には含まれているように思う。

ところで最晩年の対談を読むと、世界は大きな転換期のようなものを迎えつつあると、古井由吉は感じていたようである。実際、疫病の世界的流行が起こり、続いて戦争が始まった。またそれに伴って、食糧危機という名の飢饉が各地で生じている。生前、作家が語っていたように、飢饉と疫病と戦争は三位一体のようである。この人には本当に驚くほどものが見えていたと、あらためて感じた古井由吉の読者は多いはずだが、私もやはりそのひとりである。氏亡き後を憂う声もさまざま聞こえてくる。こちらも同感するほかない。だが、何かを受継ぐことはできるはずだ。また受継いで行かねばならぬものが、古井文学にはある。本書が、微力ながらそうした文学の継承に、何らかのかたちで役立ってくれることを、私は心底願っている。

この度も、編集者の阿部晴政氏との緊密な共同の仕事となった。いつもこれ以上はないような、鋭いコメントと大胆な助言を頂くことができたおかげで、苦心惨憺しながらも、何とか本書を完成させることができた。氏の存在なしに、この本はない。それにこの度は、尊敬する文芸批評家の安藤礼二氏より、過分と思われるような、素晴らしい推薦文を頂戴することができた。私はその言葉をただただ有難く、心強く感じている。また、本書のいくつかの章は、既に発表したものに加筆修正したものである。それぞれ、初出の際にお世話になった方々にも、深くお礼申し上げたい。

最後に、本書を出版することを快諾してくださった月曜社の神林豊氏に、心からの感謝を申し上げます。

二〇二二年九月

著者略歴
築地正明（つきじ・まさあき）
一九八一年福岡生まれ。武蔵野美術大学大学院博士後期課程美術理論研究領域単位取得、博士（造形）。立教大学、武蔵野美術大学、京都芸術大学他非常勤講師。
著書に『わたしたちがこの世界を信じる理由　『シネマ』からのドゥルーズ入門』（河出書房新社、二〇一九年）、共著に『古井由吉　文学の奇蹟』（同前、二〇二〇年）、共編書に古井由吉エッセイ撰『私のエッセイズム』（同前、二〇二一年）など。

本書は書き下ろしですが、「聖、民俗と記憶」は「群像」二〇二二年三月号、「言葉の音律に耳を澄ます」は「群像」二〇二一年九月号、「反復する「永遠の今」」は『古井由吉　文学の奇蹟』（河出書房新社、二〇二〇年六月）、「エッセイズムとは何か」は古井由吉エッセイ撰『私のエッセイズム』（河出書房新社、二〇二一年一月）に掲載された論考を元に大幅に加筆・改訂したものです。

古井《ふるい》由吉《よしきち》　永劫回帰《えいごうかいき》の倫理《りんり》

著者　築地正明《つきじまさあき》

二〇二二年十二月三〇日　第一刷発行

発行所　有限会社月曜社
発行者　神林豊
〒一八二-〇〇〇六　東京都調布市西つつじヶ丘四-四七-三
電話〇三-三九三五-〇五一五（営業）／〇四二-四八一-二五五七（編集）
ファクス〇四二-四八一-二五六一
https://getsuyosha.jp/

編集　阿部晴政
装幀　中島浩
印刷・製本　モリモト印刷株式会社

ISBN978-4-86503-156-0